U0943751

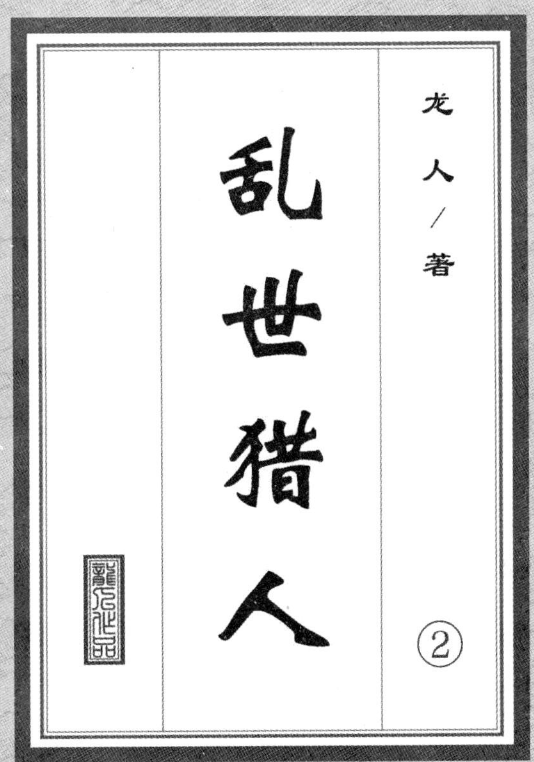

二十一世纪出版社集团
21st Century Publishing Group
全国百佳出版社

图书在版编目（CIP）数据

乱世猎人 : 全 14 册 / 龙人著 . -- 南昌 : 二十一世纪出版社集团 , 2017.10

ISBN 978-7-5568-3104-3

Ⅰ . ①乱… Ⅱ . ①龙… Ⅲ . ①长篇小说－中国－当代 Ⅳ . ① I247.5

中国版本图书馆 CIP 数据核字 (2017) 第 243763 号

乱世猎人：全14册 龙 人 著

责任编辑 敖登格日乐
出版发行 二十一世纪出版社集团
（江西省南昌市子安路75号 330025）
www.21cccc.com cc21@163.net
出 版 人 张秋林
经　　销 新华书店
印　　刷 北京龙跃印务有限公司
版　　次 2018年2月第1版 2018年2月第1次印刷
开　　本 710mm × 1000mm 1/16
印　　张 224
字　　数 2327千
书　　号 ISBN 978-7-5568-3104-3
定　　价 700.00元（全14册）

赣版权登字—04—2017—746

目　录

第十五章　地底神僧

水榭之中一阵惊呼，那姓麻的大汉根本就来不及反应，背上已经重重地印了两脚，两个很清晰的脚印，在那黑黑的衣衫上有些触目惊心的感觉。

“小子，你是什么人？敢在太岁头上动土，想来是活得不耐烦了。”一名汉子不得不放下姜小玉转身对那突然出手的汉子怒吼道。

蔡风又轻轻地吮了一口酒，这一切似乎早已在他的预料之中，眼前的这一出戏只是照着他的计算而演的。不过有一点出乎他的意料，那便是那姓麻的大汉居然没有躺下。

这的确有些奇怪，那出手的正是曾与蔡风交过手，用剑的人。这人很够义气，蔡风对他的印象还是挺深的，他当然知道这人不是一弱手，可是他这两脚之力，再加上那石柱相撞之力，居然未将对方打晕。

那姓麻的大汉满面都是血，额头在石柱上撞了个大血口，形象异常凄厉。

“麻老大你怎么样了？”那说话的人，迅速扶住姓麻的汉子急切地问道。

“哦，你居然还能够不晕过去，看来你还真有两下子哦。”那剑手傲然地立着，淡淡地讥讽道。

“给我杀了这小子！”那姓麻的大汉咬牙切齿地道，不过却有些疲软。

那三人也立刻放开姜小玉，迅速从腰间拔出佩刀，从三个方面一声暴吼，向那剑手扑去，掩起的刀风，呼啸而过，还的确有几分气势。

那剑手一声冷笑，身形一闪，反腿踢起一条板凳，向三人甩去，身形也跟在板凳之后向三人扑到。

“砰、砰、砰！”三声暴响，板凳霎时断为四截，那三柄刀的去势一阻，三人也跟着攻势滞了一下。

“啪、啪！”那剑手两掌印在那两截断凳之上，两截本在下坠的断凳“呼啦”一声，重重地撞在两名刀手的胸口。

“呀、呀！”两声凄厉的惨叫传出很远，那两名刀手口中鲜血狂喷而出。

蔡风淡淡一笑，他知道这两人至少断了两根肋骨，死虽然死不了，可也够他们受的了。

那剑手狠厉一笑，一个潇洒转身，侧身避过从身后攻来的刀，那是刚才扶住姓麻的大汉之人，他的刀也极为阴险，不过却并没有能够瞒住那剑手的耳朵。

“呀——”那剑手的身体在地上一滚，两腿一剪，竟将那名未被板凳击伤的刀手剪翻在地，随后身子一缩，灵活地从最后一名刀手的刀影下穿过，身形之利落只看得众人眼花缭乱，蔡风也不禁暗暗叫好。

“呼——”那人只觉得刀身一空，迅速转身倒削而至，动作也极为敏捷。

“好！”那剑手也喝了一声彩，腿下一个横扫。

“啪——”夹着一声惨叫，那剑手竟硬生生地将那刀手腿骨打折。

那刚被这剑手双腿剪倒在地的汉子，哪想到这出手之人如此凶悍，只吓得转身便要逃，可是他的动作始终要慢了半拍，那剑手轻轻一纵，即到他身后，单手一提，那硕壮的身体竟给横提了起来，而那刀手丝毫动弹不了。

“好汉饶命，好汉饶命……”那刀手杀猪般地号叫起来。

“饶命，可以吗？我问你，可会水性？”那剑手嗤之以鼻地问道。

“小子不会。”那横在空中张牙舞爪的刀客忙不迭地答道。

“那好，我便不杀你。不过你给我到水中去游上一段便行了。”那剑手说着一声轻喝，把那刀客一下子飞掷了出去。

“啊——”、“扑通——”那汉子还未来得及把惨呼叫到头，便已一头扎入了水中。

蔡风不禁大为好笑，如此治人，的确也有些意思，本就对这两个很够义气的人有所好感，而此刻不由得又增了半分。

“谢谢公子救命之恩，不过公子还是快快离开这是非之地，官府来了，他们便会对付你了。”姜小玉感激而惶急地道。

“是呀，公子还是快走吧，这里就让他们找我们父女俩好了。”姜成大也不由得有些急切道，但却掩饰不住那感激之情。

水榭中本来还有很多人喝酒，可是经此一闹，大多数人都急匆匆地向岸上行去。

那剑客毫不在意地道：“你们先走吧，这一群吃人不吐骨头的家伙，不能拿我们怎么样。”

“站住……”几个官兵一堵曲桥的岸口，对正急忙上岸的众酒客喝道。

“官爷，不关我们的事，不关我们的事……”曲桥上乱成一片，有人急忙分辩道。

“救命呀，救命……救……”那被扔入水中的大汉终于探出头来，两臂在水面上不住地拍打着，惊恐无比地呼道。

“啊，这可怎么办，这可怎么办，官兵来了。”姜大成急得差点没掉出眼泪来。

“公子，是我们害了你们……”

“不要这么说，这几个官兵还奈何不了我们。”那剑手不屑地道。

“小子，你狠，老子看你狠到什么时候……啊——”那姓麻的大汉一句话还没说完，便被那剑手一脚踢中下颌，只痛得他杀猪般地号叫。

“再乱放屁，老子先把你喉咙割破。”那剑手脸色一冷，毫无感情地道。

“来，抓住这绳子，爬上来。”一个官兵抛去一截长绳给水中的人，呼道。

蔡风心头不由得大感好笑，依然悠然自得地喝着酒，眼神不经意地扫了那坐在角落之中长满络腮胡子的大汉一眼。

那大汉似乎也注意到了蔡风，更看到了蔡风那似笑非笑的眼神，不由得脸色大变。

蔡风粲然一笑，知道对方已知道自己识破了他们的身份，不由得潇洒地举起酒杯，向那大汉招了一招，笑道：“两位兄台，真是有缘何处不相逢，我们又相见了。来，我敬你们一杯。”

那剑手这才注意到蔡风的存在，不禁脸色大变，手掌立刻迅速地搭在剑把之上，满目的敌意，似乎随时都准备扑击一般。

那长满络腮胡子的大汉似乎要从容多了，不过也站了起来，强作欢颜道：“我想这位小兄弟大概是认错人了吧？我和你只不过是第一次相见而已嘛！”

蔡风哑然，很洒脱地一笑道：“既然兄弟这么说，我们便算是第一次见面吧。不过二位之侠行，叫我好生佩服，这一杯酒，便当作是敬二位见义勇为拔刀相助之酒吧，能在一个水榭之中喝同一种酒，也算是一种缘分，因此，这杯酒说是有缘酒也不错，对吗？”

那两人相视对望了一眼，不明白蔡风葫芦里卖的是什么药，不过却很有自知之明，不是蔡风的对手，而蔡风又似乎并无恶意，只好各自端起一杯酒，一饮而尽。

蔡风放下酒杯和酒壶，笑道：“很好，果然有几分豪气，今日这事由我蔡风摆平好了，他们不敢怎么样的。”

“你就是蔡风？”那两人惊异地问道。

那卖唱的父女显然听过蔡风这个名字，因为他们所出入的地方都是一些人多的地方，所听的消息，也便多了，自然免不了要听到一些关于蔡风的传言，这一刻听说这年轻而潇洒的公子便是蔡风，虽然有些不敢相信，却仍感到无比的惊喜。有蔡风出面，这点打架的小事，自然不会是什么问题。

“你们好大胆子，居然敢在光天化日之下公然打人。”几个官兵迅速拥入水榭，将那剑手围起来，喝道。

“给我把他们给杀了……哎哟——哎——”那姓麻的大汉似没见到蔡风的存在似的，痛苦地呻吟道，手捂着仍在留血的额头和下颔。

蔡风冷冷地道：“你们是谁带队，这几个人鱼肉百姓，在光天化日之下居然调戏民女，这种人不该打吗?”

“你是什么人?”那官兵冷冷地打量了蔡风一眼，漠然而挑衅地道。

“他是元府的蔡风蔡公子……”一个官兵似乎认出了蔡风，不由得脸色微变地在那问话的官兵耳边轻声地嘀咕道。

那官兵一听，脸色立变，变为诚惶而恭敬地道：“想不到蔡公子在此，是小人有眼无珠，还请不罪。”那些官兵一听这少年便是蔡风，不由得全都肃然起敬，在守城的官兵之中，对蔡风的剑法传得极为神化，而这些人更知道连郡丞大人都得请蔡风做上宾，他们自然是惹不起这可怕的人物。

“这不关你们的事，你们只是秉公而断，做得很好，不过今日之事，是由这五个人所起，罪不在我的这位朋友，更不在这父女二人，相信你们定知道如何去做吧。”蔡风装作很温和地一笑，亲切地道。

那官兵自然唯唯诺诺，哪里还敢去对付这剑手，只是对那姓麻的大汉沉声道：“今日之事是你自找的……”

“我看算了吧，今日虽然罪在他们，可是他们也遭到了报应，便不要再追究其责任，不过若是下次再要发现他们有不良行为，我也定然饶不了他们。”蔡风淡淡地道。

“还不快谢谢蔡公子!”那官兵低喝道。

那姓麻的大汉一听，心凉了半截，但他也知道报仇已经无望，连尉盖山都不敢去动他，他们哪还有希望，只得颤着声音道：“谢……谢……蔡公子……开……开恩，小人……以后不敢了。”

“希望能说到做到，你们就把他们几个扶去看大夫吧。”蔡风冷冷地道。

“是!”那几个官兵应声，便扶起地上几个痛苦地呻吟的家伙，便向岸上行去。

“对了，今后我也不想看到你们收这父女俩的保护费，知道吗?”蔡风冷冷地补充道。

“小人知道了……”

那满脸络腮胡子的大汉淡漠地望了蔡风一眼，平静地道：“蔡公子的恩德，我们会记在心中的，有缘的话他日再相见。”说着转身便要离去。

蔡风一愣，想不到这汉子这么不讲情理，便旋即知道因为对方不知道自己到底是什么立场，才会如此说，不由得笑道：“若有机会的话，倒真想和二位兄台痛饮一顿，不过二位事务多，我也不便相留，二位走好哦。”

那剑手的眼中闪出一丝微微的感激，以很难得有的平缓语气道：“后会有期。”

蔡风爽朗地一笑道：“但愿后会有期。”

望着两人头也不回地大步离去，他有种失落的感觉。

“感谢蔡公子相救之恩……”

“老伯何须说此话，路见不平，自当出手，何用言谢，你们以后小心一些便是。”蔡风温和地道，说着从怀中掏出一把碎钱塞到姜成大的手中，“这是酒钱。”说完后潇洒地转身而去，唯留下他父女俩在水榭中发愣。

夜很深，是不可测量的深，夜也很静，静得像每日流过天空的月亮，始终是那么沉默，或许，月亮便是这静的象征。

有风，却很清爽，那微薄的寒意却是一种低沉而恬静的意境，似梦如幻，树叶沙沙的轻响也便成了梦里的召唤。

月辉很淡，暗影婆娑之下的元府像是蛰伏的巨兽。

蔡风没有睡，这本来应该是睡觉的时间，但他没有睡。蔡风不仅没有睡，而且还不在房中，他的房间空空的，在黑暗之中，自然人人都以为他睡了。

但他的确是没有睡，他的人在东院不远处的假山石之旁。

蔡风已经不像蔡风，而像是一只精灵，黑夜的精灵，整个人像是一团黑黑的暗影，他全身都包扎得很紧，若他伏在假山石之上，在黑夜里，绝对没有人会说他是一个活物，而应是一块比较有人样的石头。

与黑夜有一点不对称的，便是他的目光，在暗夜里，像是两点清澈的寒星。

蔡风很少作这样的打扮，这还是第一次，不过谁也不相信第一次作夜行打扮的人，会有如此灵动而精巧的行动标准。

但蔡风有一点不同，他是一个猎人，一个很年轻却又极为优秀的猎人，在夜里，他也有野兽的机智和可怕，这是个事实，只看他眼下的行动，便不可否认地证实了这一点。

他潜到了“挂月楼”的旁边，他刚才在假山之旁并没有找到地下室的入口，他想做的只有一件事，就是去见那吹出神奇乐音的人，他很自信自己的猜想，更重要的还是他的好奇心，不可否认。他的好奇心很强，而且更大胆妄为，当他干一件事情之时，便很少考虑到其后果，甚至不去想后果，想后果，那是一种负担，一种压力，连蔡风自己也想不出要见这个人是为了什么，他甚至不知道见了这个人第一句话是说什么。难道见了这个人，还想这个人吹一曲给他听？想来也好笑，不过正因为好笑，他才做，他才冒险，正如当初，他明明已让老虎陷入他设的陷阱里，却仍要把老虎救起来，然后再用武力把老虎制伏一般，他要的便是想做便做的自在洒脱。

夜色依然很昏暗，但他的眼睛却比任何灯更有用，他甚至知道哪一株花下埋了弩箭，哪一株花下有大兽夹和哪一株花下有陷阱，哪里没有网罗、暗钉，因为他是猎人。这十几年来一直都和这些玩意儿打交道，在阳邑小镇之上，布置陷阱和捕兽机关最厉害的人还得在蔡风所住的那个小镇之中去找，这之中有巧手马叔，和蔡风关系最好，而蔡风更是猎人中的猎人，这是阳邑小镇上的人说的，除了蔡伤和黄海，就得数蔡风和马叔，而阳邑镇的人布设的机关更是让神惊鬼惧，曾经十八次对阳邑小镇围剿的先后数万官兵，死伤的近万人有一大半是死在机关之中，可见这些机关有多么可怕，也因为这样，才没有人敢再去收阳邑这小镇的税，使得阳邑的人得以偏安。当然，这之中也有那些太行大盗都对阳邑小镇礼敬有加，使得官府不敢轻举妄动，更可怕的却是阳邑上那几位神秘的高手，没有一次围剿主使不在阵仗还未展开之时便已人头落地，蔡风便是在这个小镇上长大，便是在这些能手和强者的呵护下长大，很自然他本身也便成了一个能手，一个强者。

元府内的机关对他来说，只是很平常的一些布置，比起阳邑小镇的布置还差上一个级别，蔡风自然很轻松地避过那些能够让人后悔的机关。

月辉仍很淡，不过“挂月楼”上的几盏灯却不是太暗，在黑黑的夜中很突出，更有人行走于楼上，蔡风若不是借花影的遮掩，大概此时已经被楼上那伺机而发的羽箭给钉在地上了。

蔡风的确是做好了夜行的准备，其实这只是在森林之中夜行的装备，不过，对于这元府来说已经够用了。

说来也好笑，蔡风把自己装备得像是一支军队，看样子，便像是要去对付千军万马一般，这大概便是他们猎人所养成小题大做的谨慎作风。

蔡风敢肯定在黑暗之处，仍有人守防，不过在“挂月楼”的横墙之旁却是空的，蔡风选择的位置便是这里，以他轻捷得比狸猫更胜十倍的动作，来到横墙之下，不过，这里却只能一直攀到房顶，自然这只是指对蔡风来说，相信若是别人，绝对不能在守卫毫不知觉的情况下攀上房顶，这“挂月楼”分两层，爬到最顶上，那的确不是一件很容易的事，但蔡风却做到了。

蔡风做到了，是凭的一根包有软皮的挂钩，搭在屋子横出的檐上，这是以一个小弓弹出去的，以手自然也可扔上去，但这小弓却更准确，也可搭到更远的地方，这是巧手马叔教给蔡风的杰作，而此刻却完全应用上了。

蔡风攀上瓦面，的确已经做到了神不知鬼不觉。

从屋顶上俯瞰，院中的景象当然更清楚，对那立在暗处的几处守卫也看得异常清楚，不过，他却清楚地感应到这楼中那不同寻常的一团气息，那绝不是普通高手所能够拥有的。

蔡风心下有些骇然，他估不到在元府还会有如此高手，这种气息乃是人身体之内自然流露出来的，不过这人一定是正在运功，否则绝不会有如此强烈的气息让蔡风捕捉到，这使得蔡风不得不格外的小心。不过，他却是在思忖如何才能够潜入楼中，找到那密室入口，抑或不是秘道的入口，总之这挂月楼神神秘秘的自然有不可示人的秘密。以蔡风的估计，这挂月楼应有地道与假山相通，以蔡风的眼力自然不会看不出假山上没有半丝出口的痕迹，而且那假山石坚硬无比，比他想象的要坚硬多了，更证明那假山是不普通的。

突然，蔡风的眼角有道暗影闪过，他心不由得收缩得很紧，因为他见到了十数道暗影借着花木的阴影，正向挂月楼潜近，从那动作之灵活可以看出这一批人绝对全都是好手，更有不少是一流高手之级的。

蔡风心中暗暗吃惊，不过瞬即明白，这些人正是叔孙长虹的家将，甚至连那几个驯狗师也在其中，蔡风暗忖自己还小看了叔孙长虹。

蔡风因身在房顶，比下面守卫的人站得更高一些，而且也正好是俯视下面景色的位置，更因为他对“夜猎”早在小时候便已经很熟悉了，那些人虽然可以瞒过守卫，却瞒不过蔡风。

蔡风暗忖：“老子正愁无法躲过楼中那死鬼的耳目而入楼，既然有你们来凑热闹，老子自然乐意，大不了不成，老子溜之大吉而已。”想着，迅速找一处凸出的屋檐伏下身子，唯留下眼睛观察着下面的动静，他那全身一色的黑色正与瓦面很相配，不仔细留意，绝难察觉。

“啪啪!”两声细脆的声音传入蔡风的耳朵，蔡风立刻感到不妙，因为他感觉到楼内的那团气机有了变化，显然这细得不能再细的声音让楼内的人惊醒了过来。

蔡风眼睛一转，便有两道暗影夜鸟般从屋檐下升了起来，动作之利落真叫蔡风骇然，想不到叔孙长虹这次居然带了如此多的高手，可见是不达目的不放手了。暗骂：元浩引狼入室都不知道，真是该打，该骂，不过事到如今，唯有大闹一番了，对不起元叶媚便对不起他，奶奶个儿子，她有了未婚夫便不要老子这个朋友了，老子还追她个屁。不过此刻却连呼吸都全部收敛，静待其变。

那两个蒙面人相视望了一眼，相互点了点头，身子迅速向前屋檐的守卫处靠近，显然是要把这几个守卫干掉。

蔡风心中一阵发寒，想不到叔孙长虹这小子如此无情和狠辣，连丈人家的人都杀无赦，不禁对这小子的厌恶之意又增了一层，同时眼睛一眨不眨地盯着两个蒙面人的行动，他有把握若施以偷袭的话，这两个人至少会有一个人死去，而另一个人不死也变成废人。不过他并不想如此做，他更想知道这些人到底是为了什么，所以他按兵不动，只是以心神紧锁住屋内那人的动静。那绝对是一个可怕的高手，一不小心，就有可能栽在那人的手中，所以，他必须小心那神秘未知的家伙。

那家伙似乎已完全从入定中醒了过来，不过，蔡风知道这人最先找的应该不会是他，也应该准备一下，如何进入这神秘的楼中了。

“嗞嗞……”一阵细得连蔡风都险些未听到的破空之声响了起来，就像是一阵淡淡的轻风拂过柔叶一般。

紧接着便是几声闷哼，却是小得可怜，小得让蔡风心头发麻，因为他见到了一排在灯光下闪烁了一下的银光，然后便很准确地嵌入那几人的脑袋，半点误差都没有，刚好是眉心的位置，以至那几名守卫连惨叫都未能发出便已经安然地离开了这个人世。

那两道黑影若大鸟一般闪了一下，便落到走廊之上，而那些潜伏在花从之下的人也非常及时地向楼下潜至，而站在一楼的暗哨仍懵然不觉有变。

“嗖、嗖！”两声轻轻的弦响，两支劲箭似是从另一个世界冒出的厉鬼向楼下的暗哨标射而至。

“谁……”两人的惊呼仍未曾发出来，便已被从楼顶之上潜下的两名黑衣人捂住了嘴巴，而在此同时，那两支劲箭准确无误地插入暗哨的心脏，惨叫声却完全被两只捂着他们嘴的手逼入他们的体内。

“嘭！”楼上的房门裂成了无数块，若箭雨一般飞洒而下，紧接着一声高亢的长啸划破了夜空的宁静，也使所有潜身于花坛之下的人惊得魂飞魄散。

也的确，他们本以为准确无误的计算，绝不可能出现漏洞的，可是此刻却偏偏遇上了这似突然从地狱之中窜出来的可怕人物，一下子把本来暗处的优势完全打破，现在能做的只是硬干了。

蔡风暗呼不好，若是乘此时溜走，绝对有机会，不过，若是此时溜走的话，那么对于探秘他将永远失去比这更好的机会，他绝不会是那种人，因为他是蔡风，是蔡风便不会如此做。他知道那人绝对没有感觉到蔡风的存在，否则，他绝对不会如此放心地让楼上空着，而此刻，以楼下的那些人的实力，足够这神秘的高手对付一阵子。

不过当他身子一闪入那破门之中时，他已经认出那神秘高手是谁了。

那神秘高手正是元费，这个蔡风和他只有一面之缘，甚至对他极有好感的高手出手了，只有在元费出手之时，才可以让人真正地理解元费为何如此沉默。

蔡风感触的确很深，那便是因为元费太寂寞了，在心理上太寂寞了，一个高手若是在没有对手的时候，那的确是太寂寞了。

元费的武功并不一定便是天下无双，即使蔡风也有可能与他战成平手，甚至有可能击败他，但天下间又有几个人能有如此的身手呢？

“哑剑”黄海失踪了，北魏第一刀蔡伤已经在十几年前退出江湖，天下间或许还有一个尔朱荣，可是他们全是鲜卑人。元费更是皇族，尔朱荣更是国家之中流砥柱，尔朱家的财力天下无双，在他们两个高手的身上绝对不能够发生争战，谁也输不起，谁也伤不起，谁也赢不起，因此元费注定只有寂寞，注定会是落寞。到此刻蔡风才深深地体味到那一声长啸之中的意味，因为元费已把这两个人看成了自己的对手，不过，他实在没有时间去看元费的武功，他也不能花时间去观看元费的武功。

蔡风一进元费撞破房门的房间，差点没吓一大跳，因为，他差一点撞到一道门上。除了撞破的一道大门，怎会还有大门呢？蔡风也感到惊奇不已，不由得伸手摸了一下那扇门，却发现，只是一个大柜子而已，不由得暗暗好笑，心里明白，这柜门定是元费打开的，不经意地望了望灯光下静躺在柜子中的蒲团，心中明白，刚才元费定是坐在柜子中练功，不禁暗忖：天下真是无奇不有，居然有人会坐在柜子中练功。好奇心的使然下，不自觉地伸手在那蒲团上摸了一下。

蔡风心中一动，因为这蒲团竟是铁板所做，虽有余温，却硬得任何人都会知道屁股会疼。

蔡风心中一动的同时，不由得仔细地打量了这铁蒲团一眼，却发现蒲团的边缘有个横出的把柄，如此的装饰，他倒是第一次看到。蔡风再打量了屋内一眼，走廊上那淡淡的灯辉映照之下，屋内的东西一目了然，唯有这大橱柜最为突出，并没有到楼下的甬道。

蔡风并不想为这古怪的蒲团花费很多时间，迅速向隔壁的房间里跑去。

“嗯……”蔡风只觉得眼前暗影一动，心中一惊，以快得难以形容的手法，一掌捂着对方的嘴巴，把对方因惊呼而发出的声音全都逼了回去，更不给对方任何反抗的机会，膝盖已疯狂地顶了上去，正中对方的小腹。

蔡风只觉得手心一热，一股热浪冲得手心发麻，不由惊骇地松开手，看见的却是满手血，而对方的口中鼻中，更不断地有血水向外狂喷，半句呻吟也没有。

蔡风骇得有些呆了，他从来没有想到会以这种方式杀人，忙乱之中并没有考虑到用多大的力，只一膝盖便把对方内腑完全震碎，不过事已成实，他也无可奈何，幸好，那口鲜血因蔡风的捂住并没有喷到蔡风的身上，否则恐怕蔡风满脸满身都会被染得乱七八糟。

蔡风心中一动，望了软下去的尸体一眼，便急忙去找自己的楼梯，他知道自己绝不能跃下楼去，否则便成了攻击的目标，不过，他还得小心楼上另外的人出现。

让蔡风惊异莫名的，却是这楼上并没有通往楼下的楼梯，这让蔡风百思不得其解，这怎会没有楼梯呢？那怎么上来？便算元费这种人可轻松地上来，一些高手可以上来，那么若是在毫无知觉下的敌人侵入一楼，那么二楼岂不是全无察觉？不仅如此，要想去帮助底层之人那还得从楼下的大门进。若是敌人在楼下大门口设下四张硬弩，便是有元费这样的高手又怎样？又如何可以到一楼呢？若是如此，那元费这颗棋子岂不是白费了，难道……

蔡风若有所悟，迅速又重新回到元费的房间，在元费的床上摸了一阵子，并没有特别的设置，扭头却一眼望到了那个大柜子，那紧靠着墙壁的柜子。

蔡风快步行近那大柜子，伸手摇了摇大柜，却是纹丝不动，使劲地上抬，却异常紧，心中一动，使劲地按顺时针转动那大铁蒲团，也觉得沉重无比，不过似乎可以松动，心中一喜，忙再加两成功力。

“嗖、嗖！”两支暗箭从柜子内壁激射而出。

蔡风心中一寒，忙向一旁横移，不过仍被那两支暗箭撕下一块皮肉，只吓得蔡风冷汗直冒，心中暗骂这设计机关的歹毒，也暗自庆幸自己只是站在柜边，又动作快，否则只怕一命呜呼了，不过现在知道机关在这柜子中，就已经好多了。

蔡风做好准备，握剑在手，并给手上戴上手套，运劲足下，以脚劲转动铁蒲团，果然柜子背壁裂开一道可容人通过的缝隙，不过这次并无暗箭射出。

蔡风丝毫不敢大意，在这种性命攸关的当口，一点马虎都可能让人终身遗憾，因此，他必须打起二十分精神应对。

那铁蒲团似乎一下子固定了并不倒转，蔡风望了望那隐在夹墙之中的暗门，却只是另一个柜子而已，并没有下楼的出口，便以脚尖轻点了一下那夹墙中柜子的底部，那底部却是浮动的。

蔡风已然明白是怎么回事，忙挤入夹墙中的柜子，那柜子果然如他所想的一般沉了下去，而外面的大柜子也缓缓地关闭。

机关之精巧，设计之奇妙，叫蔡风也不禁叹为观止，不过心神也绷得很紧，想着这柜子到底将他沉到什么地方去呢？

在黑暗中过了片刻，柜子终于停稳了，这短短的片刻对蔡风来说却似是比一年更漫长，在着地之后，心中才安稳了些，不过神经也绷得极紧，因为面临的是一片未知。

蔡风缓缓地推开柜门，却见到一丝微弱的光亮，更看到两名有些松弛的守卫，四周全都是石壁，这个蔡风还未来得及看，便要对付扑过来的剑。

那两名本很松弛的守卫，突然见到一个蒙面人，立刻知道不好，他们的反应的确够快，他们的剑也的确够狠，但是他们遇到的却是蔡风，这或许是他们的悲哀。

蔡风的动作只会比他们更快十倍，因为蔡风一出手便是左手剑，甚至剑尚未出鞘，已经将对方的剑式攻破。接着便是蔡风的剑若流水般流过他们的剑，再有一道森寒无比的剑气射入他们的咽喉。当他们心中的惊呼升至咽喉处时，已经被蔡风的剑身完全割断，被割断的声音是不能引起任何骚乱的。

那两人死了，死在蔡风的剑下，他们到死仍不敢相信世间会有如此快的剑法，更不敢想象他们会是如此一个默默无声的死法。

蔡风在心中说声抱歉，伸手将两人轻轻地靠在墙上，小心翼翼地向灯光传来之处行去，在这陌生的环境中，他必须小心。

这里果然是一个极大的地库，四周的石壁砌得很光滑，也很古朴，给人一种无形的压力，蔡风知道，这至少是在地底三丈深以下，不过空气似乎并不闷，而且还极为通风，这如此庞大的工程，的确也够惊人的，这绝不会是一年两年所能够完成的。

地道很狭长，蔡风的脚步很轻，四周那种无形的压力使他的神经绷得极紧。

灯火便在不远处，蔡风可以看到一个极大的石室，却安排有许多牢房，一根根极粗的木栅栏制成的牢笼，每个牢笼之中都有一根深埋入地的粗铁栅，和一大堆粗铁镣。显然是锁一些武林高手，而所有的大牢之中，唯有一间牢房之中有人被关在里面，而且是个僧人。

居然是一个光头僧人，连蔡风都觉得无比惊讶，坐着的居然是一个光头僧人，真是太让蔡风意外了。

“谁？你是什么人？怎么会到这里来？”大石室之中居然有四个看守的，他们见到蔡风无声无息地闯了进来，不由得惊骇无比。

蔡风先被石室之中的环境怔了一下，此刻自然迅速回过神来，不禁一笑，沙哑着声音道：“你们没看见我蒙着脸吗？若是可以告诉你是谁，干吗还要戴着这劳什子，真是明知故问，至于怎么来的，当然是走来的。”说着斜望了那僧人一眼，那僧人便像是死人一般，一动不动，心中暗骂：奶奶的，老子以为有什么好玩的，却不过是一个和尚而已，真他妈的倒霉。

“你把他们都杀了？”那四人声色俱厉地道。

蔡风摊了摊手，无奈地道：“是他们要先下杀手，我一不小心，便杀了他们，真是罪过罪过。”

“那好，那便拿命来吧！”那四个人一声暴吼，从四个角度，向蔡风夹攻而至。

蔡风一声低啸，知道事到如今，只有武力解决一途，别无他法，因此，他毫不犹豫地出剑了，他不敢有丝毫留情，因为对手是绝对可怕的。

这四个人每一个人都不比长孙敬武差多少，在他的眼里是这样，元家既然能有元费这样不为外人所知的高手存在，能存在这四个隐名的高手，那并不很奇怪，谁奇怪，谁便会吃亏，绝对会是这样的，因为蔡风并不奇怪。

奇怪的应该是那四个人才对，也的确，蔡风居然以右手握住剑鞘与他们对敌，剑根本不拔出来，这是不是有些太狂妄了？

在四个人的眼中掠过一丝讶然，但他们绝对不会有同情和怜悯的目光，有的只是一抹阴狠而可怕的杀机。

但他们那讶然只是片刻之间的反应，更多的则是惊骇。

蔡风的剑出鞘了，出鞘的瞬间，只把四人的眼睛都耀得有些张不开，而且他的剑是在左手，以快得不能再快的速度，以左手拔出了那深藏在鞘中不肯见光的剑。

他们没想到这神秘的蒙面人用的是左手剑，是他们有些失算，失算对于高手来说，这是一个很可怕的词，对于他们来说尤其可怕。

蔡风左手中的剑，那摧目夺魂的光芒把整个石室之内的光亮完全掩盖了，其实，这只是将室内所有的光全都聚于这柄剑上，形成了无与伦比的凄艳。

那种光彩似流水一般以蔡风为中心，以旋涡的形式向外流淌，看起来是那般凄美，那般优雅和生动，可是每一个人的神经都绷得很紧很紧。

这之中自然包括蔡风，他其实不止是绷紧神经而已，而是还在将自己的思绪和精神完完全全地解脱，绷紧的神经是钳住剑的手，而解脱的思绪和精神则全部融入这流散的光彩之中。他所有的一切，全都凝聚在一片震荡流水般的剑潮之中，这是一种难以解释的境界，或许那坐在牢中的僧人能够理解蔡风所达到的意境，因为他睁开了眼，有些讶然地望着这惊心动魄的剑辉。

蔡风已经成功地忘了我，正若那老僧刚才所达到的禅定之境，因此，老僧感应到了蔡风精神的实质，才会睁开了眼。

“当当当……”一连串密集得根本没有间断的金铁交鸣之声后，蔡风的身子以无比优雅的姿势，也以螺旋的形式升上了虚空。那片光彩稍暗的剑光在他的身边洒成了漫天的烟雨，随着蔡风身子的上升而变成了凄迷梦幻般的圣景。

没有人可以形容得出那种震撼的凄美，没有人可以想象到世上会有这般的剑法，或许有人知道这种剑法的存在，但他并没有告诉世人。

“呀——”蔡风一声低啸，身形倒转而下，那漫天的烟雨变成千千万万片飞洒的雪花，千千万万片飞絮，以无孔不入又飘逸无比的姿势洒下，形成一种密与疏的矛盾，但这其中的那种君临天下的气势，早已使得室内的油灯火把在不断地摇曳着，似是在暗示着暴风雨的降临和它的疯狂。

“黄门左手剑——”四张惊惧得有些扭曲的剑和四双有些绝望的眼神，在惶恐之中挤出了一句长长的惊呼。

蔡风终于使出了“黄门左手剑”，以前黄海也从未动用过的招式，他也没有预料到会有什么后果，他也没必要考虑那么多后果，他必须使出这一招。否则，他便只有死路一条。这四个人的功力的确很高，高得蔡风必须使出绝招。

“咝咝……”一阵断断续续的低啸，虚空中的所有可以感受到的实体全被绞得支离破碎，包括那四人手中的剑和枪。

这像是一场疯狂得不能再疯狂的风暴在以最恐怖的力量摧毁着一切。

没有惨叫，没有再听到任何惊呼，也没有什么可以感受的完整，一切全都只有一种感觉，那便是破碎，绝望的破碎。

蔡风静下来了，他像是做了一场梦，一场可怕的梦，不敢相信地望着眼前的景象。

碎剑，断枪，粉碎的布料，破碎的肢体，和不能辨别面目的脸，一双双惊恐而充满绝望神情的眼睛，还有……还有……

一切都似是做了一场不能醒转的梦，还有的，蔡风已经不想看到，在他的心中充盈着一种让他想吐的气体，那是恶心。

那是恶心，蔡风从来没有想过这种残酷的不忍目睹的影像会是他一手制造的，于是他跪了下来，忏悔似的跪了下来，他的那块蒙面的黑巾已经被自己的剑气绞得粉碎。那双俊目紧紧地闭上，脸上不知是痛苦，抑或是悔恨，但那绝对不是欢喜，绝不是。

石室中很静很静，死域一般寂静，蔡风没有说话，或是他不知道说什么，他不知道该从哪里说起，他心中有的只是歉疚和凄惶，一种深深的罪孽感使他的脸有些扭曲。

这一切是为了什么？这一切都是为了什么？为了什么？蔡风心中一直在盘旋着这连自己也完全无法回答的问题。

“哈哈……”蔡风的笑声有些像在哭，的确有些像哭，他真的不敢再看地上的一切，他不敢想到底为了什么，为什么会杀这么多人，可是他抬眼便已经见到了那僧人，或许这一切便是因为他，这没来由的僧人。

蔡风有些失魂落魄地来到木牢之外，有些软软地扶着木柱，拿着剑和剑鞘滑到地上无力地跪着，苦涩地道：“是你吹的乐音吗？每天早晨？”

蔡风的话有些语无伦次，他那失魂落魄的神情映入老僧的目中，却成了一种悲哀。

或许，这真的是一种悲哀，真的是！

“不错，老僧是吹过，在每天早晨。”那老僧的声音是那般轻缓和安详，似暮霭中的晨钟，使蔡风的心神微微振作了一些。

“哈哈……”蔡风笑得比哭还难看，气不打一处来地骂道，“你可知道，就是为了你这狗屁乐音，才使我满手沾上了血腥，你知道吗？你为什么要以乐音相传呢？你真是害人不浅哪！”

“阿弥陀佛，罪过，罪过，老僧并不知道会因乐音而引施主造此杀孽，实在是罪过，罪过。”那老僧闭目忏悔地道。

蔡风不由一呆，他想不到老僧这么快就承认是他的过错，变得都有些不知如何是好。

“小施主心地淳朴，实在是难得。”老僧似有深意地道，目光炯炯地罩在蔡风的面上。

“淳朴有个屁用，我杀了这么多人，而且还稀里糊涂的，只为了想见一见这吹出那种调子的人，真没想到会惹出这满身的罪孽，我他妈的真是浑蛋。”蔡风落寞地气恼道。

“阿弥陀佛，人有生必有死，生生死死只是轮回之必经路途，天命已定，谁也无法改变，小施主只不过是替天行道而已，又何用自责呢?”老僧双手合十淡淡说道。

“天命已定，谁也无法改变，我是替天行道，老和尚你不是骗我吧，世间有这种替天行道之法吗？替天行道乃是惩恶扬善，怎会是这样呢?”蔡风疑惑地道。

“生命的终结也是苍天早定，他们命该如此，小施主不送他们入轮回，自会有人送他们入轮回，只是这替天操刀者不同而已，替天行道固然是惩恶扬善，可世情却并不是十全十美。更何况这乱世之中，群魔乱舞，生灵涂炭，我佛慈悲，唯西方极乐是净土，人世间哪能强求美满。”老僧平静得像一井枯水般地道。

“西方极乐净土可信不可求，空洞之物，何以能在。”蔡风从那种罪孽感中恢复过来，想想老僧说的也是，人世之中哪能十全十美，善恶更难分清。

第十六章　佛缘天赐

“小施主此言差矣，我佛慈悲，佛法无边，西方极乐净土乃善人之终极，怎么空洞。”老僧不愠不火地道。

“我佛慈悲，佛法无边，怎就不可以使世道升平，百姓安居乐业呢？而让富人横行，当权者不仁呢？佛家不是说普度众生吗？佛祖他老人家为何不施以佛法感化众生，救万民于水火之中呢？什么西方极乐净土，是善人的终极，那恶人呢？恶人便留在世间横行，那是怎样一个世界，你们佛家说阿鼻地狱，为何要让那些恶魂转入轮回，来扰乱人世。我佛慈悲，我佛慈悲，那为何你这老和尚会被关在这牢笼之中，你为何不以佛法感化他们，让他们放你出去，你是怕出去要普度众生吗？你是怕出去无法让人信服吗？你是怕见尘世烟尘吗？你呀你。”蔡风气恼地大骂起来，那老僧连半句话也插不上，只是一个劲地念“阿弥陀佛……”

“怎么，你无话可说了？”蔡风没好气地望了不住念“阿弥陀佛”的和尚一眼，讥讽道。

“小施主之言，老僧实无话可说，可惜老僧无法学得佛祖佛法千万分之一，实在惭愧之至，也有愧慧远祖师，阿弥陀佛，阿弥陀佛。”老僧惭愧地双掌合十道，一脸忏悔之色。

蔡风不禁为这老和尚可怜起来，淡淡地道：“你也不必太过自责和惭疚，这世人也不止你一个和尚没有用。”

“阿弥陀佛，小施主不用安慰老僧，老僧学了数十年的佛法，犹未能参透慧远祖师的遗法，而使得佛道没落，魔道横行，实在是罪过，今日若非小施主的指点，老僧恐怕这一生也无法觉悟，而老僧看小施主心地仁慈，慧根深种，能感老僧乐音而来，已是有缘之人，老僧想求小施主一件事，还望小施主不辞。”老僧平和而又稍显激动地道。

“你有什么事？还好意思要我做，别以为几句恭维话便可打动我，我已经被你的乐音害得够惨的了，别再打我的主意了。”蔡风不屑地道。

“小施主可否愿意听老僧讲一个故事？”老僧语气稍平和地说道。

“我还不知道他们什么时候杀进来呢，哪还有闲情听你讲故事！”蔡风不耐烦地道。

“老僧可简单地讲一下，这可能是关系到天下是否可以安定的大事。”那老和尚认真地道。

有这么严重吗？蔡风有些骇然地问道，心中想到叔孙长虹和那一帮盗贼都是为了这老僧而来，或许这老和尚所讲真的有那么一回事也说不定呢，不由得又道：“那你快讲吧，简单一些哦，我可要逃命啦。”

“当年慧远祖师在庐山坐化，遗下一颗鸡卵大的舍利珠，祖师曾有遗训告知体内有圣物舍利，蕴天地精华，更藏天道之奥妙，留待有缘之人达般若之功效。可在圣舍利取出不久，便为人所盗，直到我师尊坐化之前一年才重新找回圣舍利，也因此，耗尽心智而无法解开其秘，达至般若悟至天道才会早早坐化。老僧也苦悟二十载犹未能悟通其奥妙，反使心魔重生，以至佛法无定，真是惭愧。而不知是谁传出圣舍利在老僧之手，以至老僧才有今日之厄。想来是老僧愚钝，不算有缘，我看小施主额泛华光，乃是佛家有缘之人，若老僧眼未花的话，小施主应该是自小修习禅功，才能致使武功达到如此之境，因此老僧想请小施主帮老僧完成一个心愿，想来小施主也知老僧所指。”那老僧双手合十，又唤了一声“阿弥陀佛”道。

“你是叫我去悟那什么圣舍利？”蔡风吓了一大跳，后跃一步惊疑地问道。

“老僧正有此意，若是小施主不愿悟此圣舍利的话，也可另寻有缘之人，老僧想来此生已无望悟通此中奥秘，只能靠有缘之人之力了，相信慧远师祖不会责怪老僧。”那老和尚恳切地道。

“我的天哪，人们常说匹夫无罪，怀璧其罪，你这岂不是想害死我吗？”蔡风有些怨道。

老和尚脸上绽出一片祥和的笑意，蔡风这种不为宝物所动的表情让他的确很欣喜，至少蔡风的脸上看不到做作之态，不由得淡淡地道：“若是老僧这圣舍利误落恶人之手，那将会是一个更可怕的局面，或是天下更乱也说不定。若是真如此，小施主不就成了天下万民的大罪人，我想小施主定不会想做千古之罪人吧？”

蔡风苦着脸道：“你这是在逼我吗？遇上你这个老和尚算交霉运了。”

“那小施主是答应了？”那老僧喜道。

“我能不答应吗？不过还好，我爹很通佛理，精于禅学，相信他有办法可以试一下。”蔡风无奈地道。

“那便更好了，我这便教施主如何储存这圣舍利。”那老僧欢喜道。

“什么！这个还要学储存方法，有这么隆重吗？”蔡风不耐烦地道。

“我只教小施主一些口诀和运气功法，小施主以后再去领悟便是了，到时候可把圣舍利再储存好也行。”那老僧认真地道。

蔡风望了那老僧一眼，只见老僧深深地吸了口气，肚子“咕咕”两声闷响，片刻之后，只见他喉管有一道鼓起上升的线，像是有一条蛇从老僧的肚子里蹿出来一般，在蔡风目瞪口呆的情况下，老和尚从口中吐出一块大如鸡卵，却泛着一种奇异光彩和色调的石头，上面似乎充溢着一层亮丽的宝光。

“这……这是什么功夫？把这么大的东西从肚子里吐出来！”蔡风有些不敢相信自己的眼睛道。

“这是西域天竺国瑜珈心术的一种，叫‘蛇喉功’，可以如蛇一般吞下比它身体更粗大的东西，而这比蛇更进化一步，可以吐出藏在腹内未化之物。而这块圣舍利便是藏于腹内，这样谁也不会知道它藏在什么地方了。”

老僧说着便把那美丽的石块塞到他的手中。

蔡风接过那滚烫而湿漉漉的圣舍利，心中不由得一阵迟疑。

“现在便由我告诉小施主这‘蛇喉功’的要领，以小施主自身的功力和聪明，相信用不了半个月，便自会悟通这‘蛇喉功’的精要而轻松自如地吞吐这圣舍利了。”老僧平和地道。

“能行吗？要是吞进去，吐不出来不就惨了，而且还不知道它会不会化掉。”蔡风担心地道。

老僧笑道：“世上无难事，只怕有心人，老僧刚才不是很轻松地吐出来了吗？而这圣舍利是不可能在体内融化的，你放心好了。”

“那好吧，我把你救出去，咱一起逃，在路上你再告诉我秘诀吧！”蔡风神色一肃道。

“小施主别费心思了，老僧不想出去，这里乃是清静之地，刚好给老僧一片参悟佛法的空间，外面红尘世俗，老僧实在不想踏足。小施主还是听老僧细讲这运功之法吧。”老僧双手合十肃然道。

“既然你这老和尚如此顽固，我也没办法，由得你去，到时候可别怪我没出手哦……”蔡风唠叨着道。

夜或许是很静，不过元府却有些不成样子，这或许是元府最乱的一个晚上。

最乱的还是“挂月楼”，不过正不断有高手向“挂月楼”汇聚。

元费很勇悍，但他并不能够独挡十几名高手，“挂月楼”一楼也仍有四五个好手，可是与叔孙长虹的属下相比，却是一面倒的局势。

元费的一支长枪确有一种不可匹敌的气势，他的对手正是那从房顶上跃下，而让四名守卫毙命的两个蒙面人。

那两个人也绝对不是庸手，更似是这一群神秘蒙面人之中最厉害的两人。

元费将他们看成对手，一点也没有看错，这两个人的确配做元费的对手，这两人似乎很默契，单凭这份默契便可以让许多高手神往，这两人似乎更习惯连击，连手出击，使他们的攻击力暴增，连元费也有一点吃不消。

这个世上的高手也真多，这里的每一个人都是那般疯狂和狠辣，这里的每一件兵刃都绝对是夺命勾魂之物。

“呀——”又有一声惨叫传来，仍是元府的人，这已经是第三个被砍成四截的弟子。

元费心中充满无限的悲愤，可是他的确是很难脱出身来，无论他的枪是多么灵活，无论他的劲道有多狠，但却始终无法击破那配合得几无缝隙的攻击网。

形势自然是极端的不妙，元费却弄不懂为何他的一声长啸所引来的救兵，只有这么两个，难道整个元府之人只剩下了这么几个人。

分神的同时，他的肩上被拖了一道不是很深的刀痕，可是却流血了，受伤就是表示这一切到了极为重要的时刻了。

对于元费来说，应该是如此，因为此刻他所要对付的不再是三人，而是四人，绝对不是庸手的四人，而在这四个人当中，他还发现了两双十分熟悉的眼神，的确很熟悉，就像他对狼的眼睛那种熟悉一般。

对于武人来说，眼睛是一个很重要的部位，其实对于任何人来说，眼睛都绝对是一个重要的部位，特别是眼神，世上绝没有相同的眼神，哪怕是表示相同的意思，因此，元费对这两双眼神的熟悉并不是偶然。

于是元费的心肺几乎快要气爆了，这杀死自己兄弟们的人居然是熟人所为，并且还砍了自己一刀，这种受骗和背叛的感觉的确不是一件很好的享受。不过元费却不能细细地去品味这种感觉，也没有机会去品味这种感觉，除非他想让自己身上多两窟窿，所以他只能尽力出手，只能以最大的努力去解开眼前的危难。元费的枪抡得很圆，那是枪尖划过的弧线，美丽只是其次，更重要的却是那种呼啸奔涌的气劲，那准确而快绝的杀招，他能做到的只有这一点点而已，那便是同归于尽。

对于元费来说，能做出这种打算已经够让任何人吃惊的了，对于元费来说，想与对方同归于尽已是没有办法之中的办法，对于元费来说这或许是一种突破，是一种无奈的突破。

以元费的尊贵身份，却能放下架子，放下一切不顾，而作出这种同归于尽的打法，实在不能说不是难能可贵的了。

元费所要杀的正是那具有熟悉眼神的两个人，这两个人的刀和剑实在是很可怕，也很狠毒，他们的刀与剑所走的弧度也都有着让人不得不叫好的精彩。可惜，元费已经不去管任何可以让人觉得精彩的动作，他的心中只有一个意念，便是杀人，杀死这两个人，他知道他的枪尖同时刺穿两人的心脏之时，对方的刀和剑也已经在自己身上留下了致命的伤痕。

最先与元费交手的两位蒙面人的神色也微微有些变了调，因为在元费划出这一枪的眨眼间，已把他们逼到了攻击范围之外，使他们根本就无法对元费进行致命的攻击。不过他们也绝不会因为元费可能与对方同归于尽便不再出手，他们知道每一个人的命都很珍贵，谁也不会拿自己的命去搏元费的命，那绝对是得不偿失。

的确，每一个人的生命都一样珍贵，并不因为元费是元府的大总管便能够一命值两人，那两个人绝对不是傻子，所以他们并不会选择与元费拼命一途，他们退，他们选择了退却，退却并不是逃，而是一种战略，一种保命的战略，因为还有另外两人的攻击。

元费眼中的光彩有着一种近乎野兽的疯狂，那似乎是疯子的眼神，但谁也不敢相信元费是疯子，而更相信他比任何正常人都清醒，因为他已经看出了对方眼中的退意。

“乒乓……”一连串的暴响，劲气四散激射，像是疯狂而无形的烟花，虚空似在一刹那之间被撕裂成无数道伤口一般。

元费并没有达到同归于尽的目的，可是他已经利用同归于尽的战略达到了那种不要命的气势，虽然他的伤口的鲜血涌出得更快。

有两道暗劲从他的身体两侧涌到，他捕捉得很清楚。其实，在这打斗的一开始，他便已经把所有的感觉调整得很好，他便已经绷紧了所有该绷紧的神经倾注身边每一丝空气的流动，只是他一直都无法解开这紧锁的两件兵器，不过此时，他似乎找到了一丝感觉，就因为这一点感觉，他的身形便像是一片冉冉升起的云。

其实用冉冉这样的形容，实在与他的身形差上十万八千里，他的身形升起的速度很快，最后借力的，不仅是地面，还有那两名退后的蒙面人手中的刀，他的枪最后一击是由上而下直砸，借对方刀的反震之力，使得他的身形若箭一般直升而上。

元费这一招有些出乎这四个人的意料，不过却也牵动了两柄刀，便是那两柄正从两侧夹击的刀，元费的每一动，所牵动的玄机都几乎与这两柄刀紧紧联系在一起，因此，元费的身形在拔起的同时，这两人的身形也如影随形地拔了起来。

元费自然知道这是一定有的结局，否则他早就已经将这两柄讨厌的刀给甩开了，不过，这一次他的身形却比这两柄刀更快了半拍，高手相争的，便是那么半拍，虽然只是半拍而已，可是已经足够元费作出很多种变化。

元费只是在空中扭动了一下腰肢，只这扭动一下，手中的枪已经如春雨一般，密密地洒下，细细的，淡淡的，不愠不火的，但却在虚空之中布下了一张紧密得让人心寒的罗网。

雨点，便是那斜洒的枪尖，那柄本很坚硬的枪杆，却在这一刻振荡成千万根很有弧性的幻影，恰恰成了这罗网中间的主绳，而鱼儿正是那在昏暗灯光下闪烁的刀法和捷若幽灵的两条淡影。

元费的确找对了感觉，“乒乓……”一连串爆裂得人想捂住耳朵的响声之下，那本跟在元费身形之下升起的两人，毫无还手之力地被逼了下来，但他们心中却在冷笑。

可是元费并没如他们想象的那般迅速坠下来，而是借他们两人下坠的反震之力，身形再斜射，他的目标竟是那“挂月楼”。

到此时，守在楼下的四人才知道上了当，才知道已经给了元费一个脱困的机会。

没有人想比元费后上楼，当元费的身形横移之时，地下还在等待给落地的元费致命一击的两人身形也若夜鸟一般，向“挂月楼”上飞掠而去，他们必须缠住元费，只有缠住这可怕的对手之后，其余的人才能够有更多的机会和时间去找寻地道的入口。

元费嘴角露出一丝生涩但却很难得的笑意，在夜幕的遮掩之下，并没有人看得到。

那被逼到地上去的人似乎对元费有些不甘心，他们本已经吃定了元费，却被元费从中借了一些力道，达到这种结果，不过，他不得不欣赏元费的战术，也不愿意放下元费。

元费比那两人先上楼一步，但这一步并没有什么效果，他只是借这一步之先又重新跃下“挂月楼”，元费的目标并不是“挂月楼”，也绝不会是逃得一命，他的目的只是放开纠缠，以强攻弱，达到最佳的攻敌效果，让对方的伤亡率达到最高峰。

那两人一上“挂月楼”立刻知道又被元费耍了一道，的确，元费又耍了他们一道。

元费的身形若惊鸿一般，在地面上划过一道长长的暗影，而他的枪也变成了根长长的刺，以不可匹衡的劲道直刺那正与元府弟子纠缠的蒙面人。

他的眼力很准，所选的角度和方位绝对没有偏差，所选择的时机也全是绝佳的，他所要的，便是给对方一个致命的打击。

“轰——”那人仓促地回刀迎在元费的枪尖之上，的确有些仓促，不过能有这么快的反应，已经有些出乎元费的意料了。

“呀——”又一声惨叫划破夜空，这次却是由敌人口中发出的。

元费聚集了所有功力击出的一枪绝对不是儿戏，绝对不会温柔，那所凝聚的劲气若潮水一般从枪尖疯狂地涌入对方的刀身。

不过，那人并没有死，但他的刀已经断成了两截，肩膀也留下一个深深的窟窿，他毕竟是仓促应招，绝对无法与元费的枪劲相比。不过，这样的结果的确大出元费意料之外，他的理想是，一枪刺穿对方的心脏，而对方竟借断刀的巧劲引开他枪上的劲气，并让他的枪尖偏位，能够达到如此水准的人，他不能不承认对方是一个高手，也让他的心中发寒。这里的每一个人都似乎是高手，他有些不明白为何会突然冒出这么多的高手出来，同时也为元府内真正的担心起来，正让他担心的还不是这些高手，而是东院那渐渐燃起的火焰，西院也有火焰升起，那里是马厩和狗棚。

这只能说明一个问题，就是敌人并不止有这一批人，而是两批或是更多，此刻他才有些明白为何没有人来这一方救援了，那是因为，并不止这一处遇敌。

元费不能想得太多，他必须不断地攻击，必须不断地逃避，也不能说是逃避，说好听一点便叫作战略，他实施的战略。

元费并没有再补上一枪结束对方的生命，而是以枪划了一个不是很大的圆弧，与元府的那一位已经伤痕累累的好手夹击另外一名蒙面人，他们必须予敌人以最大的杀伤。

那名元府的高手也很知时机，咬着牙，半声都不哼地配合着元费的枪势，从下部划出一刀所选择的弧度和轨迹绝对不会比任何一位蒙面人差，若以一对一，两人的功力应该只是相当，但是敌人在人数上占了极大的优势，不过这一次不同。

元费占了绝对压倒对方的优势，因为以他自身的武功比那蒙面人至少要高出一倍以上，再加上另一个高手配合，对方只有死路一条。

当然，若以这样的计算方法，对方只有死路一条，但是世上的事并不只是计算便可以决定一切，至少在这场战斗中便是如此，因为还有从元费身后追来的四位高手，都有可能给元费以致命的重创。

“当!”元费只是一枪击落对方手中的刀，然后抽身横枪重击由身后来攻的两柄配合得很好的刀，但他心中也畅快了一些，至少他知道对方已经少了两个作战生力军。

“呀——”一声惨叫，在众人意料之中的惨叫，把这个不同寻常的夜叫得更加凄惨。

元费不用看也知道是谁的惨叫，他已经很成功地为对方铺好了死亡的路，打下对方的刀，而与他配合的高手绝对不会错过这个机会，绝对不会，因为，他也恨这些神秘蒙面人恨得入骨，因此，他的刀狠狠地在对方的腹部划开一道可以让对方内脏全部放出来的裂口。

元费的枪早就已经算好了回撤的路线，和身形所划过的路线，因此，他并没有丝毫仓促的感觉，反而斗志变得更高，因为，他终于顺利地结束了对方的两个可怕的战斗力，这无形之中成了一个鼓舞，一个很有力度的鼓舞。

“当，当……”枪尖在对方的两柄刀上各划出一溜火花，元费的身形成功地让开一边，脱出这两柄刀的夹击之势，不过他又要迎击新的对手，那便是追随在他身后由楼上飞掠而下的两位熟悉的朋友，这并不是一个很好的动作，但却有着不算很坏的效果，至少这样一个动作下他不会死去。

元费的身形是贴在地上滚动，而他的枪却在地面之上扰起一团浮云，一团暗淡的浮云。

那从楼上跃下的两人身形已到了极致，再无法横移，只好放弃元费，改劈那片暗云，他们并不想变成残废。

“啪，啪!”两声脆响，元费的枪势一滞，身形忙一个侧翻，直立而起。

“呜!”一声闷哼响起，正是刚才与元费一起击毙对方两人的人，他的身形根本无法与那搭配得极为协调的两柄刀抗衡，被切下一只手臂。

元费心中悲愤万端，整个人便像疯虎一般，枪尖一震，像两颗致命而快捷绝伦的流星，刺破夜空，向那两名刀手的咽喉标去，他已经痛下决心，一定要让这两个人死，哪怕自己伤亡也在所不惜，刚才的那一切的确已经激起了他无穷无尽的杀机。

那两个刀手眼中闪出一丝惊骇，便是因为元费似变成了另一个人，那眼神泛起淡淡的血色杀机，更因为元费已经变得疯狂，因此那本来是要结束那失去手臂之人性命的一刀，改为斜掠而上迎向元费的枪尖，他们必须如此做，否则，他们便有可能会在元费的枪下变成亡魂。

“嗤嗤……”枪尖在与两柄刀相交的前一刹那，竟发出一种水滴滴入大火被气化的那种声音。

那两个刀手只觉得手心一热，一股热流自刀身传入手掌，再透入心里，有说不出的难受和痛苦，可是他们无法摆脱，使他们心中充满惊骇。

元费，竟将体内的三昧真火逼入枪身，去攻击两位刀手，这绝对是一种拼命的做法，一般的人，绝对不会如此做。因为没有人可以以三昧真火持久地运行下去，只要对方能够坚持到一刻钟，剩下的便只有任人屠宰的份了，但这种打法却是最可怕的打法，一个人若已经决定拼命的话，他便已经不能算是一个完全的人，因为任何一个完整的人，都会无时无刻不在感受着生命的存在，而元费却没有感受到。

他已经不在意考虑一切，包括生命的存在，他的心目之中，唯有枪，唯有敌人，唯有恨意，无我，忘我，正是一种难以解说的境界。

“嗯!”两声闷哼，两名刀手不由自主地滑退半步，但元费的身子并没有停，他的身子和枪一起从两柄刀面上滑了过去，枪尖竟直刺赶上来的另两位蒙面人。

在元费觉得很熟悉的那两道眼神之中，他找到了惊异和不解，但元费心中更只有冷笑。

元费的打法的确出乎所有人意料之外，包括那被斩去一只手臂的人，也禁不住痛苦地呼了声“小心”。

元费的确是要小心了，照他那种冲势，只要对方那两柄被逼开的刀勉力回切，绝对可以对元费造成不可挽救的损伤。

元费并没有改变那动作，而那两位刀手，却勉力回刀了，虽然这两刀太牵强，又没有什么力道，更没有精确的角度，可是以元费的速度和冲势，只要那两人拿稳了刀便已足够了。

所有的蒙面人眼中都有惊喜和狠毒之色，似乎这一切都已经成了定局，连那失去手臂的人也痛苦地闭上眼睛，不想看即将发生的惨剧。

是元费打昏了脑袋吗？是元费急火攻心昏了头吗？

“惨了，有人进来了！”蔡风警觉地对老和尚低声道。

“那你快走吧，不要管老僧。”那老和尚平静地道。

“还不知道能不能走得了呢。”蔡风不禁有些苦涩地笑道，顿了一顿，又问道，“对了，老和尚，我还不知道你法号叫什么呢？老叫你老和尚的确有些不太好。”

老和尚淡淡地一笑道：“老僧了愿，小施主你还是快走吧。”

蔡风望了了愿一眼，有些歉意地道：“我实在是想带你出去，外面有几路人马，可能是为了找你而来，已经干得热火朝天，若带你出去，肯定你会被他们撕成很多半，不过你说得也对，这里参禅是比任何地方都好。我叫蔡风，你记着啊，今日欠你一个人情，也因为你而杀了这么多人，两相抵，互不相欠，良心上一点点过不去也就算了。”说着，身形若旋风般翻转而起，一身轻啸，手中的长剑若一道亮丽无比的长虹，划破虚空倒刺而出。

石室内传来两声低低的惊呼，却是两个蒙着面的人。

从那两双眼睛之中，蔡风已经认出正是叔孙长虹的两个驯狗师，他的剑更没有丝毫的留情，因为这两个人不仅是情敌的属下，更因为他们竟以暗器伤人，所以蔡风绝对不能给他们任何机会。

那两人在惊异和震骇的同时，当然不会就这样束手待毙了，因为他们已经深切地感受到蔡风那剑中所逼射而出的凌厉剑气，和那种让他们几乎有些呼吸困难的压力，可是在他们准备出刀的同时，形势似乎有了些变化。

那是蔡风手中剑的变化，蔡风手中的剑在逼临两人的头顶之时，却成了满天飞洒的剑雨，像是水银泻地一般，无孔不入的剑气已经把两人所在的空间里的空气，完全绞成逸散的微风，空间里所剩的便只有杀机和压力。

他们绝对想不到会在刚一出手便遇到这种可怕得会让人做噩梦的高手，这种似梦魇一般的剑法，他们甚至来不及看清对手的面目。

他们也没有什么必要看清楚蔡风的面目，因为，他们唯一的一条路便只有死，这也不能怪他们，只能怪对手太可怕。

他们绝对料不到当他们刚一走到这石室的门口之时，蔡风已经感觉到了他们的存在，更已捕捉到他们存身的位置，甚至连他们的一举一动都已经捕捉到，而眼下的这一切早已经在蔡风的脑子之中计算得异常准确，甚至包括他们此刻的心理。

其实，他们也太过自信，自信自己的那一把无声无息的飞针可以将这似乎毫无所觉的对手放倒，可是他们都不知道，蔡风早已见过另外两个人使用飞针的手段，更想不到蔡风的武功会比外面的那个元费更加可怕。

“当当!”两声暴响过后，蔡风的身子在虚空之中，一个极为潇洒的旋身，像是一只纸螺旋，那般轻柔而优雅。

蔡风的剑在他落地的时候，依然平平地举着，剑尖一动也不动地指着那两个蒙面人，那眼神之中的专注之神色，仿佛使得空气中的温度骤然下降了两三度似的。

“你是蔡风?”那两个蒙面人有些不敢相信自己眼睛似的，有些虚弱地问道。

“不错，叔孙长虹果然是一个有心人。”蔡风声音极冷地道，语意之中却有着一丝淡漠的杀机。

那两人的身子晃了一晃，脚步一个踉跄，脸上的那两块轩布竟裂成了两片，像是随风而下的落叶，轻柔地飘到地上。

蔡风的眼神之中又多了一丝怜惜和无奈，不禁淡淡地道：“我必须要杀你们，这是没有办法的事，只能怪命运作弄了你们。”

那两人露出了两张不是很丑的脸，可是却在鼻梁到眉心之处，多了一道细细的红痕，那是一串密密的细细的血珠所组成的。

蔡风那一剑很成功、很准确地达到了他预料中的效果，只是这两个人死得的确是有些冤，本来，他们绝对不会是如此不堪一击，可是，只因为他们大意，轻估了这个敌人。而蔡风绝不会低估别人，因为他是一个猎人，一个优秀的猎人，一个优秀的猎人所需要的不仅仅是功夫和胆量，更重要的是绝不要大意，绝对不能轻估任何野兽的攻击力量，更不要轻视任何环境，见到草丛要做好打蛇的准备，见到山林要做好除虎的准备，这便是猎人，所以这两个人死得的确有些冤枉。

蔡风的剑随着这两条躯体的仆倒而垂下，并缓缓地插入鞘中，再转头向了愿苦涩地笑了笑，道："我又杀了两个人，多害了两条命，便由大师为他们超度了，为我在佛前祈祈福，轻轻我的罪孽。"随后又有些悠然地笑道，"我还想将来能够上西天极乐净土呢。"

"阿弥陀佛！"了愿轻轻地双手合十，缓缓地闭上眼，悠悠地念了声佛号。

蔡风伸腿踢起一柄厚背刀，伸手在一具尸体上撕下一角黑布，重新蒙在脸上，向了愿轻轻地道了声："对不起，有缘再见。"

"希望如此，阿弥陀佛！"了愿淡淡地应道。

蔡风再不回头，疾步奔出石室，却见到大柜正从空中徐徐降下，心中暗惊，忖道：难道，他们会攻破元府，妈的，不然的话，怎会让人攻破"挂月楼"呢？不过他已经无法选择，他能够做的便只有杀人，无论是哪一方的人，他都必须杀，否则的话，他将成为众敌之矢，绝对难以逃出如此多高手的追杀，光是那晚的四人便差点让他一命呜呼。因此，他不能仁慈，这个道理，他太明白了，就像人绝对不可能和狼讲仁慈，绝对不可以。

元费的眼角射出一抹怨毒的怜悯，不过这一切只有他自己才知道，并没有谁见到元费这奇怪的眼神。

见到的，只是一个很出乎人意料之外的变化，所有眼望元费的人，都发出一声低低的惊呼。

元费的右手之中多了一柄剑，一柄细长而窄的剑，闪着一丝黝暗的光彩。

在黑暗之中，所有的人都看到元费的手轻轻地动了一下，只是轻轻的一晃之间，手中便多了一柄剑，谁也没估计到，谁也没有预料到这一招，剑是藏在枪柄之中，剑柄便是枪尾，而这一刻却成了改变整个局势的最重要的一环。

虽然他们看到元费的伤，却估不到会是这种结果，本来应该感到欢喜的他们，只在一刹那间便变成了另一种情绪。

“叮叮……”元费的身形突然刹止，便因为那两柄刀，他那细长而窄小的剑身在那两柄刀上斩了千百下，那反震力度使元费的身形停在半途，但那细长的剑身已经很成功地在两位刀手身上留下了不可弥补的痕迹。

两声惨哼之后，元费手中的枪却成了一杆凌厉的标枪，飞射而出，同时，下身微斜，凌厉无比地扫出一腿，动作之利落，配合之协调，与刚才那疯子一般形象完全是两样。

“啪，啪……”“呀!”两声暴响，元费一声惨哼，身子一阵踉跄，那两名刀手也惨叫着斜飞而出，他们的手已经不再属于他们的了，他们的腿也被元费这一脚踢得骨折筋断，他们的手是元费手中之剑所造成的伤害。

而元费只觉得腿上一阵钻心的剧痛，似是被利刃划过一般，这时候才想起阻杀蔡风的那群蒙面人脚上都安有小刀，不过他已经来不及后悔使出刚才那一脚，因为那拥有熟悉眼神之人已展开长枪，刀与剑同时逼了过来。

元费手中的剑一抖，挽起一片剑花，似千万朵莲花一般，在众人的眼前突然绽放，不过却已经减少了许多的杀伤力，因为他的腿已经伤得不算轻。

“叮！当!”元费的身子一震，禁不住被斩得向地上一歪，身子也迅速一阵翻滚。

“大总管——”那失去了手臂的人的确是一个硬汉，此刻仍未昏去，却替元费担心，不由得失声惊呼，同时，他那伤痕累累的身体一个飞扑，根本就不顾自身的性命，对那凶狠的刀和剑根本就不放在眼里似的向两人猛撞过去。

“元极！”元费一声悲呼，身子迅速弹起，整个人便像是疯虎一般，连人带剑一起向那用剑之人冲到。

“呀！”被呼作元极之人的胸膛被那柄长刀刺穿，但元极也一手抓住了那刺向元费的剑，那股强大的冲力之下，元极的头依然重重地撞在那刀手的下颌，那刀手禁不住痛得一声惨叫。

“噗！”元极用体内最后一点残余的功力将体内的鲜血由口中逼出，向那刀手的面门喷去。

“呀——”那刀手脸上的蒙面黑布竟像成了一个蜂窝一般千疮百孔，这股血箭的力道乃是元极集全部功力之所成，其劲道之足，足可入木三分，何况这只是一块黑布。

那刀手捂着脸和眼睛像狼嚎一般茫然倒退，而元极也因失去了那刀手的支撑，身形直插地倒了下去，生命已经不再属于他，连他所剩的一只手也不再属于他。

元费心中没有仇恨，在这一刻他竟然很平静，对于生与死他真的有些麻木了，不过，他手中的剑，绝对不会容情，绝对不会。

木柜终于安稳地落地了，蔡风的身子比灵猫更轻巧地闪到木柜的侧面。

“呼！”从木柜之中迅速飞射出两道人影，像是在向谁攻击一般。

蔡风不由得暗赞两人的机警，但他绝对不可能给他们任何反抗的机会，他所能做的只有速战速决，因此，在柜中两道人影刚冲出来之时，他的身子也如幽灵一般在两人的身后疾追而至，他手中的刀却以最可怕的速度和角度劈出。

那两人估不到会有如此快的攻击，他们只是以为有人，以他们那种突如其来和快捷的动作应该不会有危险，可是他们遇上的是身法比他们更快的蔡风，再加上蔡风以有心算无心，他们能够有的只是挨打的份，不过这两人的武功也的确了得，身形居然在虚空中一个倒翻，身子又上升了一些，变成头下脚上，也便成了正面迎击蔡风的刀。

蔡风心中不由暗惊两人的武功，不过，他绝对不会怕无法杀死这两人，因为在这地下石室之中活着的人只有四个，他和了愿之外，便是这两人，绝对没有人可以救他的。

“当当!”两声暴响，蔡风的身形稳稳地落在地上，而那两人的身形却不由自主地撞到石壁之上，发出两声惨哼，眼中只有惊骇。

蔡风一声冷哼，如影随形地旋刀而攻，身子便像是一阵轻风一般浮过虚空，快得难以想象，手中的刀更是劲气四散，浓浓的杀气将石室的血腥味推上了巅峰，那种雄霸天下的气势，便若整个石室在突然之间由四面八方挤压而下。

“呀……”那两名蒙面人发出两声近乎野兽的狂吼，两柄刀并不以什么招式反而直挺挺地向蔡风劈到，他们知道一切的招式对于蔡风来说，全都已经没有用处，因为蔡风的刀竟是从出刀的死角划出的一刀，从出刀的死角出刀的人，天下只有一个人，那便是北魏第一刀蔡伤。

每一个人都知道出刀的死角存在，而每一个人眼中出刀的死角都绝对不相同，因为他们武功层次，他们眼力身材，他们刀法路子和臂力，绝对没有相同的人而能让这么多人同时认为这一刀便是出刀的死角，那绝对不会是一般人可以做得到的，绝对不是。

其实这出刀的死角只是一种气势，一种压迫得使任何人都有一种有力难施的感觉，有力难施之处便是死角，而蔡风做到了，正因为他明白这种气势的存在，而不是真正的死角存在。

“轰——”两柄刀竟完全不能阻止蔡风刀身的入侵，竟被击得成为碎片，而蔡风的刀也在此时划开两人的胸膛，在鲜血仍未曾迸出之时，蔡风的身子又一个倒射，落入木柜之中。

在蔡风冷冷的眼神之下，那两人的身躯缓缓地由石壁之上滑倒在地，鲜血喷涌而出，蔡风知道这两人绝对没有再活下去的希望，只是他也感到一阵疲软和累意，不由得暗暗心惊，此刻蔡伤的话又在蔡风的心头荡起，“以你目前的功力，还不宜使用‘怒沧海’。‘怒沧海’虽是刀法至境，但是就因为它是刀法至境，其威力无伦也使得它反作用力也极大，在你尚未完全修成无相神功之前，不能频繁使用，那对你的身体只会起到不良的影响，甚至虚脱，你要切记……”

第十七章　元府风云

蔡风不禁惊出一身冷汗，忙将刀插在背后，随着木柜的上升，手轻轻地扶在剑柄之上，同时迅速运转体内的劲气，使刚才那损耗的功力尽快恢复过来。

蔡风的心绷得很紧，心中暗暗祈祷，等着他的千万别是元费和那些高手，否则他可能就会玩完了，不过他知道急也没用，只能做好一切必须的准备。

“喳——”一声轻响，木柜停了下来。蔡风毫不犹豫，运足功力，一掌向木柜之门按去。

“轰——”整个木柜的门和立在小木柜之外的大木柜也全都爆裂成无数块木片，像是流星雨一般带着锐啸向房间的四面八方飞涌。

“呀……”几声惨叫和一阵惊呼之下，蔡风便若一只从地狱中蹿出来的魔豹，带着一团凌厉无匹的杀机在所有的人仍未曾有反应的情况下，便已掠过守在大柜旁的两人。

蔡风的目光电闪，他并不想有任何人做出反应和辨别出他的身份，因此，他的目的并不是杀人，而是迅速离开这一块是非之地。

“呀！”一声暴吼之中，蔡风只感到一道凌厉的劲气从侧面斜撞而来，那割体的劲气只让他心底升出一丝寒意。

蔡风根本就没有必要去看对方是谁，也没有机会，这绝对是一柄刀，只有刀才会有如此浓重的杀气和霸气，而且这握刀之人更是功力高绝之人，否则绝不可能在如此短的时间之中作出如此快捷的反应。

“当!”蔡风的剑以不可思议的速度从鞘中标射而出，更以准确得让人骇异的角度，反迎上那柄刀，一股浑厚而沉重的劲道从刀上涌入蔡风的手上，再由手上流入体内，蔡风只觉得有说不出的难受。

那人似乎也惊了一下，蔡风更估不到会遇上如此的高手，不过却已经没有任何考虑的余地，身子借劲一扭，刀立刻由背上标射而出，竟以左手挥刀，那种无与伦比的气势立刻牵动了屋内所有的空气和木屑，刀锋竟似在刹那之间凝成了一块无与伦比的磁石，将那些散乱无规律的物体全部牵引成一条疯狂无比的狂龙，在虚空之中扭曲成一道恐怖的暗影。

左手刀，蔡风的左手刀竟是以剑法击出，所造成的气势之庞大，只叫那暗中攻到的高手心里直发毛。

蔡风在一双眼睛之中找到了那一丝惊骇。

那双眼睛在黑暗之中亮得像野兽的眸子，泛着一种幽幽的光芒，更多的则是无比的狂热和凶狠。

“呀!”那人一声低吼，身形仰翻而出，同时狠厉无比地踢出一脚，拖起一道狂热的劲气向那刀锋迎去。

“轰——”蔡风身子一震，整个人倒射而出，手中的长剑在房外那微弱的灯光辉映下，闪出一道暗淡的幻影，迎向那横截而来的两名高手。

那人与蔡风交换了一招之后，并没有占到任何便宜，反而腿上流出几缕淡淡的血迹，蔡风那一刀硬生生地将他腿上的短刀全部震碎，并使短刃的碎片激射而回，刺入他自己的腿中，而此时蔡风双手同时使用兵刃，那种灵活的程度的确让他骇了一跳，更可怕的是这神秘蒙面人的左手似乎比右手更可怕，本来他觉得蔡风右手的功力并不比他高，而此刻使用左手，便是厉害也不会到哪儿去，可是他失算了。

“呀!”蔡风一声怒吼，在剑便要到达两位迎来的蒙面人攻击范围之时，蔡风的刀突然也在此时划破虚空，拖起一路的狂野插入两人的攻势之中。

“轰——当当……”一声暴响之中夹杂着无数次金铁交鸣之声。

“嗯……呜……”两声闷哼，蔡风的身子便若一只夜鹰一般冲天而起。

“嗞！”一声尖细的破空之声响起。

蔡风心中一寒，忙又重新坠身而下，大为恼怒，手中的刀化成一道长虹向那放暗器的蒙面人甩去，气势之凌厉，破空之声像裂帛一般难听。

蔡风再不回头，伸手从背上的壶中抽出两支箭，信手又甩了出去，身子却若一团肉球一般翻滚到窗边，一挫身，轰然破窗而出。

“呼呼！”挂在屋檐下的风灯霎时一灭。

元费根本就未曾注意周围所发生的事，他的剑依然毫不留情地刺了过去。

“啊！”一声惊呼，那人由于剑被元费的手挡了一下，虽然立刻被切断了手，可是仍然不可避免地受到一丝影响，哪怕只是缓上一线，也绝对是导致惨败的命运。

“叮！”元费的剑身一震，却并没有改变推进的局势，而且很平滑地刺入那人的肋下。

那人发出一声痛苦的惨号，手中的剑一运力挑开元费的剑身，鲜血飞溅，元费一声冷哼，迅速斜踏身形，避开从身后划来的，竟是从“挂月楼”之中又冲出来的人。

蔡风见楼下依然如此乱，虽然对元费有所好感，也不便以身相救，因为他自己本身也是见不得人的身份，所以他必须要走。

“嗞！”一道猛烈的刀风迎头而下。

蔡风心中暗怒，身形一个疾旋，以右脚为中心，手中的剑影相当于一幕青屏，斜施而上。

“噗！”楼上的栏杆被那从天而降的刀劈成碎木，而蔡风此时已经旋身至这蒙面人的身后，但蔡风的剑并没有杀死这个人，是因为这人的脚。

这蒙面人的脚甚至比蔡风的剑更快，这让蔡风有些难以想象。

这人的脚不仅快得难以想象，更可怕的是他脚上的刀子和那只脚所走的弧度，便不是这些，这一只脚也是绝对可怕的，因为这只脚怎么看都似乎是铁铸的，让人有一种任何刀剑都无法斩断的感觉。

蔡风不得已，只好先闪身避开，因为他怀疑自己的脚是否有对方的脚硬。

他的担心并不是多余的，也不是无缘的。

“轰！”楼上那很结实很厚的青砖墙竟被这一脚踢了个大洞，碎砖激飞只让蔡风惊出一声冷汗，他不明白叔孙长虹属下怎会有如此可怕的高手。

蔡风真的不想再与这些人胡搅蛮缠，侧身刚想跃上房顶，身边又有刀风传来，竟是从屋内冲出来的蒙面人。

蔡风心中暗暗叫苦，只得转身斜跃，身子在那楼边的栏杆上轻轻一荡，避开那横来的一刀，抓住栏杆的手再一用力，人在空中将那软钩脱手甩出，挂在屋顶的檐子上，可是在此时他听到了一声惨呼。

当他回眼望时，却发现那拥有可怕脚力的人竟将脚从那由屋内冲出来之人的小腹中抽出来，那喷涌的鲜血将那人的脚染得很红，但他却绝对没有眨半下眼睛，像是只不过踩死一只蚂蚁一般。

这结果让蔡风心寒不已，却也大感惊异，难道这人并不是叔孙长虹一道的人？他的想法很快便被证实了，这蒙面人的确不是叔孙长虹的人，因为那从楼内冲出来的可怕刀手，竟与那蒙面人已战得如火如荼。

不过，这一切只是对蔡风更为有利，蔡风跃上瓦背，射出背上的长钩，身形便像夜鸟一般飞至四丈之外的一株大树之中，然后再几个纵身，迅速远离“挂月楼”，倾耳细听，知道再没有人在身边，忙脱下身上的夜行衣，将夜行衣折叠好以油包包好，这才长长地吁了一口气，将夜行衣放到树杈之上，也不怕被谁发现，便迅速滑下树干，向住处急奔而行。

元府之中沸成了一锅粥似的，狗儿到处乱窜，马儿也是乱窜乱嘶，几处大火把夜空都映得很红，惨叫声和怒吼声也是此起彼伏，接连不断。

蔡风突然记起元叶媚，只不知她现在是怎样了，心中对她始终有一份关切，毕竟曾经当蔡风是朋友，而且蔡风更恋过她一阵子，虽然元叶媚太理智，让蔡风有些失望和惊怒。不过在这危急的时刻，他却不能不理她，因此，他立刻又改道取东院飞奔。

蔡风只感到暗影一闪，两道身形从一座假山之后飞扑而至，带起一股锐啸。

蔡风一声冷哼，手中的剑斜斜一挂，身若纸鸢一般飘然而起，但剑却若雷霆一般沉重，似乎算准了两道身形所扑的角度和方位一般，利剑所出的角度准确得吓人，毫无半分偏差地迎上了两道身影。

那是一柄刀和一柄剑，但是他们却在霎时全都仓皇而退，并不是因为他们的仁慈，而是因为蔡风那化成飞雨一般飘洒的刀剑影似正在等着他们撞到，所指之处正是他们所用招式的破绽，使他们不得不骇然而退。

蔡风一声冷笑，毫不放松地挥剑疾攻，凌厉无比的杀气从四面八方涌入蔡风的脚底，再由脚底涌至手中，再传到剑上，空气的温度似乎刹那间降低了好几度，那两面突然而至的蒙面人禁不住轻颤了一下。

“咦，是你们?”蔡风一声低呼，剑霎时凝在虚空之中不再挺进，目光有些冷冷地望着眼前满眼惊惧的两人。

“蔡风!”那两个蒙面人不由得面面相觑地呼道，眼中闪过一道复杂难明的神色。

蔡风再无疑问，眼前这两人正是上次蔡风故意放他们一马的两人，也正是今日在丛台喝酒打架的两人，蔡风从他们的眼神之中便已清楚地知道，不由得淡然一笑道：“你们怎么又回来了？还乱杀人放火，也太不应该了吧!”

那两人不禁一阵沉吟，有些歉意无奈更有几分坚决地道：“我们本不能恩将仇报，蔡风对我们有恩，但那是对你来说，对于元府我没有什么欠他们的，杀人放火在这个世道之中太常见了。这些为富不仁，作威作福的人，在他们的家中杀人放火，只是替天行道而已。如果蔡风要杀我们，我们绝不还手，绝不皱半下眉头，因为我们欠你的。”

蔡风欣赏地望了那眼如鹰眸握刀的汉子一眼，淡淡地一笑道：“我为什么要杀你，这个世界上能讲恩义，能为朋友而不顾自身安危的人已经没有几个了，我若是杀了你，蔡风岂不是让世人唾骂吗？我第一次不杀你是因为你们重义气，够朋友，这一次依然是，同时也因为你们仍未失去正义之感，我不杀你们。但希望你们不要伤害元家大小姐，也不要祸及妇孺，否则便算是蔡风放过你们，苍天也不会放过你们的。”说着蔡风缓缓地还剑入鞘，虚空之中的杀气全敛。

那两个蒙面人像是看怪物一般地打量了蔡风一眼，惊讶地问道："你不是元府之中的人吗？怎么不为元府报仇呢？"

蔡风淡漠地道："我是想报仇，但杀了你们，他们能活过来吗？因此，我只希望你们迅速离开元府，相信官兵很快便会赶到，到时候恐怕你们想走也走不了啦，你们走吧。"

那拿刀的汉子感激而尊敬地望了蔡风一眼，真诚地道："蔡风今日之情，我们兄弟俩将永世不忘，将来若有机会相逢的话，我高欢定竭力以助。"

"不错，还有我尉景。"那握剑的汉子也恳切地道。

蔡风淡然地打量了两人一眼，哂然一笑道："将来若能有相见之日再说吧，两位快走吧。"

"看招！"蔡风暴喝，手中的剑化作一道青芒标射而出，却无丝毫劲气。

高欢和尉景一惊，却见到蔡风打了一个眼神，立刻明白有人追来，也装作暴吼着向蔡风攻到。

"当当，叮……"夜空之中，只见三道人影，在不断地纵跃，那清脆的响声传出老远。

"去死吧！"高欢故意一声狂吼，手中的刀以力劈华山之势向蔡风猛斩而至。

"未见得！"蔡风也丝毫不让地响应道。

"啊！"蔡风身形一个踉跄，斜斜地倒退了几步，似乎是受了伤的样子。

"小子，让你多活些日子，你的救兵来了！"尉景煞有其事地骂道，说完一拉高欢向外飞奔而去。

"有种就别跑。"竟是长孙敬武的怒吼之声。

蔡风心中一阵歉然，却一把拉住长孙敬武，急切地道："你快去'挂月楼'助大总管！"

"你没事吧，蔡兄弟。"长孙敬武关切地问道。

"没事，这群贼子居然用暗器，不过没关系。"蔡风装作咬牙切齿地道，说完张开手，摊出一根细小的银针，正是叔孙长虹属下的暗器。

长孙敬武哪疑有他，脸色稍缓地道："你没事就好，我刚才找不到你，还以为你到哪儿去了呢。"

"是叔孙长虹的人，尉扶桑也在内，你快去'挂月楼'助大总管，我去保护小姐。"蔡风认真地道。

"是叔孙长虹干的?"长孙敬武满面杀机地惊问道。

"绝对没错，包括那五个驯狗师，他们都是一流高手，你要小心了。"蔡风沉重地道。

"我去杀了那小子。"长孙敬武怒得双目几乎快放出火来，气息有些粗地道。

"我这正是要去对付这个小子。"蔡风冷冷地道，目光之中射出两缕坚定无比的神色。

"我也去，'挂月楼'有大人正赶去，应该没问题，其他几处的敌人都已经消灭得差不多，我们一同去找那小子算账去。"长孙敬武坚定无比地道，声音却冷得像千年不化的冰。

蔡风望了望长孙敬武那坚定之色，不由吸了口气道："好吧，不过你不必出手，这小子是我的情敌，是我的，你知道吗?"

"好，我只要去看看这小子是什么东西便行。"长孙敬武狠狠地道，说着便迅速追随在蔡风的身后向东院奔去。

"长孙教头，蔡风，你们去哪儿?"两人正在奔入东院之时，元叶媚却迎面行了过来，一身戎装，配着那俏得让月夜失色的脸，显得更是魅力无穷，整个人似乎充盈着一种无穷无尽生命的活力。

蔡风刹住脚步冷冷地望了立在元叶媚身后的叔孙长虹和四个家将一眼，又关切地望了元叶媚一眼，认真地道："我是来保护叶媚安全的，现在庄中太乱，以防万一有贼子惊扰了叶媚，才特地赶来。"

"这里有叔孙长虹在，绝不会有贼子敢来，你们不去杀尽贼子而到这里来，岂不是多此一举。"叔孙长虹向元叶媚身前一站，目中射出得意而又傲慢的神色。

蔡风冷冷一笑道：“保护小姐是我元府中人的事，不敢有劳外人，我劝叔孙世子最好是先不要乱闯，否则我们将会对你不客气。”

叔孙长虹和元叶媚脸色同时一变，元叶媚不由得有些微恼地道：“蔡风你怎么这样说呢?”

“蔡风，你知道你是在说什么吗?”叔孙长虹声音冷得像冰一般，只是碍于元叶媚和长孙敬武在一旁，否则只怕他已经出手了。

蔡风仰天一阵大笑，淡淡地望了叔孙长虹一眼，声音转微，但比叔孙长虹更冰冷地道：“叔孙长虹，你别以为你很聪明，这个世界上的每一个人都绝不笨，我问你，尉扶桑哪儿去了，驯狗师们哪儿去了?”

叔孙长虹冷冷地一笑，不屑地道：“他们的脚长在他们自己的身上，我更不是为你监视他们的人，我为什么要对你说?”

“蔡风，别闹了，他们自然是去杀敌去了。”元叶媚口气有些微微责备地道，不过这已经够给蔡风的面子了，连叔孙长虹的脸上都闪过一丝妒色。

蔡风望了元叶媚一眼，温柔地笑了笑道：“叶媚是我的好朋友，我不想让叶媚为难，但我更不愿让叶媚受到任何伤害。”说着并不理元叶媚俏脸羞红，也不管叔孙长虹妒火如炽，便扭头向叔孙长虹冷笑道，“我想告诉叔孙世子一个不幸的消息，你的属下尉扶桑永远都不可能再见到你了，还有你的几位驯狗师和几位得意的家将。”

“你说什么?”叔孙长虹心神大震，失声问道。

“世子还要我说一遍吗?”蔡风冷漠得毫无感情地反问道，同时对元叶媚目光中的询问和叔孙长虹身后的几个家将那戒备之色丝毫不放在眼里，只是一双眼睛若鹰隼般紧紧地揪住叔孙长虹。

“到底是怎么回事?外面的情况是什么样子?”元叶媚急急而疑虑地问道。

长孙敬武大步跨上，斜斜地插入元叶媚与叔孙长虹之间，很自然地将两人的界限分开，恭敬地道：“小姐听蔡兄弟说完。”

蔡风赞赏地望了长孙敬武一眼，又冷冷地扫了叔孙长虹一眼，无情地道："叔孙世子有什么想法呢?"

"是你杀了他们?"叔孙长虹怒吼道。

"若是叔孙世子执意要如此认为，蔡风也并不想反对。不过我想告诉你，你的这些人是死在'挂月楼'，而'挂月楼'是大总管的住处，想来你不会猜不到是谁杀了你的这些人吧。"

"是三叔杀了他们?"元叶媚惊问道，旋又有些不敢相信地道，"这怎么可能，三叔怎么杀长虹的人呢？你胡说。"

蔡风心中酸溜溜的，却也大为气恼，冷冷地看了元叶媚一眼，两道目光似乎一下子插入了元叶媚的心脏，只让她不禁心头一颤，避过蔡风的目光不敢再看。蔡风冷冷地讥讽道："大总管自然不会杀你长虹的人，但只怪你长虹的人只喜欢扮贼，这月黑风高的夜里还穿着一身黑漆漆的衣服，连脸也用黑布蒙着，形象实在太不雅，也让人很难发现，而大总管正在练枪，谁知一不小心，没看见这夜里居然有这么几个黑影，便统统给扎死了，还有几个没死，也离死期不远了，待会儿总管来了，叶媚便会知道，到底是否我在骗你，还是你的长虹在骗你。"

元叶媚脸色微变，虽然对蔡风的语气有些气恼，却不由得不相信蔡风的话，因为长孙敬武在元府之中的身份绝对不会不以大局着想，就算她可以不相信蔡风，却不能不相信长孙敬武，不由得转头怀疑地向叔孙长虹望了一眼。

叔孙长虹脸色变得极为难堪，怒吼道："你说谎，我叔孙长虹绝不是一个好骗的人，别以为你蔡风是驯狗师，我便不敢杀你。我告诉你，我杀你便像是踩死一只蚂蚁一般简单……"

"我也告诉你，你叔孙长虹在别人眼里是什么狗屁世子，在我蔡风的眼中，只不过是一摊狗屎，放在哪里哪里臭，我蔡风从来都没怕过任何人，谁想对付我，他必须付出更惨重的代价。"蔡风冷冷地打断了叔孙长虹的话，一脸傲然不屑的神色，但整个身体却像一团燃烧的魔焰，散发出凌厉无匹的气势，虚空中似乎在刹那之间压力变得让人有些缓不过气来的意味。

此话一出，连长孙敬武都被蔡风的狂傲给惊住了，脸色微变。

“好胆，竟敢对世子如此无礼……”叔孙长虹身后的四名家将一声怒吼，疯狂地向蔡风扑到，四柄大刀拖出四道凌厉的气流向蔡风冲撞而至，无论是从角度、声势速度还是配合方面来讲，这四刀绝对不是好惹的，也绝对是要命的四刀。

元叶媚和长孙敬武不禁同时惊呼：“小心！”但他们却帮不上忙，因为这四柄刀似乎已经织起一道气墙，使得外面的人有一种无从插手的感觉。

叔孙长虹的眼角露出一丝狠辣无比的笑意，像是一个最喜欢观看人临死之前那种惨状的变态狂。

他的确有得意的权利，不过却不是这一刻，因为他的家将遇上的是蔡风，这个世上能够叫蔡风害怕的东西不会很少，但绝对不会是这四柄刀，虽然这四柄刀是那般凶险和狂野。

蔡风能够动的只有一柄剑，以快得肉眼难以辨识的速度拔出了剑，是左手。

打一开始，蔡风便是用左手剑对敌，打一开始，也让所有的人吃了一惊，便是因为蔡风那无可比拟的左手剑，叔孙长虹敢保证，他绝对未见过剑法有如此之快的人，包括长孙敬武和元叶媚在内。因此元叶媚那握剑的俏手都紧张得快冒出汗来，便只是因为蔡风那离鞘的一剑。

蔡风整个人似乎在这出剑的一刹那间也便成了一柄无坚不摧的剑，随着他剑上的那无孔不入的气势深深地刺入四名刀手的灵魂。

蔡风所使的几乎不只是剑而已，还有一种无形的气势，比剑刺入身体更可怕的揪心气势，使整个夜空都弥漫了无穷无尽的杀意。

那四名刀手，脸色微变，若说他们未曾受蔡风攻势的影响，那只是骗鬼，若说不为蔡风的剑术所震骇，那也只是在骗人，但他们毕竟是高手，绝对不是不堪一击的高手，蔡风也绝不敢小看他们，这一点，他很清楚地知道。

四柄刀在虚空中突然全部都改变了弧度，看似有些凌乱散漫，但在蔡风的眼中却完全不是那么回事。不过这种改变已是对蔡风的剑法所作出的最大的让步，因为他们不想在砍死蔡风的同时，让自己身上多一个通风窟窿。

元叶媚禁不住退了两步，她受不住那种惨烈气势的逼迫和挤压，只得以退两步来缓解这种可怕得让人以为是梦魇的压力。

长孙敬武没有动，叔孙长虹也没有动，虽然他们很清楚地感受到那疯狂的压力，但这一切对他们还不能构成太大的压力。

“呀——”蔡风一声低啸，手中的剑荡起一团旋涡状的暗云，以无比的高速向四面八方流涌，而蔡风的自身则是旋涡中心，那本来毫无规则但充斥了整个天地之间的空气。在这一刻，也都有了一个定向，那便是随着流转飞旋的剑云流转，那飞旋的剑气只在刹那之间便制造出了无与伦比的风暴，绝对狂野恐怖的风暴，似欲吞噬一切活着的生命。

所有的人都骇然变色，包括叔孙长虹和长孙敬武。这是什么剑法？这是什么功夫？在他们的心中形成了一个深沉的问号。元叶媚更是花容失色，但眼中却射出两缕复杂难名的神色，连她自己也弄不懂自己的心情，因为她根本无法看透蔡风这个人。

在她的心底有一种黯然失落的感觉，她知道自己似乎做错了一件事，或是她将错过一件非常美好事物的那种怅然失落之感，缘由便是她根本就无法猜透蔡风这个人。

蔡风在她的眼中，像是潭深得没底的水，无论从哪点来说，他都似乎是那般优秀也似乎是极为放纵，正因为如此，才会没有人真正地了解蔡风，或许只有蔡伤和黄海才真正地了解他。不过，那绝对不会告诉别人，因为那样也绝对没有人会相信，这是一种超出这个年龄的深邃，因为蔡风是一个优秀的猎人，他更懂得活在人世之中，便像是在森林之中狩猎一般。当然，他的处世之道更多的则是受到蔡伤和黄海的影响，“潜隐”绝对不让任何人对自己真正实力有所了解，这正是蔡风的可怕之处，而又在随时随地都不经意地展现一下自己的实力，使得人们心中对他的定位似乎是一个全能之人一般，便是这样，就可以在并未与敌人交手之前，已经给了对方一个无形的心理压力，让对方觉得你有一个不可战胜的优势。

元叶媚看不透蔡风其实是极为正常，连长孙敬武这种老江湖都无法看透蔡风到底有多深沉，他只知道蔡风绝对不会像是平日那种让人觉得肤浅的人，而有着深不可测的力量，而在这一刻，他才真切地感受到蔡风的可怕，那绝对不是他可以形容的。

“呀——”四声暴喝，四柄刀再变，他们也不得不变，他们从来都未曾遇到蔡风这类如此可怕的高手，刚一交手就逼得他们四人连连变招，这在以前是从来都未曾有过的事情，而眼下却出现在一个乳臭未干的小子身上，被他逼得如此狼狈，叫他们怎么不惊，怎么不怒，却也是无可奈何的事。因为对手的确太可怕，他们不得不承认这是个事实，无法改变的事实，所以他们只得再次变招。

四柄刀竟从四个不同的方位在刹那间全都聚于一个方位，更奇的竟是四柄刀在虚空之中相互交击，发出一种惊心动魄的厉叫，显得无比的凄厉和可怖。不仅如此，连那四柄刀的气势也在刹那之间变得可怕无比，像是在刹那间抽干了周围所有的空气，蔡风剑气之中，那狂暴似风暴的劲气也全被抽了过去。

蔡风只感到一股强大的吸力将自己的气势和剑气不断地吸扯过去，让他有一种有力难施的感觉，这种感觉倒是他出道以来从未有过的，心下不由得骇然，但他也无暇多想，因为那四柄刀已若毒龙一般地噬到，他们很快便破开了蔡风所布成的那压倒式的气势，而反被动为主动，这种怪招的确出乎蔡风的意料。

蔡风一声闷吼，身子连同着剑，再度旋转，整个身子以突变的形势骤然上升，那剑式越展越宽，越展越烈，越展越艳丽，在那四柄刀根本来不及追的情况下，那柄剑和蔡风的身体已经完全消失，存在于虚空之中的只有一片云彩，在远处火头和近处灯笼的映照下。那片云彩呈暗淡的红色，但谁都知道，那曾是蔡风和蔡风的剑，但谁都不明白，为什么会达成这种效果，甚至很多人都不敢相信自己的眼睛，包括长孙敬武和元叶媚，因为谁也无法想象这个世间会有这样可怕的也美丽得让人魂惊魄动的剑法。元叶媚和长孙敬武竟有一种顶礼膜拜的冲动，而叔孙长虹的面色却难看得让人以为他想哭泣，因为他想到将拥有如此一个可怕的敌人的进攻，他已经有着冷汗在淡淡地外渗，他一向以为自己的武功已经是出类拔萃的，在年轻一代中是罕见的，可是当他看到蔡风的剑法，这才明白，这个世界是多么的大，多么的大。

那四名刀手脸色变得有些铁青，他们同样是因为蔡风的剑法，没有人可以不为蔡风的剑法所动，有人传说尔朱荣是北魏第一剑手，可是那只是一个传说，亲见的人并不多，但眼前的黄海那惊天地泣鬼神的剑法却是所有人有目共睹的。若是尔朱荣的剑法仍然是北魏第一剑的话，那便真的没人敢想象那到底会是怎样的一种境界。

那片云彩缓缓地降下，已经映得四位刀手额头和鼻尖上的汗水发出暗红的光亮，那是一种无形而似有质的压力，那片云彩似乎截断了所有从周围涌来的空气，而使这一块的人呼吸都成了一种苦差。

云彩似乎极为缓慢，可是谁也不敢说它慢，那似是一种视觉与感官的矛盾，矛盾起源于速度，那片云彩所做的运动似乎是突变的，因此似缓而快。

“咝……”空气发出被绞裂的痛苦呻吟，那暗红的云彩已经变得极为暗淡，于是有人看到剑尖，无数个剑尖，无数点流动奔涌的劲气，在做绞碎一切有质物体的运动，那是一种难以解说的感觉。

元叶媚在感觉到身体凉飕飕的同时，叔孙长虹和长孙敬武同时被逼退了两步。接着便是一连串密得分不清段落的金铁交鸣声，蔡风的身形也在此时露了出来，但那只是一片模糊的幻影，根本就无法捕捉到他的实质。

“呀——”蔡风一声轻啸，声音裂空而出，在虚空之中直刺九霄，在所有人的耳边留下一缕回肠荡气的余音，历久不散，而在此时也传来四声闷哼。

蔡风身形潇洒无比地落在地上之时，那四名刀手全都面呈灰色，手中的刀都只剩下半截，每个人的手臂上都留下了一条淡而深的血疤，血色淡淡地外渗，但谁都知道，他们的伤绝对不会像是表面那样轻。

蔡风的额前也渗出了淡淡的汗水，脸色的苍白便像是手中剑身一般雪亮，但绝对看不出他有受伤之处，只是喘息有些粗重。谁都知道蔡风只是因为使出刚才那惊天地泣鬼神的一招，而耗去了很多的功力，才会如此。

风很轻，在空中缓缓地飘落几缕断草，和细细的草沫和尘土，而在这时，才有人注意到地上竟被旋起了半尺深的土坑，几有一丈方圆，本来是长满青草的地上，草和土全都被那飞旋的气流给刨起绞碎。这时他们才知道那暗云并不是蔡风和那柄剑，还有从地上拉扯去的泥土和草茎，那名刀手已经脸色铁青和皮肤渗汗了，那是因为他们正在受着一股强大无比的吸力拉扯，正在抗拒那无与伦比的劲力。

叔孙长虹的脸色也变得无比的阴沉，难看得像是死去三天之人的脸，那双眼睛之中充满了怨毒和深刻的仇恨，狠厉无比地道：“蔡风果然是蔡风，我叔孙长虹倒想再领教你的绝技。”

长孙敬武脸色一沉，踏上一步，冷冷地道：“那晚叔孙世子派人偷袭我和蔡兄弟的事到今日我们倒要做个了断，叔孙世子要想出手，便由我来领教领教吧。”

蔡风不禁向长孙敬武感激地望了一眼，因为他知道此刻的状况实在是难以与叔孙长虹动手，他只感到一阵虚弱和疲软，他估不到那四名刀手如此可怕，可怕的并不是他们的武功，而是他们那种密切的配合，那可怕的联击之术，使得他不得再耗功力使出“黄门左手剑”中的三大杀招的第二式。在后室之中，他只使得第一式杀招“云卷雷动”，便已经将那四人全部杀死，不想此刻使出第二式杀招“彩云满天”依然无法将这四人一招杀死。知道今日的确是耗损得功力太多，必须要潜修几天才可以恢复，而此刻更是快要弹尽粮绝，哪能再与叔孙长虹这个年轻的高手对敌。

“呜——呜——呜——”三声凄厉而沉闷的号响之后，天空之中又升起了一簇美丽的烟花，虽然不是很高，却很亮。

叔孙长虹的脸色一变，却不知是因为这号角之声或烟花之亮抑或是长孙敬武的话，不由得怒声道：“好哇，你竟敢连同外人来对付本世子。”旋又转头向元叶媚望了一眼，见元叶媚一脸茫然，借机道，“叶媚难道就这样看着你们元府的人如此对我吗?”

元叶媚似乎失去了平日的冷静，她根本不知道如何选择，毕竟蔡风和长孙敬武所说的只不过是片面之词，而叔孙长虹却可能是她未来的丈夫。这种情况下，叫谁也难以有个抉择，蔡风也是她唯一的朋友，虽然她的理智让她选择了叔孙长虹，但蔡风刚才所表现的超出常人可怕的武功，让她的心变得有些乱，只得出言道：“今日这事，我看就这样放着，等庄内的敌人全都清除之后，由我爹和三叔去处理怎么样?”

蔡风和长孙敬武不由得暗赞元叶媚话语得当，但叔孙长虹却冷哼一声道：“真让我失望，元府之人居然会是如此待客。”旋即对那受了伤的四人一声低喝道，“我们走，没有必要留在这里，收拾一下行李，明日一早便回晋城。”

元叶媚不禁有些呆了，蔡风却冷冷地道：“孙叔世子若是想走还可以，因为便算你是主使之人，大人也不会杀你。但你的属下兄弟最好是留下，因为他们已经有损伤元府，惊扰朝中元老，烧杀人命之嫌，不定你的罪，让他们留下人头却并不为过。”

“有本事，你便来将本世子拿下，然后你再去取他们的性命。”叔孙长虹冷冷地道。

“你以为我不敢?”长孙敬武怒气上涌，沉声道，同时向前大跨一步，目光紧紧地罩定叔孙长虹，一副立刻便要出手的架势。

叔孙长虹淡淡一笑，不屑地道：“你如果能够活也可以。”

“长孙教头，算了，让他去吧!”元叶媚低低地道，语意之中却有着几分对叔孙长虹的袒护之意。

蔡风听得心中酸酸的，不过想到自己已经做出了对不起元府的事，与元叶媚自然是毫无希望，除非他肯将圣舍利交给元浩，否则绝对无望，但，那样做，他也不会叫蔡风。

长孙敬武回头望了蔡风一眼，蔡风却只好报以苦笑，长孙敬武吸了口气，望着叔孙长虹消失在黑暗之中，不禁长叹一声。

“蔡风你怎么样了?”元叶媚关切地望了蔡风一眼，温柔地问道。

蔡风有些淡然地一笑，耸了耸肩道："我像是有事的样子吗？"

"你呀，总喜欢神神秘秘的样子，人家都担心死了。"元叶媚娇憨无伦地道。

蔡风却在此时长长地吸了口气，仰头望了望天空之中那朦胧的月色，并没有回答元叶媚的话，也没有看元叶媚的脸。虽然元叶媚的话是那般温柔，那张脸透着无与伦比的俏，甚至有一种说不出的诱惑，可是蔡风的心却似乎在很遥远很遥远地方，对眼前的一切都不在意，因为他有些怕听元叶媚以这种温柔的语气和娇憨之态说话。

蔡风是个男人，虽然他很年轻，却不可否认地是个男人，是个男人便会有感情，便会为女人而心动，更何况是元叶媚这种有其惊心动魄魅力的女人。但是若明知道与这样一个女人无缘的话，那的确是一个很痛苦的事，更痛苦的还是这样一个女人向你以示亲热，表以温柔，正像一个得不到东西，越完美心里便会越难受，因此蔡风只能深深地吸上一口气以压住心头的痛苦。

"你怎么了？蔡风？"元叶媚有些不明所以地问道，眼中射出一丝不解和惊异。

蔡风装作哂然地一笑道："没什么，想到一点小事情而已。"说着故意避开元叶媚那美丽而有秋水外泄的眼睛。

但长孙敬武刚好捕捉到蔡风笑容之中的那一丝苦涩，他没有完全弄明白蔡风的心事，但却知道蔡风所为的正是元叶媚，因为他并不是一个傻子，因此打圆场道："小姐，我想你还是先回房休息吧！由蔡兄弟送你回去，待贼人清完之后再来通知你。"

蔡风白了长孙敬武一眼，却看到元叶媚一脸期待的眼神，心头微微一软，只好点头应允。

"那我们走吧！"元叶媚有些欢喜地道。

蔡风默不作声，跟在元叶媚的身后，两个丫头挑着灯笼，缓缓地踏入东院。

"蔡风生我的气吗？"元叶媚敏感地道。

“我为何要生叶媚的气呢?”蔡风有些漠然地道，心中却有些酸酸的。

“这七八天我都未去找你，你难道会不生叶媚的气?”元叶媚扭过头，奇问道。

蔡风不经意地望了元叶媚星星一般美丽的眼睛一下，淡淡地道：“每个人都有自己所要做的事，每个人都有自己的行事原则，若是有人七八天没来找我，我就会生气，那好像是表示我这人的气量太小了。”

“这似乎不是蔡风的性格?”元叶媚淡然地问道，语气之中透出一丝惊讶。

“人的性格有后天形成的，没有什么不可以改变，只要是存在的，便不是永恒的，何况性格而已。”蔡风回避的话有些生硬。

“或许你说得也对，但是叶媚总是觉得你似乎对叶媚突然见外了一般，叫叶媚有些担心。”元叶媚幽幽地道。

“感觉自在人心，我们俩身份毕竟有异，虽然叶媚当我是朋友，我也没有当叶媚是外人，但这一切并不能改变现实。蔡风只是一个无形浪子，抑或说是一个猎人，叶媚也知道我到邯郸的真正来意，既然那只是一个不合实际的梦，我不想再抱着这个梦不醒，更何况我这人的性格之中并不怎么喜欢荣华富贵，总有一天蔡风会离开叶媚，去天涯，抑或去海角去逍遥人生，抑或去做我的猎人，过我自由自在无拘无束的生活。说不定可以冲破云层见到真正的蓝天，那种日子想来定会比现在惬意多了。”蔡风平静无比地道。

元叶媚不由得停下脚步，转头凝目，紧紧地盯着蔡风的双眼，神色之中有一丝激动和惶然，但却并无太多的惊讶。

蔡风也不由得停下脚步，两位提灯的丫头知趣地在很远便停下步子，唯留下两人静静地对着，像夜一般沉默，是蔡风的脸。

元叶媚的目光逐渐变得无比温柔，叹了口气，道：“若是叶媚能够成全你到邯郸来的心愿，你是否可以留下来呢?”

蔡风不禁苦涩地笑了笑道：“叶媚所说的只是一个不切实际的问题，那一切根本就不可能，因为这种问题并不是叶媚说得算，我们根本就是两种不同类型的人，最多也只能够成为朋友。而今天大概已经算是最好的结局，叶媚应该知道得很清楚，因为叶媚绝对是一个极为理智而聪慧的女孩子，看问题与蔡风的角度绝不相同，难道叶媚不这么认为吗?”

元叶媚呆呆地望了蔡风一眼，良久，又有些泄气地叹了口气，微微地把头低了一低，才缓缓地转过去，有些软弱地道：“或许蔡风说得很对，叶媚和你是两种不相同类型的人，我们所处的环境无法将我们的思想统一起来。不过叶媚真的很痛苦，真的!”

第十八章　狩猎江湖

蔡风默然无语，他自己也不知道该说些什么，似乎什么话都显得很多余。

“蔡风为何不说话?”元叶媚有些伤感地问道。

蔡风吸了口气，有些淡然地道：“我不知道该说些什么，如何说起。”

“蔡风从来都不会如此的，至少在我的印象之中，而今天却又是为了什么呢?”元叶媚心中总觉得有些不对，不由得疑问道。

“世事难料，福祸无常。蔡风毕竟是人，或许是以前的我太过天真，近日来有所思，才会是这样。不过蔡风心中同样痛苦，这也绝对不是假的，当我想到我喜欢的女人与我无缘的时候，心中的感觉叶媚可能不能够体味到，因为你还有东西更比感情更重要。当然，这不是你的错，全是这个世界的错，谁叫我们所生的环境不同，我没有什么恨意，但却不想一直承受着这种酸涩。因此，我必须离开邯郸。”蔡风漫不经心地道。

元叶媚也不由得默然，可是不禁又问道：“可是我爹需要你去为他找到狗王，这岂不会让他落空的?”

蔡风毫不在意地道：“这些东西都很好说，只要我再留下一些话和诀窍，相信你爹同样也可以培养出狗王的材料。至于驯狗的方法相信他不会不精，虽然不能驯出狗王，但第一流的战狗应该是可以驯出来的。”

“蔡风真的去意已决?”元叶媚突然转过身来，有些失望地看着蔡风黯然道。

蔡风避开元叶媚的目光，坚决地道：“叶媚对我多一份温情，我便会多一份痛苦，我必须要离开邯郸。不过我会永远记得你这个朋友，无论将来怎样，只要我蔡风一天不死，便不会不记得你。我不希望听到叶媚太多挽留的话语，叶媚若当我是朋友的话，就应该理解我、支持我。我会偷偷地走，我不想让你爹知道，他绝对不会放过驯练狗王的机会，那样只会闹得更僵。叶媚应该知道我是说到做到的人，没有谁可以改变我的主意，也没有谁可以阻止我，除非我死了。明日叶媚派人去我房间里找我留下来的信，那上面会记下配种之法。”说完深深地吁了一口气，似乎完成了一桩心愿似的。

元叶媚黯然地叹了口气，苦涩地笑了笑，有说不出的凄美和动人，蔡风的心情不自禁地颤了一下。

“如果有来生，叶媚真的想去体味一下蔡风的心境；如果有来生，叶媚更愿意去做一个我行我素、自由自在的浪子……”

蔡风苦笑着打断了她的话，道：“我很感谢叶媚对我的支持，如果有来生的话，我依然愿意有叶媚这个朋友，无论是怎么样！”说着耸耸肩，伸出洁白而修长的手，以一个自认为很潇洒的笑容淡淡地道，“叶媚不祝福一下和祈祷一下我们来生定可以如今世之愿吗?”

元叶媚俏目之中闪过一丝奇光，有些激动地道：“对，我们是应该祈祷来生能如今世之愿。”说完伸出温润的玉手搭在蔡风那修长而有力的手掌之中，露出一丝温柔而有些苦涩的笑容。

蔡风的心情很平静，在这一刻他似乎很成功地从男女感情之中解脱出来，并没有因为元叶媚的手而有任何波动，只是沉稳而真诚地握着元叶媚的手，恬静而温柔地望着元叶媚的眼睛。

元叶媚禁不住俏脸微微一红，蔡风手心似有一股奔涌的热力使她有一种触电般的感觉，那是一种很曼妙的感受。

“叶媚今后多保重!”蔡风诚恳地道。

“你也一样!”元叶媚低低地道，轻轻地从蔡风的手中抽回玉手，再从脖子上解下一块鸡心玉佩，轻柔地放在蔡风的手中，再将蔡风的五指捏拢，温柔地道，“这块鸡心血玉是我从小佩戴大的。今天，我将它送给你，希望你能够好好地保存它，看到它就当想起了我，好吗？”

蔡风心头一阵感动，感受着手中那仍带体温的玉石，禁不住有些激动地道：“谢谢，我会好好地保存的，只是当我看到它或许就会有些心伤。”

元叶媚淡淡地一笑，道：“那不能全怪我。”

蔡风也不由得哑然失笑道：“我当然有责任。”

两人不由得相视而笑，但却免不了有些许伤感的情绪夹杂在里面。

元府外灯火通明，几乎已调集了半个城的官兵，穆立武正忙得焦头烂额，这些官兵封锁了元府的每一条出入地道口，任何人都全在扣留范围之内，由大名府和邺城请来的高手，有一半已各回其处，但仍有一半夹在官兵的行列之中，当然元府内也有一些各府的高手。

元浩却是气得暴跳如雷，元费的命是险死还生，几乎是捡回来的，若非仲吹烟及时赶到，只怕已经丧命在贼人的刀下，只是那些神出鬼没的蒙面人几乎全体撤退了，只有少数几人被抓，被杀的蒙面人也有二十几人。估计这一次进入元府的高手有四五十人之多，如此多的可怕高手，怎不叫人心寒，他们是怎样进入元府的，都没有人弄清楚。这岂不叫元府之人困惑，也将元浩气得快要吐血了，可是却无可奈何。

元府之内多处火头也渐渐扑灭，死去的庄丁和护院好手几达五十人之多，光从大名府和邺城请来的好手都有几个被杀，损失极为惨重。

庄外每人都几乎箭搭弦上，只待有人冲出，便叫他们变成一只刺猬，可是让人奇怪的却是并没有人从围墙之上冲出来，似乎那些神秘的蒙面人只是凭空消失一般，根本就找不到他们的踪影。

元费背上和腿上的伤势不是很重，比起蔡风当初来，还要重上一点点。不过他却是一个很硬的汉子，并没有因此而停下善后的事，不过，他看起来很平静，平静得像是一池凝固的冰水，他的脸色也是那般，他善后的第一件事便是去找一个人。

那个人竟是叔孙长虹，元费的第一件事便是找叔孙长虹。他很平静，可是他只平静了一会儿，等到他赶到叔孙长虹的住处时，他立刻变得不再平静，而且一掌拍碎了一张红木桌子。因为叔孙长虹不见了，凭他的感觉，他知道叔孙长虹走了，而不会是留在元府之内，立在他身边的是仲吹烟和楼风月及一干元府精锐子弟，每一个人的脸色都极为难看，因为在敌人的尸体中，他们亲眼见到了那五个驯狗师的尸体，还有叔孙长虹的家将。而到此刻自然不会没人不明白这件事情的幕后主使人是谁了，可是叔孙长虹居然走了，至于怎么走的，竟然没有人知道。

“看看这里是否有通往庄外的地道。”仲吹烟似想起了什么似的沉声道。

元费望了望仲吹烟，又仔细地打量了这屋子一眼，这里的一切，对于他这个元府大总管来说，自然是极为熟悉，不由得有些疑惑地道：“你们想要从这里挖一条通往庄外的地道，并不是很容易的事，而这七八天时间，他如何可能在此挖地道呢?”

仲吹烟淡然一笑道：“叔孙家族之中的奇人异士极多，其中会挖地道的也大有人在，而在城隍庙之前，他们不是挖了数条短地道以寻逃脱吗?他们挖地道的速度的确是让常人所难以想象的。”

“禀报大总管，这里有个洞穴。”一名亲兵高声道。

仲吹烟不由向元费望了一眼，露出一丝苦涩的笑容道：“看来被我猜中了。”

元费心中也为之一沉，急忙赶到那洞穴之旁，这里正是坑边，洞穴口设计极为精巧，若不是有心之人且细心查找，绝难发现这里会有如此一个洞。

元费不由得愕然，他真的想不到居然会在无声无息中被人耍了这样一招。

“下去看看，是否有地道通向庄外。”仲吹烟很平静地道，那老脸上的皱纹，像是扭动的蚯蚓一般挤得像是一种愤怒的代号，目光之中闪过凌厉无比的杀机。

元费深深地吸了口气，淡淡地向仲吹烟问道：“仲老有什么看法?”

仲吹烟咬了咬牙，叹了口气道：“我怀疑这些人之中有萧衍派来的人。”

“萧衍派来的奸细？”元费一声惊呼失声问道。

“不错，我怀疑那些人当中有冉长江在其中，我对郑伯禽一系的刀法，曾细致地揣摹了一下，这一群人之中，有很多人的刀法似是郑伯禽的刀法。”仲吹烟神色凝重地道。

“冉长江，就是萧衍身边的十大金牌信使之一的冉长江？”元费抽了口凉气道。

“不错，我说的正是他，只是不敢确切的肯定，但这人绝不是彭连虎。”仲吹烟肯定地道，顿了一顿，又道，“我不明白萧衍派出冉长江来我们府上查什么。”

元费似有所悟，对身边的楼风月道：“你快通知穆立武放大搜索面积，对城隍庙一带加强人力，仲老跟我来一下。”

仲吹烟一愣，便听元费对身边抬着软床的人道：“去‘挂月楼’！”

仲吹烟这才知道问题可能真是出在“挂月楼”之上，忙跟在软床之后向“挂月楼”而去。

“挂月楼”的守卫极为严密，长孙敬武的神情一片肃穆，因为他正立在一具五脏六腑全被震成粉碎的尸体旁，有些发呆，他真的有些难以置信的感觉，那死去的人似乎根本就来不及有丝毫的反抗，这几乎是有些骇人听闻，因为这人本身是府中的好手。更让他吃惊的是楼上那一层墙开了一个大洞，根据他的眼力，可以看出这是用脚踢穿的，一想到如此可怕的劲力，不由得让人有些毛骨悚然的感觉，这个世上的高手的确多得可怕。

元浩亲自下了密室，很久才出来，但出来之后的脸色变得无比难看，似乎一下子苍老了几十岁一般，让长孙敬武看得大为骇然，而在这时，元费坐在软床上也疾奔了过来。

元浩纵身从楼上跃下，来到元费的身边，脸色铁青地道：“阿三他们全部死了。”

“什么？那了愿呢？”元费失声叫道。

“他还在，只是他并不说话，而且还有几具贼人的尸体在里面，他们有的是死在剑下，有的是死在刀下，凶手的武功高得骇人听闻。那贼子似乎是死在蔡伤的‘怒沧海’之下，不过还不敢肯定，但我想除了‘怒沧海’之外，没有什么刀法会有如此凌厉无比的气势，连石壁也被刮下两寸厚的石粉。”元浩有些虚弱地道。

“蔡伤的‘怒沧海’?”元费一惊从软床上跳起来骇然道。

“我只是在猜测而已，而阿三他们是死在剑下，这种厉害的剑气我也从来都未听闻过，阿三他们四人全都是眉心至鼻梁被割开，而且四柄刀都被切成碎铁牌，青石地面上都留下密密的剑痕，似乎只是一剑之功。可是这似乎根本不可能。”元浩脸色苍白得有些失血地道。

“剑痕居然刻在青石板上?”仲吹烟骇异地道。

元费也呆呆地像是被吓愣了的病乌龟，喃喃地道：“这是什么剑法，难道是尔朱荣亲自出手? 除了他还会有谁有如此可怕的剑法呢?”

元浩的脸色霎时都变成了死灰之色，不由惊骇道：“我元家与尔朱家向来是相互敬重，尔朱荣何等身份，怎会亲自出手呢?”

元费苦笑道：“要是能劳动蔡伤和尔朱荣这两大绝顶高手，我们只有认栽了，只是想不到蔡伤隐居了十几年终于出山了，而尔朱荣更是十几年未出手，要是他们同时出现在元府，相信定会是一件很有意思的事。”

元浩一愣，旋也不由得苦涩一笑道：“想来也是，那使剑的高手便算不是尔朱荣，有如此功力和剑术，也足以与蔡伤的‘怒沧海’相抗了。只不知这两人是否为一路的，若真是如此，那岂不是不敢想象。”

元费脸色不禁变了一变，旋又肯定地道：“我想，他们绝对不会是一路的，若他们是一路的人，我的命早就已经不在这个世上了，只要是蔡伤亲自出手，我自问挡不了他的五招。若是那剑手也拥有与蔡伤同样的功力和剑术的话，那他们联手，足以天下无敌，他们也不会如此偷偷摸摸地干，而今晚之人我想应该是两派或是三派之人，我见到他们之时，他们甚至在相互拼斗。”

“不错，我也相信他们是两部分人，一派人以烟花火箭作撤退信号，而另一队则以号角之声为撤退的信号，这个绝对没错，而当我赶到的时候，发现有两个蒙面人在相互攻击，两人的武功可怕得很。一个人的刀法沉稳，一个人的腿法无伦，我自问，恐怕不是这两人之中的任何一人的对手。”仲吹烟也插口道。

“但愿这两个可怕的高手不是一路的，否则恐怕真是老天与我元府作对。”元浩也有些脆弱地道。

元费淡淡地叹了口气，道：“大哥，这之中有一批是叔孙家族的人。”

“什么，叔孙家族的人？”元浩失声道。

“不错，蔡兄弟也这么说过，而且还去找过叔孙世子的麻烦，最后被小姐挡住了。他说这一群蒙面人之中有那五个驯狗师和尉扶桑在内，我便和他一起去保护小姐，却不想与叔孙世子撞上，便这样双方交起手来。结果蔡风打败了叔孙世子手下的四名家将，我想将那四位家将留下，小姐却不准，后来叔孙长虹便走了。”长孙敬武也走过来沉声道。

“尉扶桑，不错，正是尉扶桑，我总觉得有两个蒙面人的眼神极熟，却一时想不起是谁，经敬武这一提醒，我想起来了，他还被我刺了一剑。”元费恍然道。

“快去把蔡公子给找来！”元浩对身边的人说道，眼中射出一缕异彩，有些惊慌和讶然地道，“他是怎么知道尉扶桑便是这些贼人呢？”

“蔡兄弟说他是猎人，对任何敌人见过一次，绝对不会忘记。那尉扶桑正是那日在街头伏击我们的人，而那几名驯狗师，当时似乎有几名是躲在暗处放冷箭的，蔡兄弟说他凭他的直觉是这个样子，才断定这些神秘的敌人与叔孙世子有关。他曾在今日上午对我讲了一些，可是他也不敢确定，因此便没敢对大人说，却不想贼子如此快便出手了。”长孙敬武有些悔意地道。

元浩一拍大腿，叹道：“难怪今日在潜虎阁之中他对尉扶桑说了一些奇怪的话，都怪我糊涂，以为他与叔孙长虹之间有什么成见，才会如此。”

“天意如此，这个蔡风的确让人猜不透他到底有多深邃，不过这人胆大、狂傲却机智异常，且很会说话，他伤仍未好之时，在‘竹心阁’他与叔孙长虹相见过，那日我便知道这个年轻人绝对是个不简单的人，脾气大得连我都不放在眼里，狂傲得叫人不得不欣赏。我一直想用他守我们‘挂月楼’，若是以他的身手，相信今日贼人绝对没有如此便宜可捡。”元费说着不由得叹了口气。

元浩不由得脸微微一红，有些自责道：“都是叔孙长虹在旁出言。算了，以后再用他，亡羊补牢为时未晚。那现在叔孙长虹还在不在?”

元费的脸也微显红润，苦笑道：“今日，我们全都被人耍了。那叔孙长虹所住的地方，竟被他们挖出了一条通远的地道，看来贼人应该是从地道之中潜走，否则墙外的官兵怎会未曾发现敌踪呢?”

元浩脸色变得很难看，很难看。

“怎么，蔡公子没有来吗?”长孙敬武抬头见那去呼叫蔡风的弟子气喘吁吁地跑来，不禁沉声问道。

“蔡公子，蔡公子他走了，这……这里有他留下来的一叠信。”那名弟子喘着粗气地报告道，同时将手中厚厚的一叠信交到元浩的手中。

“蔡公子他走了，什么时候走的呢?”元费失声问道。

“他应该是刚走不久，报春和兰香还说蔡公子刚回屋，便提着小包出去了，她们还以为蔡公子是出去有事呢!”那弟子缓过气来惶急道。

“还不快去把他请回来。”元浩暴跳如雷地道，似乎失了些分寸地吼道。

“不用追了，追他也不会回来，你们不必费心思，反而大家都不好。”一个清脆而又微带伤感的声音传了过来。

所有人的目光全都被这些有些伤感的声音吸引了过去，不仅仅是因为那声音，更因为那句话，那句让所有人都感到惊诧的话。

“叶媚，你怎么到这里来了?”元浩奇问道。

“叶媚怎知追也没用呢？难道你知道他走的原因吗?”元费也奇怪地问道。

“蔡兄弟为什么要走呢？他在这里不是好好的吗?”长孙敬武也大为不解地问道，唯有仲吹烟若有所思地在那里静静地望着元叶媚。

“我知道爹和三叔一定会在这里，而蔡风刚才到我那里去了，说他要走，我无法留住他。他也知道爹一定会留他，所以也便没有来向爹和三叔辞行，说他在房里留下了一封信和狗王配种法及驯练的诀窍，便是希望爹不要挽留他，并叫我向长孙教头和仲伯道声歉，他没能向你们辞行，我本想来向爹说的，却想不到他走得这么快。”元叶媚轻盈地走了过来，有些黯然地道。

所有的人不由得都有些呆愣愣的，谁也没有想到会是这样的结局，可是谁也无法改变这个事实。

元浩吸了一口气，这才留意到手中厚厚的一叠纸和那苍雄而浑重而又若龙飞凤舞般的字体，一本薄册子上写着“狗王配种驯练法门”，而最后一小本却是写着“蔡风留言”。

“写些什么呢?”元费不由得问道。

元浩忙打开蔡风的留言，只见上面却是仿仲繇的《宣示帖》字体所写的：

大人初展此信，蔡风当已离府，望大人勿追勿留，蔡风意已早决，今日来明日当去，留也无益，不若好聚好散，此刻我谨向大人、管家、教头致歉，蔡风初入元府，实因慕小姐叶媚之绝美，而今知道绝无结果，留下唯使伤感更增，才择今日别过，而叶媚当蔡风是朋友，元府上下待蔡风礼敬有加，特留驯狗之技以示，望大人勿怪。

属名为“蔡风”。

元浩不由得愕然，抬头望了望元叶媚，冷冷地道：“你和蔡风早就认识?”

元叶媚不明所以，不过猜到定是信中说了些什么，不由得微微点头道：“女儿的确是和蔡风早就认识。那是在武安姨妈家，他是两位表哥的好朋友，初次他为表哥的狗儿治伤，便这样认识了他，姨妈当时也在场。”

听到这些元浩脸色稍缓，口气也温和了少许道：“你怎会知道他和你表哥是好朋友?”

“是表哥告诉姨妈的，当时蔡风的狗儿还把姨妈家看门狗的屁股咬了。”元叶媚认真地道，神色间却多了几缕向往之色。

元费和元浩听得不由得大感好笑，心中暗骂蔡风胆大妄为，而长孙敬武却禁不住笑了起来。

“那你可知道蔡风家里有什么人?”元费想了想问道。

“我不知道，表哥说蔡风从小便是在阳邑一个猎户家里，还说他师父是个很凶的人，他爹爹最喜欢喝酒，他们只告诉我蔡风不仅很会驯狗，而且武功很好，是最出色的猎人。”元叶媚想了想道。

元费不由得向元浩望了一眼，见他也只是一脸茫然之色，不由得叹了口气道：“如此人才，却让他白白地走了，真是太可惜了。”

元浩苦笑道：“只怕是天意如此。”

蔡风只觉得心头无比轻松，虽然心底的那怅然若失的感觉并没尽去，但他此时又恢复了那种无拘无束，自由自在的生活，的确感到极为惬意。

阳光似乎异常温和，今天的天气似乎还真的不赖，也的确不赖，至少蔡风刚一醒来便可以见到如此温和的太阳便应该算是很不错了。

他很少有昨夜那种疲惫的感觉，的确很累，杀人的感觉并不是很好，至少蔡风并没有感觉到快乐。那和杀死一只野兽的感觉绝对不一样，因此蔡风并没有在邯郸城中待很久，晚上他便自行离城而去。他有穆立武给他的通行令，并没有谁敢阻止他，也没有人愿意阻止他，守城的士兵们对蔡风本就极为熟悉，因此他很顺利地便出了城。他是一个绝不怕住野外的人，因为这个世界上，并没有比人更可怕的野兽，绝对没有。

山野之中，更多了一分城中怎么也找不到的宁静和安详，没有任何压抑的感觉。

陪伴蔡风的，唯有马儿和背上的行囊及弓箭与剑，几件比较好的衣衫与一袋干粮而已，这一切，对于蔡风来说已经够了。

休息了一晚之后，蔡风只感到体力恢复了不少，便策马向武安赶去。离家十几日，似乎并没有什么异样的感觉，收获可能只有那什么劳什子“圣舍利”和稀奇古怪的蛇喉功。

邯郸是通入太行八大要道之一，除水道比较畅通之外，要到武安却只有一个隘口。

行至下午，蔡风终于赶到隘口之旁的一个小庙。记得入邯郸之时，他也在这里盘桓过一晚，因此，和这里的老板多少有一点点交情。

今日的生意似乎并不怎么好，门前的几张桌子只坐了一个客人而已。

天气热得有些不太近人情，早晨的太阳还是那般温和，可是中午一到，让人有些怀疑今日太阳是不是发了什么疯，太阳的光芒便像是烈火一般烧烤着大地。蔡风头上戴着自己用嫩树枝编织而成的怪异帽子，勉强挡一下这可怕的太阳，几个时辰行下来，叶子都烤得软搭在细枝上，马儿更跑不快，跑快了便直冒汗，喘息不停。

那无精打采的店小二老远便见到策马而来的蔡风才漫不经心地从凳子上爬起来，有气无力地打个招呼道："客官，要不要下来喝口凉茶解解渴？"

蔡风伸手抹了一下脸上的汗水，从马背上跃下来，长长地吁了口热气，骂道："奶奶个儿子，差点没把老子给热死，真是该死一百遍的太阳。"

店小二不由得有些好笑，不过他却马上认出蔡风来，因为上次蔡风住在这里的时候极为大方，当然他并不知道那次蔡风用的并不是自己的钱，不过这次仍像对着一个大财神爷一般笑道："原来是公子爷呀，今日个天真的是太热了，小的这便去为你切西瓜解解热。"

蔡风把马向一旁的木柱上一系，不耐烦道："先给我来碗凉茶再说，我的喉咙都冒出烟来了。奶奶个儿子，今日这个天发什么疯，这样来坑我。"说着大步走入凉棚，把行囊向桌子上重重一放，一屁股坐了上去，摘下头上那原始人般的怪帽子。

"公子爷，您请用茶。"店小二极为乖巧地端上一杯凉茶恭敬地道。

蔡风端起凉茶，反不觉得怎么渴了，不过手却极脏，刚才编树叶帽子时，弄得手上脏兮兮的，不禁端起茶倒在手中。

但是蔡风的脸色变了，变得极为难看也很愤怒，便因为手中的这一杯茶。

茶无论怎么看都是凉的，握在手上的杯子也是冰凉的，但蔡风却感到手似被火烫了一般，迅速抽了回来，凉茶居然咬人。

凉茶居然会咬人，至少蔡风的感觉是如此，事实也是如此，不过蔡风的手动作极快，被咬的地方并不是很大一块，只像针灸了一般，只不过却使手上多了一点红斑，正在扩大的红斑，而那茶水所泼的地方却冒起一阵轻烟。

这是什么茶？蔡风骇然变色，但他已无暇想什么，他必须阻止那块红斑斑的蔓延，他居然选择了挖肉，挖掉那一块不是很大的红斑，他半刻犹豫都没有，因为他知道这是什么茶。

毒茶！而且还是很毒很毒的茶。

血，有乌色，也有红色，鲜红的血是蔡风伤口上的血，乌黑色却是那红斑伤口的血，两种完全不同颜色的血，本来是属于一个人身上的血。

店小二骇呆了，像一只极傻的木瓜，愣愣地立成了一个合不拢嘴的木偶。

蔡风本想愤怒地大骂，但是他没有这样做，只是冷冷地向店小二望去，目光像刀子一般锋利，像冰一般寒冷。

店小二感到自己已经被蔡风的目光刺穿了，他只感到一阵绝望的寒冷，所以他的身体禁不住在发抖，在战栗。

“这，这不关小人的事!”店小二有些近乎绝望地道。

蔡风没有答话，也似根本就没有听到店小二的话。

其实店小二的感觉并没错，一点都没有错，蔡风的目光已经看穿了他，所以蔡风便看到了店小二身后的那唯一一个顾客，至少在外面的凉棚之中只有那一个人。

戴着竹笠，低低的檐子，一不小心的人，只会以为这人是顶着个大磨盘，一个极大的磨盘，可以挡住他的脸，可以挡住他的眼，只能够看到一个尖尖的下巴和几根黑黑硬硬的胡碴，因为他正面对着蔡风。

“这毒是你下的?”蔡风的声音与天上的烈日形成了两个非常鲜明的极端。

“不，不，不关……”

“不错!”那声音也冷得可以，一下子把店小二那惶急的声音全部截断，他的声音也像是一柄刀，和那人藏在鞘中的刀一般，让蔡风感到一种沉重的压迫感。

店小二似乎是失了魂一般，缓缓地机械地扭过头去望那说话的人。

但他并没有看到那人的脸，看到的只有一个尖尖的下巴和几根硬硬的黑黑的胡碴和一顶像磨盘一般的竹笠。

蔡风的瞳孔收缩了一些，但他的脸上却升起似乎感到很有趣的笑容，淡淡地问道："为什么要这样做呢?"

"因为我要杀人!"那人的声音依然很冷，冷得让蔡风都感到外面刮起了北风。他根本就想不到这人居然会有这种回答，可是对方已经这样回答了。

"你想杀死每一个人?"蔡风声音却有些恼意地问道。

"不，我要杀的人只有一个。"那人依然是那般冰冷的响应，可是店小二的脸色已经变得铁青，但他能够说些什么？能够做些什么？

"难道这个人是我?"蔡风奇问道。

"是你!"那人依然只有两个字，他似乎很吝啬说话，似乎说话本身便是一个极累的事，可是蔡风却认为这个人并不是怕累的人，因为这人竟穿着两件衣服，不是很薄，黑黑的料子，与这个夏日极为不相称。

穿衣服绝对比说话要麻烦，而蔡风穿着一件很薄的衣服，依然感觉到热，所以这个人并不算是一个怕麻烦的人。

蔡风眼中闪出一些讶然和惊疑，不仅因为这个人的答话，更因为这个人并没有出汗，似乎天气的燥热，他根本就无法感到一般。店小二逃命似的从两人之间移开身子，于是蔡风便与那人面面相对，只可惜仍无法觉察出他的面容，仍然深沉地掩在那磨盘似的竹笠之中。

"我们有仇?"蔡风轻轻地将碗放在桌上平静地道，目光紧紧地盯着对方的手。

那是一双像是长满枯藤的老树一般的手，也很轻易地让人想到铁钳，那是一双比较有个性的手，像这个人一般有个性。

"没有!"那人依然不冷不热地答道。

“那你为什么要杀人?”蔡风的脸色变得有些难看地问道，若不是因为对方所答的话并不错乱，蔡风定会以为这个人是一个疯子，一个不折不扣的疯子。但是，这个人不是，绝不是，疯子绝不会有这般冷静。

这神秘的人的确很冷静，一种与这个夏天极为不对称的冷静，使得这凉棚之中的空气也很阴沉，那是一种无形的杀气。

“因为你必须要死!”那人的话似乎全都是没头没尾，但看他的样子似乎并不急。

蔡风还想问，可是他真的不知道该问什么好，对方既然这样说，他真的有些不知道如何问，如何问也似乎全是一番废话，但他还是禁不住要问道:“你知道我是谁?”

“蔡风!”这两个字似乎是从冰缝之中挤出来一般，让蔡风愕然，他实在记不起他的仇人之中怎会有这样一个人，而他更记不起自己印象之中有这道影子，他的仇人并不多，想要杀他的人并非没有，但却只有一个，那便是叔孙长虹，可是昨晚叔孙长虹仍在邯郸之中，怎么会又有一个人在这里等着他呢?

蔡风的确有种打破脑袋也想不到的感觉，心中只感到极为荒唐，极为好笑，无论是谁在蔡风这种处境之中都会有这个荒唐的感觉。当然蔡风免不了会有愤怒，无论是谁显些不明不白地死在别人设的陷阱之中，对这个设陷阱的人都会恨之入骨，都会愤怒，蔡风也是人，所以他也有些愤怒。

“你是不是认错了人?”蔡风有些不敢相信地问道。毕竟他仍然没有死去，杀人并不是一个很好的感觉，虽然极为愤怒，却仍想这只是一个误会，因为他打心底便觉得这个仇人毫无来由，所以他不得不这么问。

“我的眼睛绝对不会错，除非你不叫蔡风。”那人很傲慢，也很自信地道。

“我是叫蔡风。”蔡风的眼睛中射出几缕愤怒的杀机。

“那我要杀的就是你。”那人似乎对杀蔡风极为自信，更似有着极大的兴趣。

“你是不是个疯子?”蔡风忍不住骂道。

“我是杀手!”那人悠悠地道，更似乎因为他是个杀手而骄傲。

蔡风呆住了，他无话可说，的确无话可说，一切的话说了也等于白说，因为对方只是个杀手，有人给钱，他便会帮人去杀人的人。

也的确，杀手杀人是不必找任何理由，也没有理由可讲，因为他们是杀手，在他们的眼中只有钱和杀人，除了杀人还是杀人。

“你以为你可以杀得了我?”蔡风冷冷地道，声音霎时变得比秋风更为萧瑟，因为他知道，这一切已经无可避免，绝对无法避免，他感受到对方那种杀人的决心。

“所以我下了毒!”那人淡漠得似乎不知生死为何物地道。

“可是我并没有喝下这杯茶，你的打算已经不再起作用了。”蔡风冷冷地道。

“那是很遗憾的一件事。”那杀手似有些惋惜地道，但骨子里仍透着难以解说的杀机。

“那你还要杀我?”蔡风问道。

“还要!”那杀手答得异常坚定，就像他立在地上的身形一般坚定，也像他那扶住刀柄的手。

“你有几成把握可以杀我?”蔡风也觉得这个问题极为好笑，他也不知为什么要说这种放在垃圾堆里都嫌废的话。

“一成!”那杀手漠然地答道。

“一成?”蔡风这一生之中大概只有对这一句话是感到最为惊讶、最为好笑的了，可是他实在想不出说这话的人是哪一根神经变得错乱了，只有一成把握，仍要坚持杀人，这实在是叫蔡风感到好笑。

“不错！只有一成把握。”那人缓缓地把刀从鞘中拉了出来道。

“难道你没有想到你会被我所杀?”蔡风眼睛依然紧紧地盯着对方的手冷冷地问道。

“我没想过，也不愿意想。”那人的刀并没有完全拔出来，只露出半截黝黑的刀身。

“为什么不想一想?”蔡风有点嘲弄的意味不屑地问道。

“因为我是杀手！”那人道。

“难道杀手便不是人？”蔡风道。

“杀手便是杀手，不是人。”那杀手道。

蔡风有种哭笑不得的感觉，他从来都没有想到这个世上居然会有这种答话的方式，不由得好笑地问道：“杀手为什么不是人？”

“杀手便是杀手，只是一个工具，便不能算人，但杀完了人之后，便又是人了，所以杀手只是杀手，并不是人。”那人仍然冷冷地道。

蔡风不由得吸了口气，他的确无法反驳对方的话，只是淡淡地道：“那你为什么还不动手？”

“等人！”那杀手的话的确很简洁。

“等谁？”蔡风目光快速地环视了一遍，却并没有发现什么人。

“杀手！”那人的话仍然很冷，却仍没有出手的意思，但蔡风却感觉到了气氛不对。

的确有些不对，不对的感觉是来自这个小店的内部，此刻小店的门口突然露出一颗脑袋，顶着似磨盘一般的竹笠，再接着便是人，一连串的人，有九个，再加上那拔刀的一人，刚好十个，此刻蔡风真的明白了，完全明白了。

那杀手绝对不是个傻子，更不会是个疯子，十个人每个人一成的把握，加起来便是十成把握了，这一点不用杀手告诉他，他也明白了。谁都知道，蔡风若想凭自己的一双手对付这十个人，那几乎是不可能的，虽然蔡风对自己的武功很自负，很有信心，只是他始终不明白，怎会有人请来这么多杀手对付他呢？难道真的是叔孙长虹吗？他的仇人似乎只有叔孙长虹一人，至少在他的印象之中便只有这么一个仇人而已。

不过，无论是谁请来的，蔡风都不能想，也不敢想，想不仅仅费脑子，也费时间，并不是一件很有趣的事，至少在此刻，蔡风不认为想这个问题有趣，因为他最想做的事便是离开这里。他是一个猎人，猎人都会审时度势，能够猎到狐狸不仅仅是靠经验，还是因为猎人自身比狐狸聪明。蔡风便猎获过狐狸，而且还不止一只，所以蔡风绝对不比狐狸笨，也正因为他不笨，他才选择走，选择逃避。

君子不是猎人，也不适合当猎人，猎人也做不了君子，顶多只能算是条好汉，蔡风是猎人，所以他不是君子，他也不会计较别人是否当他是好汉，因此，他出剑了。

蔡风出剑的速度绝对不慢，至少要比那已拔出了半截的刀要快上一步。

一步，只是一步而已，对于高手来说，一步的时间足够做上很多事情。

那杀手似乎也被蔡风出手一剑给震慑了，因为他们没有想到蔡风的剑法会有如此快，快得他连本有的半点先机也给剥夺了，这或许是一种悲哀，但杀手是没有悲哀的。

杀手本身已是悲哀的极致，其他再有一点小小的悲哀也不足道哉。

蔡风并没有让这个悲哀延续下去，他也不能，除非他想死，除非他想让那九柄刀把他剁碎。

第十九章　虚空箭影

蔡风是聪明人，所以他不会做这种蠢得只有白痴才干的事，他的剑是快了一步，但这一步只是用来斩击对方的刀。

那杀手的可怕之处让蔡风大出意料。

蔡风竟发现对方用身子来撞他的剑锋，而刀并不是挡蔡风的剑，而是让蔡风的剑从这柄刀下滑过刺他的胸膛。

这个杀手竟是不怕死的，甚至是想找死的。

若照这种形势发展下去，这个杀手是死定了，绝对是死定了，可是蔡风的脸色却变得极为难看，那是一种被对方一眼将自己看到底的那种感觉，赤裸裸的感觉绝对不会好受。

蔡风毕竟是蔡风，蔡风所做的事便像蔡风的人一般，叫人无法揣度。

蔡风的左手突然腾了出来，那本来是提着小包的手，可是此刻却突然空了。

那小包呢？

在蔡风的嘴上叼着，能够用上的部分为什么不用上，蔡风是一个很懂审时度势的人，只在一刹那间，他竟以不可思议的速度将小包叼在嘴巴之上，然后再探出两指。

左手上的两指，像是在缓和的流水之中拈起一朵凋零的小花一般温柔，可是就这样温柔的两根指头，却做了一件绝不温柔的事，起到了绝对不温柔却十分有效的作用。

那杀手以命换命的一刀竟被这温柔得若拈花的两根手指夹住了，那本是极为狂野的一刀，也是十分要命的一刀，以命换命的打法，一般都是极为要命的，可是这一次没有要蔡风的命，没有，因为蔡风毕竟是蔡风。

那杀手的瞳孔都缩成针眼一般大了，他终于感觉到了死亡的可怕，感觉到了死亡，在他想同归于尽的时候，他并没有想到死，因为他打定蔡风绝对不会做这种同归于尽的傻事，他只是要逼得蔡风停顿片刻而已，可是他看错了蔡风，更小看了蔡风的能耐，猎人与杀手始终有个差别。

猎人不仅是要杀死猎物，捕获猎物，同时还要保证自己绝对的安全，自己的安全始终是第一，因此猎人不仅仅只是会攻击，他还更会防守，但杀手却不同，绝对不同，杀手的目的只是杀人，不择手段地杀人，却从来不喜欢考虑自己是否会被别人杀，他们的原则便是杀不了别人，别人就要杀死自己。

每个人在感到死亡逼近的时候都不会好受，杀手也一样，他们杀人的时候只是一件工具，可是在被杀的时候，他仍然是一个人，不折不扣的人，所以这名杀手的脸色变了。

杀死他的并不是蔡风的剑，蔡风的剑似是并不想沾上这种人的血，在将要刺入对方胸膛的时候却从对方的肩头穿了过去，但这名杀手依然死了。

死在蔡风的膝盖之下，他的刀在蔡风的两根指头之间便像一个嵌在大山中间的铁片，绝对无法移动分毫，而蔡风的膝盖却在他伸出两个指头之时顶出去的，而且力道大得可怕，那种摧毁性的力量完完全全地注入这名杀手的小腹之中，再加上对方自己的冲力，蔡风加在那柄刀上的冲力，这个人的命运只会有一个，那便是死亡，绝对只有一条路。

“哇——”一蓬像箭雨一般的鲜血喷了出去，而蔡风的身体也正在这个时候贴紧了这名杀手的身体，箭雨一般的血从蔡风的肩头喷过去，只是对着蔡风身后追来的九名杀手。

蔡风一声冷哼，身体打了个旋，那喷血的尸体便飞了出去，像是一块巨大的肉弹，呼啸着，带着可怕而惨厉的杀气和鲜血，向那九名杀手撞了过去。

刀仍在蔡风的两指之间，剑却早已斩断了拴在木柱上的马缰，而蔡风的身子也若一片暗云掠上了马背。

这个变化谁也没有预料到，也没有人会估到蔡风如此可怕，毕竟这些人并没有在邯郸城中见过蔡风出手。

那马本因刚才那一声凄厉的惨叫而受惊，此刻蔡风再断其缰、上其背，自然便撒腿疾奔。

这一切早在蔡风的计算之中，就像是计算陷阱尺寸一样清楚。

蔡风听到一阵暴吼，都让他的耳鼓震得有些麻木，那是那九名一模一样打扮的杀手同时出声的，似乎是极为愤怒。

有些像，但杀手不应该是如此愤怒的，因为杀手无情，他们不该愤怒。

但他们的的确确像是很愤怒，所以他们的的确确是有鬼，蔡风很清楚。

清楚的是蔡风的耳朵，再由耳朵告诉他的心，所以蔡风知道，这一起迸出似愤怒的吼声只是假象，迷惑蔡风耳朵的假象。

真正愤怒的并不是这些杀手，而是他们头顶那磨盘一般可怕的竹笠，带着极细的锐啸，划破虚空，绝对比蔡风的马儿要快。

所有的目标只有两个，那便是人和马。

人自然是蔡风，马自然是蔡风的马，这瞒不过蔡风的耳朵，虽然那吼声震得耳鼓发麻，但猎人毕竟是猎人，猎人的耳朵并不是普通人可以想象得到的精敏。

阳光底下，掠过一道亮丽得让人心摇目炫的光芒，那是蔡风的剑。

“啪……”暴响声响起，之中也夹着一声马儿的惨嘶，蔡风清楚地感觉到马儿跪了下来。

天空中碎竹片洒成了一阵不是很狂暴的雨，而蔡风却是这雨中的一朵暗云，起于马背上，止于马首三丈之处。

无论是谁，都不能不说蔡风的身法正点，就像他手中的剑一般正点。

蔡风的反应之快有些出乎那些杀手们的意料，但他们并没有想到什么让他们打消杀人念头的理由，因此，他们唯一做的事，便是攻击，疯狂地攻击，他们只有一个任务，那便是杀人，杀死蔡风，那个已死的伙伴对于他们来说有些像个陌生人，死与不死都没有人去理他。

蔡风明白这些杀手的可怕，至少比那些狼可怕多了，狼再怎么可怕，毕竟还是野兽。

蔡风并不说话，他只知道左边有一片树林，钻入了树林，便是他反攻的时机，更可以翻过山岭，绕路至武安郡，到了树林之中才能更灵活地发挥猎人的特长。

可是在此时，他竟敏感地觉察到，那些杀手全都变得不紧不慢，而且四处散开，这让他升起了一种深切不妥的感觉，他的直觉告诉他，更可怕的阴谋和杀机在等着他。

于是，他看到了数十道暗影划破了虚空，呈一些十分优美的弧线向他撞来。

那是箭，要命的箭，只要蔡风的命。

蔡风连抽口凉气的机会都没有，他只能避，唯一的一棵不大的槐树给了他不是很小的帮助。

当初蔡风还嫌这棵不大的槐树生在路中间的确不雅，可是这一刻却做了一件让蔡风感激的事，那便是为蔡风挡下了那些箭，蔡风的身体便在那槐树的背面停了下来，目光像鹰一般敏锐，亮得像秋夜的明星，却有几缕淡淡的杀机直透而出，似形成了两道冰棱般的寒刀划过每一位杀手的脸。

蔡风听到背后传来了很沉重的脚步声，他并没有扭头，但他却知道这个人是个高手，高手还不止一个。

蔡风并没有立刻出手，但他却突然开口了，问了一个很好笑的问题，道：“我这颗头值多少钱?”

那九个杀手愣了一下，估不到蔡风在这种时刻仍有心情问这种话，这的确是一个极有趣的问题，也有些好笑。

“五十两银子!”与蔡风正对着面的人毫无畏色地道，在他的眼中却是多了几缕怜悯和同情。

但蔡风却知道不是，绝对不是，而是对一个将死之人的嘲弄，可是他并不在意，反而装着不解地道：“难道我一颗脑袋就只值五十两银子吗?这岂不是太不值了?”

“每人五……”那人正准备答话，但却突然发不出声音了，因为蔡风并没有让他说下去，他的声音全被一股凌厉无比的强压逼了回去，那是蔡风手中的剑。

像一簇骤然绽放的花朵，美得凄艳得让人心寒，剑身似刺着太阳，所有的光和热全敛于这一剑，达到一种迷幻一般的境界。

那名杀手有些后悔，不该去答蔡风的话，可是这一切都已经太迟了。

没有人想看到蔡风逸去，九个人虽然散开，仍然有三柄刀可以相互救助，而且每一柄刀都极为狠辣，杀手毕竟是杀手，最懂杀人的技巧，每一道刀风之下，都是足以让蔡风丢命的部位，虽然那剑上的光很强，让人有一点难以睁开眼睛的感觉，可是他们早已看准了蔡风的部位，只要跟着感觉走便不会有错。

那说话的杀手所感受到的杀机自然是最强烈的，那种压力也绝对强大，杀手却是不怕拼命的，就算是拼命他也干。

便在这一刹那，那道强光不见了，蔡风右手之中的剑不见了，却是柄黑黝黝的刀，刀是那已死去的杀手杀人的刀，那剑呢?剑到哪里去了?

剑在蔡风的左手，没有人知道右手的剑和左手的刀是什么时候换的，那是因为剑上的光线太强，所以没有人看到，没有人看到那便算是个意外。

意外的不仅仅是蔡风手中的剑和刀的对调，更是蔡风那本是飞跃的身形，只在此刻却成了楔步，矮矮地蹲在地上，可他的刀和剑都是向两旁展开。

而面对着他的那名杀手却发出一声长嘶，身形禁不住倒飞了出去，而一口鲜血狂喷而出。

攻击他的是蔡风的头，一个人的身体中任何一部分都可以成为最可怕的武器，头也不例外。

谁也没想到蔡风会出这样的险招，不仅险而且怪，险在蔡风算准对方的刀根本无法命中自己，而怪在以撞钟的形式，用头撞击对方的小腹，这一招的确很出人意料。

但这一切与蔡风的速度和那很亮很亮的一剑也极有关系，若不是这一剑的强光让对方看不清蔡风的动作，只怕蔡风所撞的不是小腹，而是膝盖或者是刀了，而蔡风巧妙地运用刀剑换手造成的一股牵引力，使对方本已有偏差的刀偏了位置，否则的话，蔡风至少会少了一臂。

这招之中的侥幸成分太多，所以这不能算好招，却只能算是险招。

蔡风的背上被对方的热血喷得很湿，但他并没有停留，他的刀和剑在同时逼开了攻来的两柄刀，这才若一只十分灵巧的貂，纵身跃起。

“嗖、嗖、嗖！”一排箭雨追在蔡风的背后，使得蔡风不得不在地上打滚，而那并未死去的杀手在这一刻却帮了他不小的一个忙，挡住了几支箭。

蔡风一声长啸，那具带箭的尸体立刻横飞而起，向剩下的杀手扔去。

再次纵身的蔡风已到那仍在哀嘶的马儿身边，他手中却已经再不是刀和剑，而是弓和箭，五指之中紧夹着四支箭。

蔡风动怒了，所以他的箭是怒箭，是狂箭，四支箭几无先后地标射而出。

弓弦轻响之后，便已经听到四声嘶哑的轻吼，不是他们不想吼，而是已经吼不出来，他们的咽喉已经钉上了蔡风的四支羽箭。

这其实是很普通的箭，可是却有着绝不普通的杀伤力，因为它的主人是蔡风。

蔡风射的并不是那剩下的八名杀手，因为他知道，若想将这八个人射死，绝不是一件容易的事，但要射那些普通的箭手却不难，而最具威胁的却也是那些普通的箭手。

蔡风只射一轮箭，因为他已经没有机会了，他只有后退，飞退，以比那些杀手快上一步的速度飞退至那小店凉棚之旁，而他的马儿也便成了活箭靶，颓然地倒在地上。

蔡风的两只手可以分工做事，所以当他退至凉棚之时，手上又有了四支普通的羽箭。

蔡风绝不会放过任何还手的机会，而这一次照样又有四名箭手倒在地上，几乎没有人可以避过蔡风的致命之箭，只是这一次蔡风选取的位置却是心脏，那里毕竟比咽喉的部位大，把握更大一些，可是蔡风的脸色却微微变了一些，因为蔡风看到了一个人，一道眼神。

一个用刀的人，一道比刀更锋利的眼神，那眼神很熟悉，蔡风记得正是昨夜震得他手心发热，结果与那铁脚之人对仗的高手。

他知道这些人真的是叔孙长虹的人，更知道那刀客的可怕，那人只是一个很冷厉的中年人，冷厉得有些不讲人情，那眼神之中的精芒能够把人的心神捅一个洞。

“果然是叔孙长虹那狗娘养的!”蔡风狠狠地骂道，可是他却变了脸色，因为他发现了一件十分要命的事，那店小二此刻却将那只盛满了凉茶的瓦缸向他砸来。

要命的并不是那瓦缸，而是瓦缸之中那可怕的茶水，他想不到这刚才还畏怯得不得了的店小二此刻会变得如此懂时机。

蔡风真的是已经没有什么好说的了，叔孙长虹为了杀他却用了这么多人，看来对他的确是另眼相待，他真不知是该谢谢叔孙长虹还是该骂该恨叔孙长虹。

蔡风只好将大弓挂在手臂之上，而手中全凭一股极为柔和的劲道准备去迎击那瓦缸，但是他想错了，却没有看错，那瓦缸本来已经有了裂口，只是待他轻轻一碰，或是不碰也会迸出那些许要命的茶。

“哗——”瓦缸终于破了，却是一支从远处射来的箭，适时地射破了这瓦缸。

店小二竟是个内家高手，蔡风看走眼了，更想不到的却是有人来救他，他弄不清怎么回事，反正他知道，这店小二该死。

“轰——”蔡风本来准备击酒坛的掌，结结实实地印在那店小二的掌上。

店小二一声闷哼，身子“蹬蹬蹬……”地一阵倒退，撞坏两张桌子，而蔡风的身子迅速后躺，手中的强弓却舞成一片浮在地面上的云彩。

“呀——啊！”几声惨叫划破太阳制造的沉闷。

蔡风看到了两名杀手倒下，也看到了两匹疾奔而来的骏马。

人是那马背上人杀的，而蔡风心头却充塞着一丝难明的激动。

“冉长江，你堂堂梁朝金牌信使也会做这种以众欺寡的事，看箭。”说话的正是蔡风救过他们几次性命的高欢。

另外一人自然是尉景，在这最关键的时刻，却出来了这样两个人。

蔡风精神陡地一振，在杀手们错愕的刹那，他的刀和剑击了出去，由下向上，虽然不是非常猛烈，但却是那几名杀手的死敌。

依然有六柄刀成犄角向地上的蔡风劈到，破空之声只将空气绞得一片混乱。

但蔡风根本没有在意，在剑芒突变之时，他的身形完全缩入了剑影之中，而剑芒时升华为一团亮丽无比的光球，从地上升起。

“当……”一串爆响之中，那六柄刀并没有阻止得了这上升的光影。

蔡风的身影若潜龙升天一般，冲上近两丈高，那团光影却成了一片飘浮的白云，亮丽无比而又说不出凄厉的白云。

愤怒的蔡风便像是一柄愤怒的剑，而愤怒的剑，则更像是疯狂的流星雨。

没有人想象得到这一剑的可怕，便像没有人知道深海之中到底有什么一般。

杀手们从来都没有想到过死亡，可是在蔡风的剑下，他们却感受到了，感受到了一丝异样的恐惧。

蔡风那一剑之中竟带着一种难以抗拒的引力，使得他们有着一种失重的感觉，明明知道，这只是一种虚幻的感觉，却是那般真实地存在，这似乎是极为矛盾的表现。

更矛盾的，却是蔡风剑式再改，由空中向下疾扑的那一刹那，那种引力竟也在刹那间像是奇迹一般变为压力，沉重得让人难以呼吸的压力。

蔡风的身影出现在虚空之上，那一片亮丽无比的剑云霎时散成了一阵疾雨，像风暴一样狂，像织茧一般细密，几乎让每一寸空间都注满了一种爆炸性的杀机，只待与接触的所有物体相撞时，以最狂野的形式爆射开来。

空气被绞成了无数的小气柱，像是撕裂的破皮，发出凄惨而可怕的声音。

蔡风见到了六双惊惧而骇然的眼神，可是这已经是无法改变的局势，无法回收的一剑，连蔡风也无法改变，全因他根本就无法控制这一剑。

“当……”声音异常清脆悦耳，但这之中夹杂的几声惨叫却是异常沉闷和凄惨刺耳。

是六名杀手的声音，因为蔡风此刻已经很好地立在六人的身前。

“黄门左手剑!”居然是那店小二和冉长江同时发出的惊呼，无论是谁都已听出他们声音之中的惊惧。

蔡风的刀拄在地上，剑却遥遥指着那正准备攻来的店小二，但是却没有动，冉长江也没有动手，他知道只要他再踏上一步，将会迎来蔡风最狠辣最凌厉的一刀，他似乎知道蔡风的刀会快得让他有些难以应付。他更知道“黄门左手剑”的可怕，所以他唯有停下脚步，目光紧紧地盯着蔡风的剑，似乎有一点点微显苍白的脸。

店小二的额头上滑下了两颗汗珠，鼻尖也有汗珠的渗出，热的并不是那烤人的太阳，而是蔡风剑上所散发出的那逼人的气势，但店小二并不是很惊惧，至少到目前为止仍没有惊惧的表情。

“蔡风，上马!”是高欢那粗犷而又有些崇敬的声音。

蔡风的剑突然不见了，就像是变戏法一般不见了，然后他的身体才像是一只穿波的乳燕，掠上高欢的马背，而在此时，那六名杀手的躯体才砰然倒下，每个人的眉心和鼻梁都留下了一串细密的血珠。

“回去告诉叔孙长虹，有一天老子定要捏爆他的卵子。奶奶个儿子，居然和老子这般过不去。”蔡风回头向冉长江高呼道，声音之中难免有一丝得意之情。

“追!”一声怒吼，蔡风正准备扭回的眼睛却发现了从山后口涌出的真正高手，那才是叔孙长虹的亲卫高手，每一个人都似乎和蔡风曾经照过面，这时才发现，高欢和尉景两人的马匹是向回路冲，而不是向武安方向，这样会让叔孙长虹的人马完全失去作用，这才显身来追击。

蔡风不禁暗自庆幸，同时也奇怪高欢怎会来得如此巧，不由得疑问道:“你们怎么知道他们会在这里伏击我?”

“因为昨夜我们二人正好听到他们的密谈，所以才会知道他们是设陷阱来害你，不过这似乎并不是叔孙长虹为主谋，而是那冉长江。”高欢道。

“冉长江?我与他并没有什么仇恨，若说是叔孙长虹派他们来的还有可能，怎会是他为主谋呢?”蔡风有些不解地问道。

“这个我们也不清楚，不过我却知道，那个路店之中没有一个是庸手，而且是一个杀手组织的窝巢，所以我们就赶了来，幸亏还不晚。”尉景有些欢喜道。

“你们两人独自行动?”蔡风惊疑地问道。

“不错，我们顺着你的意思，迅速离开了元府之后，刚好官兵们赶来，而后与其他人走失了，虽然知道联络暗号，却刚好听到冉长江怎样布局杀你，我们便迅速想办法出了城，虽然比你慢上一拍，却仍不算迟。”尉景很欢快地道。

蔡风心中一阵感激，暗忖：看来好人还是有好报的。不过对冉长江的狙杀却有些不解，隐隐觉得是与圣舍利有关。可是昨夜他蒙着面，又是哪里出了差错呢？让对方明晰自己的真实身份，而是为了圣舍利的话又怎会下毒要让他死去呢？难道不怕自己身上没有圣舍利而只知道藏宝地址吗？让蔡风有些不得其解，唯一的解释便是叔孙长虹，并不知道自己身上有圣舍利，下毒是由他指使，而冉长江却是想抓活的，否则怎会一直都未曾出手，若是冉长江抢先出手的话，他今日就算有高欢、尉景相助，只怕也只会是死路一条，不由得暗自庆幸。

“那我们现在到哪里去？”蔡风禁不住问道。

“我们自然不能回邯郸城，而蔡公子对我们多次相救之恩，我们愿意随蔡公子去闯一番事业，生在乱世，不成仁便成鬼，平凡一生不若痛快一刻，我们愿意听蔡公子的吩咐。”高欢郑重而激昂地道。

蔡风不由得一愣，骇然道：“这……这怎么成？我这人喜欢自由自在的，对功名却是从不放在心上，若是两位大哥这样说，可真是找错了人。”

“蔡公子如此武功，如此胸怀，难道你便未曾想到成就一番事业吗？只要蔡兄弟愿意，相信将来绝对可以成就一代霸业。”尉景目光中露出无限憧憬地道。

蔡风不由得一阵苦笑道：“可惜兄弟我真的要让二位失望了，我只想轻轻松松地过一辈子，当官有什么好？做皇帝又有什么好？每天都要将自己定格于一个小小的范围之内，甚至连最起码的自由都失去了，便是金科玉律也只是一片虚枉的东西，我不想误了二位兄台的前程。”

“我们找个地方说，先把这帮贼子甩掉再说。”尉景狠声道。

“让他们也来尝尝本人的箭，奶奶个儿子，上次居然放暗箭，害得老子痛了好几天。”蔡风气恼地道，同时身子像是变戏法一般在马背上灵巧无比地换了个方向，以背靠高欢的背。

“嗖、嗖……”四声弦响，高欢只觉得蔡风背上的肌肉一阵绷动，便听得四声马儿的惨嘶和几声惨呼。

“好箭法，这一手连珠箭法想来当世没有几人能够达到如此出神入化之境。”尉景禁不住赞道。

“因为我是猎人，猎人只靠这些东西吃饭的，自然不能落在别人的后面。”说着右手又夹上四支箭，向追上来的人高喊道，“若你们还想吃本公子几支箭的话，不妨追来。”

“嗖”一支箭落在弦上，像一道幻影一般射了出去，而第二声弦响也在同时发生，第二支箭便若流星赶月一般激射而出，然后第三支、第四支相续落到弦上。

射人先射马，蔡风自然深知这一点，因此，他绝对不会有丝毫的留情。

山道并不是很宽，刚才蔡风已经射倒了对方四匹马儿，此际又重射到对方四马，对方的追击自然受阻，全部弄乱。

尉景和高欢的纵马之术极高，对方射来的箭蔡风以一根黑索像长长的软鞭一般尽数击落，丝毫无效，转瞬，二人即策马奔到拐弯之处，远远地甩下冉长江诸人。

三人策马行至黄昏，竟达永年境内。

“奶奶个儿子，肚子都饿得咕咕叫了，咱们先去馆子里喝上一顿，怎样?”蔡风提议道。

“自然是好，我们也差不多饿了。”高欢应和道。

“总算是把那些家伙给甩掉了，只是蔡公子要回家又要走很多弯路了。”尉景道。

“我倒是不怕走弯路。”说着，蔡风从马背上跃下来。

“随便找一家算了，我看这家‘客丰’也不错吗!”尉景也跃下马背道。

“客官，你请进!”店小二望了几人身后的弓箭一眼，脸色有些变，却仍不慌不忙地道。蔡风穿着刚洗去血迹不久的湿衣服，似乎有些显眼，却毫不在意地道：“你们店里有什么好酒，给我上六斤，再切三斤卤牛肉，山鸡爆丁，红烧鲤鱼，少了再说。”

“是是，客爷你们请这边坐。”店小二乖巧地为三人擦了擦凳子道。

酒店之中人并不是很多，但却很热闹，或许正因为这个世道乱，才会使人觉得需要放纵，酒店之中才可以找到醉生梦死的感觉。

这酒店的酒菜倒是上得很快，似乎早已准备好了一般，迅疾为蔡风诸人端了上来。

蔡风拉开话题问道：“两位兄弟如此便与你们的伙伴脱了联系，他们难道不会着急吗?”

“蔡公子不用担心，我们二人走失，他们绝不会担心，说起来，我和他们之间只是雇佣关系而已，也和杀手一样。”高欢毫不隐瞒地道。

“哦!”蔡风饶有兴趣地望了两人一眼，明知故问地道，“你们被雇佣便是去元府捣乱?”

尉景不好意思地笑了笑道：“蔡公子几次救我们一条生路，我们也不必对蔡公子隐瞒什么，我们到元府去主要是为了一个和尚。”

蔡风知道两人所说的是实话，却仍不得不装下去问道：“一个和尚?”

“不错，至于这个和尚有什么作用我们便不太清楚了，据说这个和尚法号叫了愿，知道一个大秘密，却不知是什么狗屁秘密。来，我们喝酒，不去管什么狗屁鸟事。”高欢粗豪地道。

蔡风自然不想再谈下去了，应和道：“是啊，我们又不想去敲木鱼，念经做法事，谈什么和尚呢!”说着倒上半碗酒灌了一大口。

尉景一笑，也陪着喝了一大口，有些好奇地问道：“蔡公子在元府不是锦绣前程吗，为什么离开呢?”

蔡风哂然一笑道：“我最怕那种不自在的活法了，我这人天生便不是一条富贵命，只喜欢山野清淡的生活，邯郸也不好玩了，我只好走喽。再加上我到邯郸只是迷上了元家的小姐，可是她却有了婆家，我只好死了这条心啦，再不离开元府，心中定更难受。”

“哈哈……”高欢和尉景不禁咧嘴大笑起来，道，“想不到蔡公子居然是个多情的种子，天下美女多得是，以蔡公子的人品武功，哪里不能找到滴出蜜来的甜妞。”

蔡风也不由得哑然失笑道：“那可不一样，凭自己的本领去追来的美人，那才叫成就感，那才会有意思一些，否则哪有情调可言。”

“听蔡公子说话，真不敢相信你是生长在深山中猎户家中，倒像是在书香门弟。”高欢认真地道。

“是吗?”蔡风端起碗抬起了一半便定在半空中反问道。

“我也有这样的感觉。”尉景补充道。

蔡风淡然一笑道：“其实又没有谁规定书香门弟便不可以成为猎户的是吗？那高大哥仙乡又在何方呢?”

高欢哑然，浅笑道：“我们二人都是怀朔人，我本是汉人，因为祖上乃为罪臣，才徙至怀朔，尉兄弟乃是我同村好友。”

“原来如此，听说前几月破六韩拔陵在沃野聚众起义，而卫可孤还包围了武川和怀朔两镇，可有其事?”蔡风不由得问道。

“确有其事，说来惭愧，我本是怀朔函使，今次便是同尉兄弟去洛阳告急，而朝廷却派元或这胆小如鼠的人去督军，这场仗不打我都知道元或是输定了。”高欢有些丧气地道。

“何以见得呢?”蔡风有些不解地问道。

“破六韩拔陵这个人我曾与他见过几次面，他绝对是一个非常厉害的对手，虽然没有亲见他统兵，但以小见大，我见过的人当中，比这人厉害的似乎仍没有，而卫可孤也是了不起的将才，在六镇曾和柔然人打了几场硬仗，民饥国危，人人思反，破六韩拔陵起义正是迎合了百姓的心，武川和怀朔两镇若是救援稍迟，便将不攻自破，到那时北部六镇首尾相衔，元或与破六韩拔陵对阵岂有不败之理，六镇民悍善战，猛勇无畏，常年有与柔然、高车等异族作战的经验，又岂会差给朝廷的兵士，若是让破六韩拔陵击败元或，当使天下受苦之人看到希望，那时候会是怎样一个结局，绝对可以猜得到，自此国内烽火平息，却真不知会在何时了。”高欢滔滔不绝地讲完后，不禁深深地叹了口气。

蔡风不由得再仔细打量了高欢一眼，却见得尉景一脸仰慕之色，不禁吸了口气道："高兄所说的确有道理，其实这一天只是迟早的问题，也没有人可以改变，种族的偏见，朝廷的腐败，早已让人心寒，天下百姓无时无刻不在受着苦难，无时无刻不在演绎着悲剧。现在人们的沉默，只会将战火烧得更旺，每一个人的忍耐都有一个极限，过了之后便会让人变得很狂野，那时候谁也无法收拾这个残局，余下的只是一场大的悲局。"

"蔡兄弟这话便不是这样讲了，俗话说长痛不如短痛，这个世上只有一个生存的原则，那便是弱肉强食，我们只要能得一明君，久乱思安，若能以宽大政策，励精图治，一改腐化之风，息战养民，这岂是一个悲局?"高欢不赞同地道。

蔡风哑然失笑道："高兄所说自然是一个非常好的结局，可是高兄不要忘了，内战一起，国家之内十室九空，孤儿寡妇随手可拾，兵丁役卒死伤无算，国内经济全都呈一种真空状态，那时候北有柔然、高车异族虎视眈眈，而南有梁朝萧衍无时不思攻我边关，内有一些腐朽的贵族大家的阻扰，说息战养民只是一句空话。你不攻人，人则攻你。孙子兵法有云：'凡兴师十万，出征千里，百姓之费，公家之奉，日费千金，内外骚动，怠于道路，不得操事者，七十万家。'虽然我们可以坚守不攻，但所耗之资也绝不在少数。南朝仍要好一些，而高车、柔然等匈奴族则是以战养战，定趁国中动乱以获利。这些仍不是主要，主要的仍是国内各族之间的偏见，这数百年以来没有人可以解决缓和这些矛盾。动乱新治，一个不好则会使得烽烟四起，这并不是一件如想象中那么简单的事。"

尉景像看怪物一般望着蔡风，似乎是第一次认识蔡风这个人一般，不过他也的确是对蔡风无法了解。

高欢望着蔡风却有些发呆，手中端着酒碗，却愣愣地不知道该不该喝。

良久，高欢将碗中所剩的酒一口饮尽，吸了口气道："蔡兄弟所说的确是有道理，高某受教了，高欢的确从未想到这些问题。那蔡兄弟以为怎样才可以达到最理想的结局呢？若是天下百姓不如此，岂不是永远都无法翻身？永远都活在苦难之中？”

蔡风轻松地再为高欢倒上一碗酒，涩然一笑道：“我也不知道如何回答你的话，所以我宁可选择逃避，虽然我知道有一天会让百姓过上幸福美满的生活，绝对会，正若高兄所说久乱思安，那一天会很快来临的，但可能不会是今日这场动乱，因为若要真正的天下安定，必须先南北相合。否则说天下安定、百姓安居乐业只是空谈，今日之乱只是加快明日安定的步伐而已，所以我也猜不到会不会以圆满的结束告终。我想说的也只有这么多，也只能猜到这么多。”

“南北统一始有百世平安，蔡兄弟此话的确正中心坎。”高欢敬服道。

“想不到蔡公子不仅精于驯狗之道，对天下之局势也这般了然于胸，真叫尉景好生佩服。”尉景有感而发地道。

蔡风淡然一笑道：“我只不过是就事论事而已，又哪里有什么了然于胸的感觉，倒让二位兄台见笑了。”

“咱们都只不过是山野草民，何必如此谦虚，蔡兄弟也这般客套，是要罚酒的哦。”高欢不依道。

蔡风不由失笑道：“咱们都是山野草民，用得着如此恭维我，用得着讨论如此问题吗？我们都有错。来，要罚，罚我们三人。”

高欢和尉景不由面面相觑，同时爆出一阵欢快的大笑。

突然高欢两个手指在嘴唇边一竖，作个噤声的动作。

蔡风和尉景不由大异，却听得一阵欢语。

“老三昨日去应征，他奶奶的，要求倒是挺高的，说老三太瘦，怕连弓都拉不动，嘿，你们猜老三怎么着？”

“怎么着，难不成把那主考之人脖子给捏断了？”一人粗野地笑道。

蔡风不由得扭头向那一桌望去，却见五名大汉正在拍桌子听着那口沫横飞的汉子讲道：“那倒不是，老三一恼火，走上去把那张铁胎大弓一拉，只听得……”说到这里故意吊人胃口似的停下。

“怎么了？奶奶个熊，在兄弟们面前还装神弄鬼，小心兄弟们把你满嘴牙齿给你打下来。”一个癞头汉子笑骂道。

“蓬！”那刚才吊人胃口的汉子突然低叫道，只吓得那五人一大跳。

“那弓弦竟被老三拉断了。”那汉子望着那又好气又好笑的五人，这才补充道。

蔡风和高欢等人不由得也跟着笑了起来，同时对那汉子仔细地打量了几眼，只见他方脸大耳，浓眉虎目，且脸上却总带着一种乐天派的表情，自然给人一种亲近的感觉。

邻近的几桌人也不由得为那人所说的逼得大笑起来，唯有那五人笑骂道：“你找死呀？”

那汉子不由笑道：“你们不是叫我说吗？我说出来了你们却又要骂我，真是好人难做，你们便没有那边几位兄台有幽默感了。”说着向蔡风几人望了一眼。

那五人不由同时向蔡风等人望了过来，面色都是比较和缓。

蔡风也向那人淡淡地笑了笑，不由得对这人好感大增。

“后来怎样？”那癞头忍不住问道。

“后来自然不敢小看老三喽，还对老三礼敬有加，试都不用试便被录用了。”那汉子有些得意地道。

五个人都吁了一口气，笑道：“我就知道老三去入这劳什子军，自是轻而易举之事，说不定还可以成为李大尚书令的亲卫呢。”

“咱们哥儿几个不如一道去投军好了，奶奶个熊，老子不相信咱们便打不出一片天下来。”一个稍年轻却瘦巧的汉子提议道。

“好是好，可是入军太受约束了……”

“奶奶个熊，老六最没种，操，咱哥儿几个在军中横冲直闯有谁能奈何我们，我看只有三哥最有志气。”一个脸上有一道长达三寸刀疤的汉子笑骂道。

“谁说我没种？你看我敢不敢杀人，说不准我还会砍下破六韩拔陵的脑袋呢！”那被讥讽的汉子愤道。

“老五和老四你们别争了，咱们哥儿七个不是早就说过有福同享有难同当吗？既然老三入了军，老六又这般提议，我们自然不会让老三一个去潇洒喽，咱们六个一起去投军，奶奶个熊，让世人看看我太行七虎的厉害。”那癞头的汉子压了压手道。

“既然大哥如此说了，咱们便依大哥之意去做好了，相信几位大哥定不会反对对吗？”那瘦巧的青年补充道。

那刚才始讲笑话的汉子扫了那青年一眼，调笑道：“六弟肯定也是想去拉断弓弦了。”说完那几人不由得同时大笑起来。

蔡风心头一紧，他自小生在太行山，自然听说过太行七虎之名了，那是最近几年在太行山很有名气的几人组合，平日的声誉一向还不算坏，劫富济贫之事也做过不少，因此蔡风对他们的传闻多少知道一些。因为阳邑镇每年都有许多太行各寨头的人来送礼，表示对蔡伤的尊重，从他们的口中绝对漏不了这几个人的消息，不由得立身而起，抱拳笑道：“想不到能在这里遇到太行七侠，真是幸会幸会。”

那六人不由得再次向蔡风望来，一脸惊疑，却不记得在哪里见过蔡风。

蔡风自然知道他们的心思，不由得笑道：“在下阳邑蔡风。”

那六人立刻为之动容，全都立身而起，肃然抱拳还了一礼，那癞头汉子客气地道：“想不到蔡公子有空到永年来走走，今日能睹蔡公子风采，真是三生有幸，不知令尊大人可还好？我们七兄弟一直未能亲自拜访他老人家而深感不安，还请公子代我们七兄弟问声好。”

蔡风哂然一笑道：“想来这位定是彭乐彭大哥了，家父曾多次听说过彭大哥的为人，还嘱咐我今后行走江湖多与彭大哥亲近亲近呢。”

那六人听了蔡风如此一说，不禁都大感有面子，那癞头汉子似有些羞涩地一笑道：“哪里，哪里，彭乐何德何能，能得令尊大人的赞许。”

高欢和尉景不由得瞪大一双眼睛，有些不敢相信地望了望蔡风，他们也是眼光不低之人，自然知道这六个人，无一不是高手，特别是那彭乐，双目之中寒芒隐敛，太阳穴高鼓，绝对是一个高手，而他似对蔡风极为尊敬，而对蔡风的父亲更是推许仰慕，那种表情绝对不是假装的。那蔡风的父亲到底是谁呢？他们不由得有些糊涂。

“彭大哥谦虚了。”蔡风含笑道，旋又向那方脸汉子行了个礼道，“这位想来便是达奚武达二哥了。”又转向那脸有刀疤的汉子道，“这位定是彭城尚彭四哥了，而这两位也定是达寿春达六哥和张亮兄了。”

“蔡公子果然丰神如玉，不同凡人，我们兄弟几人的名字被你念出来就是顺耳，可惜老三没有这个福气。”达奚武有些滑稽地道。

“二弟别再乱嚼舌头，怎能这般对蔡公子不敬呢！”彭乐叱道。

蔡风哂然笑道：“彭大哥哪里的话，达二哥这明明是称赞我吗！这样无拘无束地岂不是更有我们太行山的风情吗？咱们都是山林里住惯了的人，说要改得太客气那是有失本义，那样活起来太没劲了，大家都是太行兄弟，太行的儿女，都一样，来，我们来一起喝上一碗。”

张亮立刻送上一碗酒给蔡风，几人端起酒来，欢快地一饮而尽。

“痛快！”几人同时出声道。

第二十章　威扬军营

“来，我为大家介绍我的两位朋友。”蔡风很洒脱地向高欢一指道，“这位是来自怀朔的朋友高欢。”

“高欢敬各位好汉一碗，便为我们同为江湖儿女干一杯。”高欢很大方地双手端起碗道。

那几人眼睛一亮，显然为高欢不同寻常的体格和气势所动，虽然高欢不若蔡风那般丰神俊秀，但一种自然恬静清新而又略带野性的气质，却自有一种让人心折的豪迈和威武的豪情。

“好汉子！”彭乐禁不住道，同时一口饮尽碗中的酒。

“这位是来自怀朔的兄弟尉景。”蔡风转身拍拍尉景的肩膀笑道。

尉景也笑着立身而起，双手端酒道：“今日能与几位好汉相识，的确是三生有幸，这一碗自然也不能不敬，便为我们千里相聚这一线之缘吧。”

“蔡公子正是这一线缘的制造者，这一碗自然蔡公子不能少喽。”达奚武为几人倒满酒插口道。

蔡风不由得笑了笑道：“既然如此说，我也不客气了。”说着端起碗酒，一口闷了下去。

“爽快，够气魄！”几人同时赞道，也毫不落后地干了下去。

“不如大家一起吃吧，重新再点菜。”彭乐道，说着就向小二喝道，“再给我上十个最好的菜，二十斤好酒。”

蔡风一拍高欢的肩头，大方地行至六人的桌上笑道：“那我便不再客气喽。”

“这才叫够爽快吗，咱们之间是不必讲什么客套话。”彭乐欢快地道。

“彭兄，你是否准备投军呢?”高欢大感兴趣地道。

“不错，的确是有这个打算，这个世上若不能成就一番功业的确是对不住自己。”彭乐自信地道。

“对，我们为什么要平凡地活一辈子，别人能封王封侯，我们同样也可以，我高欢也算一份。”高欢大感志同道合地道。

“还有我尉景，咱们一起去投军。”尉景也兴奋地道。

蔡风不由得问道：“是哪里征兵呢?”

“崔暹在南和募兵，一路北行，也一路募兵。”达奚武应道。

“崔暹?”蔡风疑问道。

“不错，正是崔暹!”张亮肯定地道。

“怎会是崔暹呢? 那临淮王不是从山西进军吗?”蔡风奇问道。

“临淮王元彧在五原战败，破六韩拔陵声威大震，朝中已改派李尚书令率兵前往对伐，而崔暹将军走河北，一路募兵北行，我们才会赶到永年，我们三弟早已入军。”达奚武解释道。

“临淮王败了?”蔡风和高欢不由得相视望了一眼，惊问道。

“不错，这还是十天前的事，难道你们不知道吗?”张亮应道。

“我们那时在邯郸，也没有闲情去打听这些事，不过临淮王战败早就预料到，只没想到这么快而已。”蔡风解释道。

“蔡兄弟，去不去入军呢? 以你的才智和武功，将来定是前途无限。”高欢问道。

蔡风淡然一笑道：“我倒没这个兴趣，什么前途无限，我都不在意，我过我的自由生活算了。”

“若蔡公子不入军的话，那的确有些可惜。”张亮似乎有些惋惜地道。

“七弟知道什么，蔡公子岂是好名利之人，以蔡先生的武功和才智天下有几人能比，但却隐迹山林，这是何等情操，岂是我等凡夫俗子可比? 蔡公子正像蔡先生一般淡泊名利，自然不屑狗屁前程。”彭乐叱道。

“大哥说得是，蔡先生是我们兄弟最尊敬的人，先生那淡泊名利之风的确是无人可比!”张亮诚恳地道。

蔡风也不客气，只是淡淡一笑道：“多谢几位大哥对我爹的赞许，我是我，我爹是我爹，若老是让我爹来护着我，那这人生也的确没啥意思了。不过我这人性喜自由，无拘无束的生活才算逍遥，若可能我也不妨去投军试试，看看军中生活是不是很得意。”

“那太好了，我们九人一阵，保证把崔暹吓一大跳，说不定可成李大尚书令的亲卫呢!”张亮欢快地道。

“我倒不想太张扬，做一个很不出名的小兵，若是一个不小心开了小差，别人不会太在意，但若是做了李崇的亲卫，可就想脱身都难喽，因为我也许会中途溜走也说不准。”蔡风煞有其事地道。几个人不由得大愣，片刻，才不由得大声笑起来。

“蔡公子真是有趣，若是别人这么说，我肯定以为他是个懦夫，只能做逃兵，不过我却知道蔡公子绝对不是。”达奚武拍拍蔡风的肩头，大笑道。

蔡风摇摇头笑道：“你太抬举我喽，我本就是个逃兵嘛!”

“哈……”几人不由得笑成一团。

募兵，始于曹魏名将马隆，后在晋末募兵成了作战的兵源，逐渐取代了以往的征兵制度，而在如今，募兵制度已经成了兵的主要来源。

每一地都贴了募兵启事、皇榜，却给每一地添上了难以抹去的阴影。

每一个人的心都绷得很紧，每一个人都在惊恐和慌乱之中度日。

这个时代没有一刻钟能够让人们真正地感受到安宁和祥和，没有一刻钟让人们摆脱苦难，生命在这个时候似乎已经完全麻木，除了苦难仍是苦难，而西方净土那块神秘而不可测的境地便成了人们唯一的梦，庙宇没有一处没有，但净土却是没有一处。

蔡风一行人赶到南和，已是第二天午时，一路上见到无数迁徙的难民，那种拖儿带女的惨景，实在是让人不忍目睹，可是这一切都是现实，不可更改的现实，战争给人们带来唯一的好处，那便是让统治者快乐，而百姓唯有一条路，那便是苦难。

可这一切都不知道是谁的错，不知道。

募兵现场是设在府衙后院的广场中，此时在府衙前已经列成了一排很长很长的队伍，这种日子，能募入军中或许还会有些出路，否则，在这种环境之中，能活得舒服那只是天方夜谭，因此，只要稍有一点素质的人，都希望碰碰运气。

蔡风等人也列入长长的队伍之中。

“这募兵需要考些什么呢?”蔡风问道。

彭乐笑道：“有什么本领便尽量使出来，只要不把主考官骇死便可以。”

高欢一听，不由得也笑了起来。

“下一个!”那登记之人在殿上高喊道。

“下一个便轮到蔡公子，做好准备哦。”达奚武提醒道。

“我现在叫黄春风，武安人氏，今年十七有半，父黄在远，独子，现住迎朋客栈，祖辈皆猎人。怎么样，这个答案可以吗?”蔡风眨着眼睛笑道。

“啊，你真的准备只做……”

“别胡说八道。”高欢喝声打断了尉景的话。

尉景脸一红，才想起这个场所实在不应该说这些，干笑道：“黄兄弟这般答话应该差不多了。”

“算你聪明，一不小心把你额头打个包来。”蔡风笑骂道。

“该你啦，蔡公子。”张亮提醒道。

“错，应该是黄公子。”蔡风反提醒道。

“下一位!”那登记人员喝道。

张亮干笑道：“黄公子请先行。”

“这个自然!”蔡风大模大样地行入大殿，回目四顾，见殿内比较空旷，唯几名武士和两个大兵器架，及一名学究打扮的武官。

“叫什么名字?”那人望了蔡风一眼，见他如此年轻，语气之中难免有些傲慢地问道。

蔡风向前跨了一步，笑应道：“我叫黄春风。”

“黄春风！”考官愣了一愣又问道，“哪里人氏？”

“武安郡赵家镇人氏。”蔡风早想好了答案，应付起来自然得心应手。

“堂长是谁？”考官问道。

蔡风一愣，答道：“我家不属哪位堂长管属，乃是世代为猎之人，靠山吃山，因此并未作注册登记。”

“有这回事？”那登记之人奇问道。

“此话并不假。”蔡风平静地道。

“那你有何特长？”登记人又问道。

蔡风自信地笑了笑道：“入山能擒虎，下海能斩蛟，上阵能杀敌，马上步下都无忌，箭穿百步杨，刀剖风中叶，若是烤野味，也不落人后，不知大人可否满意？”

那几名护卫和登记之官不由得脸色微变，都有些不敢相信地望了蔡风一眼，似是在看这狂妄无比的少年是不是真有如此本领一般，不过，他们自然无法看出。

那登记人员不由得惊疑地问道：“年轻人有狂劲当然是好，却不应该胡言乱语，你到底有何特长？”

蔡风哑然失笑道：“考官大人照我说的填写便是了，哪用担心这些，我若是没有这本领，岂敢胡说！那岂不是未入军先犯军纪吗？”

“赵武，让他试。”那登记人员向身边的那短髯护卫吩咐道。

“怎么个试法？”蔡风反问道。

那叫赵武的护卫从兵器架上抽下一杆长枪，递给蔡风，淡淡地道：“你自己看着办吧。”

蔡风轻松自若地接过长枪，用手捏了捏枪尖，再摸了摸枪杆，笑了一笑，道：“请注意啦。”

“喳！”一声轻响，众人眼前一花，枪尖竟被蔡风手指拗断一截，而这一截枪尖却无声无息地钉在墙壁之上，完完全全地没入青石墙，便在众人惊骇无比的情况下，蔡风手中的枪杆竟然也不见了。

蔡风望了望呆若木鸡的登记人员，拍了拍手笑问道：“如何？”

那几名护卫呆望了蔡风一眼，这才扭头四处寻找那杆丈二长的枪杆，让他惊骇的却是，刚才赵武从兵器架上取长枪的位置，此刻却多了一杆无头的白腊杆，正是蔡风刚才手上所剩的枪杆。

兵器架距蔡风至少有两丈多远，而蔡风竟这般轻松自如，以神不知鬼不觉的手段，准确无误地将那丈二长的白腊杆放入原来的位置，只凭这手法、这角度便足够让任何人心惊了。

“可以按照我所说的登记了吗？”蔡风轻松地问道。

“果然是好身手，真是太好了，自然可以按照你说的登记。请问你现住何地？要不要让我派人这就去把你的行李全都搬入府内？”登记人员一改先前傲慢之态，恭恭敬敬地道。

“我便住在‘迎朋客栈’，等我几位朋友一起应试过后，再说吧。”蔡风有些得意地道。

“你的朋友在外面吗？”那登记人员向门口望了一眼问道。

“不错，他们无一不是以一敌百的好汉，我只是他们之中比较差的一个而已！”蔡风淡然道。

“好，你的朋友全都免试。赵武，你带一些人去把黄公子及他的朋友们的行李全都搬到府上来，将他们安排到速攻营中去。”登记人员大方地道。

“不知大人贵姓？”蔡风反问道。

“本官姓王。”那人欢欣地道。

“那多谢王大人了。”蔡风爽朗地一抱拳道，说完转身向外行去。

“怎么样，黄兄弟？”高欢忙问道。

“我们迅速回家收拾行李吧，大家都免试过关了，行李搬来之后，报个到便行了。”蔡风微微有些得意地道。

高欢和众人一呆，即刻又爆出一阵欢呼，全都跳出队伍，七嘴八舌地问刚才是怎么回事。

蔡风好笑道：“他们为我登记的是入山能擒虎，下海能斩蛟，上阵能杀敌，马上步下都无忌，箭穿百步杨，刀剖风中叶，便是这些而已。”

几人不由得一呆，爆笑道：“果然够狂，你刚才露的那一手，差点没把考官骇傻，真他奶奶的过瘾。”

“我们目的地是‘速攻营’，怎么样？”蔡风得意地道。

“速攻营？嘿，那可是由将军亲自指挥的亲卫部将，可算舒服了，奶奶的，真是意想不到的顺利。”尉景欢声道。

速攻营之中的气氛极为严肃，那简直是一种压抑，至少蔡风有这种感觉。

蔡风还是第一次入军营，望着那些随地搭起却极有规律的帐篷，心中有一种十分新鲜的感觉。

“你们的营地在这里！”一个十分精悍的汉子指着一个十分大的帐篷客气地道。

蔡风打量了周围一眼，见各地零零散散，每隔几丈远便安下一个大帐篷，自己的帐篷却在外围，与中间一个大营呈梅花状，而再由这些梅花形的一组帐篷组成一个更大的梅花形帐篷，延着一个微斜的山坡上布，正迎着恶毒的太阳，走了这一段路，整个人都汗水直流。

“这里还真不错，干燥，背有山丘，前有小河，水草丰盛，五瓣梅花营，守势无懈可击，更可变为圆阵，防御于无隙！”高欢赞许道。

“这里难道还会有什么人偷袭？”达寿春有些不在意地道。

“这或许是军人的作风，无处不留心，无处不小心，如此才能让敌人无一丝可趁之机，也可使自己养成一个谨慎的好习惯，这样的军队才是可怕的。”蔡风淡然应道。

“你们把行李放进去吧，我带你们去用膳，随后还要接受将军的检阅和训练呢。”那精悍的汉子提醒道，说着领蔡风等人行入帐篷之中。

“大家好，你们又来了新兄弟，今后大家都是一家人了，要好好照应，相互间帮助，知道吗？”那精悍的汉子对帐内正赤裸上身躺在铺板上的人喊道。

那些人都有些漫不经心地扫了蔡风诸人一眼，却看不出他们有什么心事，不过态度还算是友善。

“大家好，我叫黄春风，今日能与众位兄弟同帐实在是荣幸之至。”蔡风大大方方地向那些扭头望来的人抱拳道。

高欢诸人也学着蔡风的样子，向本已住好的众人行了个见面礼。

“你们的床铺在这里，先把东西放下，我带你们去用膳。”那精悍的汉子平和地道。

“这里是随到随吃吗？”尉景奇问道。

“你们是速攻营，待遇自然不同，何况今日新募之兵，自然要优待，每一个人都应该为自己是速攻营的战士而骄傲。”那精悍的汉子有些自得地道。

蔡风诸人才恍然，这才跟在这汉子身后行出帐外。

“不知这位大哥贵姓？”蔡风问道。

“我叫解律全，是你们的队长，速攻营共三十五队，五位别将，其中有五队为将军亲卫队，而另外三十队，分由五位别将指挥。”那精悍的汉子道。

“难怪这些帐篷全以梅花形相排啦。”蔡风恍然道。

“听说黄兄弟功夫好得出奇，今日能入我队，应算是我解律全的荣幸了，今后咱们共同出生入死，希望能好好配合。”解律全毫无盛气凌人的感觉，很宽和地道。

蔡风诸人不由暗赞解律全会做人，这样动之以情的确可以让人心服，有甘愿效命之感，不过，他并没有细细去想，因为他并不喜欢军旅生活，更不想什么名利，只是淡淡地笑道：“那倒叫队长取笑了。”

解律全平和地笑了笑，指着一个极大的帐篷道：“你们进去凭腰上紫佩去盛饭，军中的生活不像你们日常生活那般，可能会清淡一些，你们便将就地吃吧。”

“弟兄们，快起来快起来。”解律全的叫嚷把正在午休的蔡风惊醒过来，条件反射地纵身跃起，问道："什么事?"

"将军要训话，各位兄弟迅速集合，跟我来。"解律全话刚说完，帐外便传来一阵号角的"呜呜"声。

解律全顺手抓起佩刀，众人也同时以最快的速度操起兵刃，追在解律全的身后冲出营帐，很自然地便排成了一条长长的队伍。

集合之地是营地之间的一块平地，四周的营帐将中间的一片空地紧紧地包围，给人一种沉闷的压抑之感。

速攻营的人不是很多，不过也有七百多人，每队二十人，无一不是军中或民间选拔出来的强手，行动之迅速之利落，给人的感觉便像是下了一场暴风骤雨。

最先到位的是蔡风所在的一队，无论是奔行的速度，还是着衣的速度都一样，唯有几人的速度难以跟上，解律全本身便是一个高手。

蔡风的目光却为一个中年汉子所吸引，那洁白的软甲披在身上，挂着一杆斩马长刀，并无头盔，乌黑的头发结成一个隆起的髻，却又一部部散披在肩头，双目之中顾盼生威，似一尊雕像一般立成一道风景。

解律全垂手而立，目光垂视，却不敢逼视那中年汉子的目光，中年汉子身后立着四名硕壮的汉子，手轻轻地搭在腰间的剑柄之上，给人一种随时都有可能作出最凌厉、最狠辣、最要命的攻击一般。而中年汉子的身前却是两名手持金盾、披重甲、持长矛的武士，那种组合，无形之中便给人制造出一种压迫感很重的气势。

蔡风知道那中年人定是崔暹，也只有崔暹才会有这样的架势。

崔暹似乎对解律全很满意，那是因为解律全到得最早，每一个人都自然而然地流露出一种镇定如恒的气势，没有丝毫混乱，这种排列，解律全早在吃完饭后便拉着他们演试了几遍，所以蔡风诸人所表现出来的绝对没有丝毫忙乱情绪。

号角声停止之后，各路人早已会齐，每队成两竖排而站，三十五队，便成七十排环绕着中年人成一个很自然的圆。

蔡风暗自骇然，这七百人的队伍的确是精英组合，无论是速度还是气势都有着不同凡响的凌厉。

广场上很静，静得连风拂动头发的声音都可以捕捉到，而每个人额头上的油光辉耀成一种别开生面的气氛。

“很好!”崔暹第一句话终于出口了，但广场之中除了这两个字在回荡之外，仍没有半点响动，但每一个人的心中都松了一口气。

“大家都是我国兵士之中最优秀的，所以我们才会将大家组合成一支无可匹敌的战斗力，无论将来怎样，你们的前途都是无可限量的，只要你们好好干。”顿了一顿又道，“刚才我看到各小队的集合速度，看到我们这支队伍中潜在的许多人才，只要在这次平贼之中能够发挥出你们最好的水平，相信便算破六韩拔陵有三头六臂，也难逃一死，不知道大家可有信心平寇为国?”

“有——有——”广场上欢呼一片，真是声震四野，有若雷怒中天。

崔暹的面上显出淡淡的微笑，双手在空中虚按了几下，广场上的声音逐渐静了下来，但这时众人早已热血沸腾，但有人脸色却变了，变得有些难看，崔暹的眼神之中也多了一些冷厉，有人在惊呼。

那是因为一排劲箭，拖着奔雷一般的锐啸，划破虚空，向崔暹射到。

那手持金盾的两位武士反应不谓不快，便在那一排弩箭快要抵达崔暹之时，他们的盾已经护住了崔暹的两侧，更有人从人群中腾空而起，向那横空而过的劲箭截去。

箭是从四个方向来的，那种射箭的手法绝对是百里挑一的好手，一排六支劲箭几乎没有先后之别，便已到达崔暹的身边。

“抓刺客!”立刻有人怒吼。这些新兵没有多少人遇过这种场面，虽然叫他杀人，或许连眼皮都不眨一下，可是遇到这种情况他们都不知道该如何做，毕竟他们之间缺少那种默契的配合，所以那声音一喊立刻酿成了一阵骚乱，但他们的身手却极为厉害，有些人不顾一切地向那四面埋伏的刺客扑去。

有几人跃到空中却并没有截住那横穿的箭，而在这一刻，蔡风动了，他的身形快得像是一只穿破云雾的海燕。

他的目标不是那横空而过的劲箭，而是那掠起抓箭的两人，包括高欢在内的人，都大吃一惊，对蔡风的动作不明所以。

“叮叮……”一阵脆响，二十四支劲箭并没有一支可以让崔暹受到伤害，因为他身后仍有四柄亮成一道光屏的剑，再加上崔暹手中那充满霸气和杀意的刀。

“小心——”有人惊呼。那是因为虚空之中浮动着一幕银光，才可以对崔暹构成绝对的威胁。

崔暹最大的破绽，也是防护最大的破绽，也就是顶门，而此刻崔暹的刀与武士的盾及那四名剑手的剑全都全力对付那二十四支弩箭，顶门的空隙也便更大。

此刻高欢才知道蔡风为何会跃身横空，因为他早就知道真正的杀招正是这些人。

崔暹一声怒吼，身形一矮，竟从两张金盾之下穿了过去，那雄壮的身躯灵活得像一只狸猫。

两名持盾的武士一声怒吼，两片金盾舞成一团光影，若两道飓风在空中扫过。

“轰——轰——”蔡风的身子在空中打了个优美的旋，像是一团浮过的云，轻飘飘地落在地上，而那两名被攻击的汉子像是陨石一般重重地坠下，也便在这一刻，他们的脖子上多了一柄剑，一柄轻轻一带便要他们人头落地的剑。

崔暹身形自金盾下窜出，却正是蔡风出手的这一面，也是最安全的一面。

蔡风身形未停，两只拳头便像是两块疾飞的陨石，斜撞左边的那正坠下的两名刺客，而各队之中的领队此刻也全都愤然地出击。

那两名杀手似乎知道唯有死路一条，便在这时，再冒出一柄闪着蓝芒芒的短剑，斜斜地向崔暹扑下，而此时崔暹的长刀因夹在金盾之内无法运转，只得再次翻滚，但那似乎是没有必要的动作，因为蔡风的两只肉拳此刻成了两支钢铁般坚硬的爪子，奇迹般地扣住了两名刺客的手腕。

“咔嚓，咔嚓!”“呀——”两声惨叫并不能掩住骨头碎裂的声音。

两柄短剑沉重地坠在地上，而所有战局已在这一刹那间结束。

四名剑手有两人伤在那牛毛小针之下，而两名盾手却因身穿重甲，小针根本无法穿透，也便并未受伤，外围埋伏的八名弓箭手也一个未逃而被擒住。

蔡风拍了拍手和身上的尘土，缓步在众目睽睽下行入解律全的队伍中。

崔暹这时却也很自然地立起身来，拍了拍身上的尘土，反而很自在地一笑道：“放开他们!”

所有的人不禁全都为之愕然，谁也不知道崔暹怎会有这样一个吩咐，这岂不是纵虎归山吗？不过既然将军的命令谁也不能不遵从。

崔暹缓步来至被蔡风折断腕骨的两名刺客身边，抓住他们受伤的手，摸了摸，向身边的人缓声道：“带他们去治伤!”

“谢谢将军关心!”那两名刺客感激道。

所有的人不由得释然，刚才那种惊险、刺激的场面竟是崔暹自己一手安排的。

“你们可以退下了，干得很好!”崔暹向那几名刺客温和地道。

“是，将军!”那十几名刺客全部躬身而退。

崔暹望着他们缓缓地离去，又对那两名受到针伤的剑手亲切地问道：“你们伤得怎样?”

“一些皮肉小伤，不碍事。”那两名剑手恭敬地回报道。

“很好，你们表现得也非常好。”崔暹赞许道，顿了顿又回头向解律全队中的蔡风淡淡地一笑道，“你叫什么名字?”

蔡风抱拳恭敬地道：“属下黄春风。”

“黄春风，今日刚到?”崔暹温和地问道。

“不错，属下今日下午才到营中。”蔡风如实答道。解律全迅速向旁边让一让，让蔡风直接面对崔暹。

“哪里人氏?”崔暹依然很平静地道。

“武安郡赵家镇人氏。”蔡风丝毫没有畏怯地响应道。

“嗯，你表现得很好，像你这般年轻便有如此身手，的确是难能可贵，晚膳后，由你们别将领你到我的住处去，不要忘了。”崔暹似乎没有丝毫架子地道。

蔡风心中不由一阵敬服，身为大将军居然如此平易近人，的确是难能可贵，与蔡风心中所想的高高在上的气概似乎是两回事。

崔暹神色一肃，声音变得严厉地道：“刚才见到大家对临时所发生的变故反应是非常迟钝，配合之上更是差了很远一个级别，而空有一身好本领而无用武之地，想来大家也应该看到了自己的不足之处，武功固然重要，但集体的力量却更重要，做我们速攻营的将士，无论是谁，都必须每一刻都让自己保持最清醒，这样才可以在最快的时间内作出最有效的反应，而每个人之间都必须相互协调，每个队之间更要相互配合，每一组之间的灵动性尤为重要，今日这一个小闹剧我只是要让大家看到自己的缺点和不足，这一点非常重要，也只有这样，我们才可以针对你们的不足加以强化训练，让你们成为一队无敌之旅，从今天晚上开始，便要随时随地地训练，每时每刻都必须保持最灵动的状态，这是我对你们的要求，也是你们自己对自己的要求，更是生存规律给你们的要求，战场绝不是你们平时单打独斗，那是一种谁狠谁就活的游戏，谁反应最快，谁的活命机会更大，谁配合得好，谁胜的机会也便大，这是谁也不可否认的规律，我只希望你们不要拿自己的生命开玩笑，更不要拿大家的命开玩笑，大家明白没有？”

“明白了……”声音再次热闹了起来。

良久，声音才逐渐平息，崔暹郑重地道：“我希望大家是真的明白，因为这样对大家都好。好，今日便到此为止，各队自动归营。”

领路的是一个极有气势的汉子，只不过是一身轻装，虽然不若披上战甲那般威武，可这轻装打扮却更显得精悍而雄健。

蔡风紧步跟在这汉子身后，穿过数道营帐，蔡风的心中却难免有些紧张，他从没单独与一个大将军面对，虽然自己是天不怕地不怕，可如今军营之中这种严肃的气氛使人不得不自心内产生一种震慑感。

“将军便在里面，你进去吧！”那别将沉声道。

蔡风深深地吸了口气，平静地道：“将军，黄春风叩见。”

“进来！”那大帐之中传来一声浑洪而平缓的声音。

蔡风轻轻掀起布帘，只见崔暹稳稳地坐在一木几之后，盘膝坐于一薄毡之上，身后依然静立着四名剑手。

“请解剑！”立于帐边的两名盔甲武士淡淡地道。

蔡风信手解下腰间的佩剑，大步向崔暹行去，在离崔暹一丈远的时候，深深地揖了一礼，恭敬地问道：“不知将军召见属下有何吩咐？”

崔暹漫不经心地打量了蔡风一眼，温和地一笑道：“先坐下！”说着向另一边的薄毡指了一下。

“属下不敢！”蔡风有点受宠若惊地道。

“这是命令！”崔暹严肃地道。

蔡风只好也盘膝而坐，却不敢抬头平望崔暹那逼人的目光。

“你叫黄春风？”崔暹有些明知故问地道。

蔡风一愣，茫然地点头应了声道：“正是属下！”

“年轻人果然锐气正丰，豪气十足！”崔暹淡淡一笑道，有些意味深长地望了有些茫然的蔡风一眼。

蔡风给弄得有些莫名其妙的感觉，不知崔暹意指何物，只好闭口不说话，怕讲错了话可惹上杀身之祸。在这军营之中，任何一队都有足够的力量将他杀死，他绝对没有半丝侥幸逃生之理，因此他不能不一改往日那狂傲的作风。

“我从军几十年，见过不少人叙述自己的特长，可是却绝没有人所叙述的比你更狂，更特别，上山能擒虎，下海能斩蛟，上阵能杀敌，马上步下都无忌，箭穿百步杨，刀剖风中叶，真是好豪气，今日你表现的确没有让我失望，也并没有太多的出入。”崔暹欣赏地道。

蔡风不由得一阵干笑，却不知道该如何回答，因为他捉摸不透对方的话意，他当时如此写之时，并没有考虑到这个会让将军亲自看到，不过此时也不知是福是祸。

“我们军中最重的便是勇士，让他们为你如此写上来，足以证明你的勇敢，足见你有真材实料，否则绝对没有人敢如此狂妄地写这些。下午见过你的身手，确有常人难及之处，希望你勿骄勿躁，倾其所长，我是不会亏待你的。”崔暹淡淡地道。

“谢谢将军不怪，属下定竭力杀贼，以平寇乱，还我百姓安宁!”蔡风不得不违心地道。

“很好，你祖辈都是山中猎户吗?”崔暹话锋一变，淡淡地问道。

“自我一出生，我的记忆之中，一家人全都是以狩猎为生。”蔡风丝毫不作假地应道。

“你的武功是谁教的?”崔暹目光定定地盯着蔡风的神色沉声问道。

蔡风心中早已打好了底稿，丝毫没有慌乱地应道：“我大伯教的。”

“你大伯?”崔暹疑问道。

“正是，我从三岁时开始便由我大伯教我武功，后来长大了一边狩猎，一边学武。”蔡风神情自若地应道。

“你大伯叫什么名字?”崔暹毫不放松地问道，但却似有一点若有所思的感觉。

“我大伯不想让世人知道他的名字，作为晚辈，我不能违背他们的意愿，还请将军见谅!”蔡风装作有些为难地道。

崔暹一愣，想不到蔡风竟会如此说，神色微微一变，却又淡淡地笑了笑道：“你大伯是不是从来不开口说话?”

蔡风装作一呆，煞有其事似的惊疑地望了崔暹一眼，一副你怎么会知道的样子。

崔暹不由得有些得意地笑了笑道：“果然如我所料，只是却没有想到黄海还有一个兄弟，你既然是他亲手所授的武功，自然便不会奇怪了。”

“将军认识我大伯?”蔡风佯装骇然地问道。

“不认识他的人，但认识他的武功，只可惜，他归隐得如此早，让我连见他的机会也没有，却不想二十年后却能见到他的后人，也是一件令人快慰的事。”

蔡风心中松了一口气，知道崔暹与黄海并没有什么任何冤隙，而又是汉人，当初又听到父亲提起过崔暹这个人，是个将才，只是十几年前崔暹远没有现在风光，只不过是一个普通的别将。说起来蔡伤还是他的顶头上司呢，想到这里，蔡风只觉得世事有些难以预料，不过知道一切的担心已经过去了，不凭别的，便凭“哑剑”黄海这个名字在江湖之中响的程度，崔暹也不会将他如何。

“你大伯现在可还好?”崔暹淡然地问道。

“我大伯依然健朗，却终日不愿多见世人，经常闭关静思，只此而已。”蔡风淡淡地应道。

“有你如此武功若只是放在营中，的确是有些委屈你，我想让你做我的护卫，无论上战场还是行军，你都在我的身边，怎么样?”崔暹缓和地问道。

蔡风立刻大感头痛，真后悔不该在下午出手，可是此刻又无法推脱，只好佯装感激地道：“谢谢将军关爱，属下愿听将军的吩咐。”

“很好，明日你到我这里来报到，你的训练依然如他们一般进行，不能有任何松懈，你的行动等候我的安排……”

“禀报将军，有紧急军情来报。”帐外一声急促焦虑的声音打断了崔暹的讲话。

“那你先回营吧!”旋对帐外低喝道：“进来!”

蔡风忙立身而起，向崔暹行了一礼，转身大步与那气喘吁吁的探子擦肩而过。

夜风的确很清爽，不过蔡风却想苦笑，不由得骂道：“奶奶个儿子，真是前辈子造了孽，今日才会有此劫。”

刚钻入帐中，蔡风立刻被高欢、解律全等人围住，七嘴八舌地问个不停，而蔡风却只是苦笑，或许只有高欢知道蔡风为何会如此。

“呜——呜——呜——”一阵急促的号角划破夜空的宁静，正在围着蔡风的诸人全都条件反射一般向各自的铺位跃去，那些软甲以最快的速度着在自己的身上，蔡风也同样以最快的速度穿上战甲，以最快的速度冲出帐幕，可是却被一个人挡住了去路。

“黄春风，将军叫你去。”那人淡漠地道。

“将军!”蔡风这才看见挡住去路的正是将军身边的四名剑手之一。

“不错，你去了自然会知道。”那人说完转身便向中帐行去。

蔡风只得跟在他的身后向中帐行去。

帐中依然只有那几个人，只是崔暹的脸色变得有些阴沉难看。

“黄春风应将军之召已到，请将军吩咐!”蔡风乖巧地道。

“你迅速去准备一下自己的行囊，跟我一起起程赴北。”崔暹淡淡地道。

蔡风一愣，躬身退下，心中却有一种极为荒谬的感觉。

蔡风追随着崔暹一路北行，随同的是速攻营之中由崔暹亲自指挥的百名亲卫，无一不是硬手，一路上都乔装打扮，并不知会各府，反而多走山林、野郊，不过一路上皆有探子来报前线最新消息，但几乎全是不好的消息。

第二十一章　感悟天地

北部六镇全部沦陷，破六韩拔陵引兵南向，别帅卫可孤连陷乌拉特前旗，包头托克托，直接逼临京城，和林格尔，边关频频告急，而尚书令李崇仍在募兵，大兵前移极缓，因此才会让崔暹马不停蹄地北赶。

蔡风这一行人走石家庄由井径转入山西，破六韩拔陵分兵两路，卫可孤沿黄河南攻，而破六韩拔陵却由兴和攻万全。

当蔡风诸人赶至平城之时，万全已攻陷。

崔暹立刻领二万人马奔赴阳高及天镇和怀安城，而李崇出兵迎击卫可孤。

一路上百姓大量内流，战云密布于长城内外，人心惶惶，不可终日，十室而空九，或百里内无人烟，境况之凄凉，实在叫人心酸，不过谁都知道这是无可摆脱的现实，或许只有高欢所说的换一明君，天下一统之日，那时百姓或可以安居乐业，但那却不知是何年何月的事。

事实是非常残酷的。

破六韩拔陵已将怀安城围攻了三日，若非怀安城守闭城不战，恐怕结果会更加糟糕。

无镇驻军遣三千兵马去救，却被破六韩拔陵伏兵击得全军覆没，而涿鹿虽有数千人马，却根本不敢出兵相救，因为李崇都无力分身，破六韩拔陵的威势几乎无人可挡，早将众人杀得心胆俱寒。

北部六镇的兵士有长年与柔然、高车等异族的作战经验，无一不是骑射的高手，来去如风，以一敌百，且全是拼死之心，而又连战连胜，无论是士气还是气势方面绝对不是朝中援军所能比的，再加上起义军不断有人参加，其形势比朝中之人所想象的要可怕多了。

崔暹两万大军浩浩荡荡，早已惊动了各地军民，怀安城似回光返照似的破天荒开门迎击破六韩拔陵，却只得败亡结局，还险些被破六韩拔陵攻破城池。

崔暹在离怀安城三十里外的地上扎下营帐，探子四散而出，可是破六韩拔陵的军队像是不知道有两万大军赶来一般，依然团团地围着怀安城，城中的探子却没有一个人可以突破封锁，使怀安城成了一座孤城，外面根本就无法得知城内的情况。

城内得知崔暹率大军来援还是破六韩拔陵故意让城内知道，以让城内之人士气稍振，忍不住出城相战。

崔暹大军由太原赶至，一路上不断地遇到偷袭和埋伏，损伤虽然不大，但却让人不得不提心吊胆。

据探子回报，破六韩拔陵义军在一万之上，具体数目根本无从查起，而一万这个数目也还只是初步估计而已，真实数目并无人知道。

蔡风曾听葛荣和蔡伤等人谈及这个破六韩拔陵，知道是一个极为厉害的人物，而高欢对这个人的评价也极高，这战斗仍未打便已经看出了这个人是怎样的可怕了，只从他这种神出鬼没隐军藏军的手段便可知道这绝对是一个可怕的对手。

蔡风也是第一次见到这样大的行军场面，虽然深深地感到个人的力量孤单，但也不禁热血为之沸腾。不过这几日休息得很少，每日都跟随着崔暹行走于各营之间，崔暹召开各别将的会议之时，蔡风还要静守在帐外，心里有些酸酸的，崔暹并不把他当亲信看，至少他并不能像那四名剑手一般护在崔暹的身边，同听军情。不过，这也不能怪崔暹，因为谁也不可能将一个寸功未立的人当作一个亲信。

夜很静，军营中篝火处处，倒像个死域，气氛安静得可怕，谁也不敢想象这是近两万军士的大营地。

这不知道是静还是闷，但却绝对不会让人感觉到很舒畅，特别是蔡风。他喜欢这野外的天空，喜欢那些眨着眼睛的星星，喜欢弯弯的月亮，不知不觉之中，这个月圆之日便是中秋了，近一个月不停奔走赶路，的确让人有些困乏。

夜空显得那般深广空明，辽阔而无边际，蔡风有些禁不住想到元叶媚所说的这天空之外又是什么呢？是呀，鸟儿怎么飞都无法飞越这无顶的天空，而无人知道天的尽头会是什么呢？人只不过是浮游在这个世间连鸟也不如的生命，至少鸟儿可以任意翱翔，人却处处受着这世俗礼节的束缚，处处束手束脚，这一切却不知道是谁的错。

蔡风静静地立着，怔怔地望着那深远无限的天空，思绪飞到很远很远。他也忘记了自己到底是哪三种人中的哪一种，抑或他根本就是三种人之外的人。

生命是什么东西？这时候蔡风想到了那颗“圣舍利”，他自然知道慧远的大名，在蔡伤的口中曾不止一次地提到这神话般的人物，蔡风并不太相信慧远这个人，但却相信蔡伤，相信他的父亲。便像是相信最好的神一般，蔡伤眼中的人绝对是不会错，可是这圣舍利却是什么东西呢？又有什么用呢？而般若又是什么样的境界，悟通天地达至般若，他的确有些明白，不过他却知道无相。“无相神功”他从小便是在练习这种心法，也只有练成“无相神功”之后，才可以轻松地催动“怒沧海”，无相，般若，却没有人知道这两者到底有什么关系，无相本无相，无相便无形，无形何谈义？蔡风也无法明白无相之真谛，所以他也一直无法完全悟通无相神功，如果这一刻又多了一个悟通天地达至般若的神功，岂不叫他头大。不过这“圣舍利”是藏在腹中并没什么不便，只有刚开始之时，肠胃有些不便之外，后来竟像没事一般，反而更有一种宁神静气之功效，并不是很难受，至少这一刻并不难受。

“悟通天地，天地无边，怎么悟？”蔡风仰望着无涯的天空有些淡漠而茫然地自语道。

帐篷之中的崔暹依旧在商讨战略，虽然很晚了，可是这似乎并不影响他们，只是蔡风被蚊子骚扰得有些不耐烦而已。虽然篝火依然在燃烧，却不能让荒野中的蚊子害怕。

“呜——呜——呜——”一阵急促的号角声远远从北面传了过来。

这是有敌来犯的信号，谁也想不到敌人会在这个时候来犯，而且是向大本营进袭。

大本营依然沉静依旧，这种场面似乎见得太多了，人们都已经麻木了，因为人人都知道这一切并不要紧，没有人行动，是因为他们知道什么时候该动、什么时候不该动，每一个人都知道体力的重要，知道争取恢复体力这是如何一件重要的事。

蔡风也懒得动了，反而盘膝坐了下来，剑便横搭在两膝之上，状态很悠闲，他根本就不担心那一切，他甚至不想理这一队敌人能否攻破这大本营。因为那似乎与他有些不相干，甚至有些遥远，他的确是不必要理会这么多，谁死谁活都一样。战争之中，获利的只是那些当权者，于他，于百姓绝对没有半分好处，也在这一刻他才明白他父亲为什么会拒绝他师叔的请求。

那是因为他早就知道这之中的结果。

“呜——呜——呜——”号角之声显然是近了很多。

的确够快，敌人的速度快得超出所有人的意料，那先锋部队并没有阻止住他们的进攻，连片刻都没有，这是怎样可怕的一种来势？

隐隐有轻微的震动传过来，但却听不到马蹄的声音，蔡风知道敌人的马蹄都包好了棉布，跑起来几乎是没有声响的，而更无火把，借着这夜色草林的掩护的确是很难发觉。

这震动声表明敌人并不少，也或许夹杂有自己人的马蹄声。

“呜——呜——呜——”西面也同样传来了一阵急促的号角之声，这一次至少惊动了帐内的人，崔暹也不例外。

敌人趁大军阵脚未稳，连日行路疲力之时发动攻袭无论是从时间还是战术上都是很适宜的。

蔡风依然很安详，但他的目光却变得很幽然，因为帐篷的门帘被拉开，崔暹出现在门口，帐内刚开完会议的统军立刻全各自归位。

蔡风缓缓地立身而起，便像是一尊突然会动的神像。

崔暹有些惊疑地望了蔡风一眼，并没有因为蔡风刚才坐在地上而发恼，因为他自己也是个高手，他自然知道刚才坐着的蔡风至少有一百零八种出手的方法可以给任何人致命的一击，对于别人来说，或许办不到，但他却绝对相信黄门左手剑，无论什么角度，对于使黄门左手剑的人来说似乎并不是一件很难的事。

“黄春风!”崔暹声音有些凝重地道。

“属下在!”蔡风很平静地道。

“你立刻带五队兄弟去南面树林内布署，无论是谁，闯入禁区便格杀勿论。”崔暹很冷漠地道。

“南面?”蔡风望了南面那只有从崖上才可以翻过来的树林一眼反问道。

“不错!”崔暹并没有作任何解释，只向蔡风扔下一块紫佩。

蔡风立刻知道今夜的任务并不似想象的那么轻松，至少破六韩拔陵绝对不是一个好惹的角色，最安全的地方却往往是致命的。蔡风已猜到什么，因此，他再也没有说什么，只是接过紫佩向他住宿的那两个梅花营行去，有这块紫佩便可以很轻松地调动任何一个梅花营中的人。

这两个营之中的人绝对是精英中的精英，没有一个不是经过精心选拔而出的特殊好手，速攻营本身就是军中一个神秘而又有着不可比拟的攻击力的组合，而这些人更是速攻营中的精英。

这是蔡风第一次指挥人，但他绝对不会缩手缩脚，第一是因为人不很多，第二是因为这些人无不精于各种行军布置，而蔡风自身更是一个最优秀的猎手。一个优秀的猎手对任何形势都会分析得很清楚，他们必须要能够算准野兽所走的路，这样才可以用最少的工具捕到最多最凶的野兽，而蔡风更是一个高手，一个高手若是不会分析形势的话，他根本就不配做高手，那他能做的只有别人刀下之鬼。

这一片树林很阴森，不仅是因为如此，更因为这本身就是一个山崖，虽然不是很高，但对于敌人来说，想不爬便可以上来的话，那便要走上许多弯路，不想走弯路的只有从山崖上跃下来，只有一种人不想走弯路，那便是高手。高手的确没有多少人喜欢走弯路，因为这崖并不是很难爬，而走弯路的人并不一定便可以走过这片树林，谁都知道逢林莫入，特别是别人可能有所布置的树林，因此，蔡风所针对的只有一种人。

那便是高手，破六韩拔陵手下的高手，也只有高手才不会惧怕密林。

夜已经很深，林很密，但这个夜绝对不静，远处的号角和战马的嘶叫，呼号，喊杀之声已经让这个夜的那万分难得的静破碎得不成样子，但人们似乎已经习惯了这种生活，甚至习惯了在这种喧闹中睡觉休息。

蔡风却并没有休息，他的眼睛紧紧地闭着，但这并不是叫休息，他的思绪已经延伸至很远，甚至每一个他刚才布置的陷阱，他在静待着猎物的到来。

这是他第一个在战场上度过的夜，却不知道会是怎样一种滋味。

“喳——”一声极轻极轻的细响直通蔡风的神经，耳朵立刻像狼一样竖了起来。

蔡风依然闭着眼睛，似一只闭目养神的魔豹，但他的手已经握紧了箭弓，手中的四支箭夹得很紧，像是握着四条生命。

夜是不平静的，但密林却很可怕，其实也不是很静，至少有宿鸟惊飞，但很少有人注意这一步，因为谁都想着外围攻击的敌人。

“呜——”一声闷哼，显然是有人中了蔡风所设的陷阱。

“呀——”蔡风绝对没有错过任何机会的理由，所以他的箭很准确地射入那人的身体。

只此一声惨叫而已，密林之中重归寂静，似乎死的并不是人一般，抑或许每一敌人都知道了敌人的可怕，都变得小心谨慎，抑或是退回去之类的。

蔡风打了个尖哨，像两支利箭般划破虚空的寂静。

“呼呼呼！”三道火光在夜空中一闪。

“轰——轰——轰——”三声闷响，三堆泼了油的柴堆奇迹般地亮了起来。

那是三个二丈见方的空池，树木、草皮都除得极为干净。

密林中突然变得很亮，夜色再也不是敌人的保护屏，正在惊骇的偷袭者，却遇到一阵箭雨，极为强劲的箭雨。

五十多名好手，似有心算无心，这绝对是非常可怕的。

对方也都是一些好手，否则也不敢夜闯山林，但他们根本就不能够觉察到对方的存身之处，只觉得箭从四面八方齐射而至，根本就没有半点还手之力。

蔡风所施行的正是速战速决的打法，这也是速战营的特长，也是速战营训练的目的。

活口有两个，孤立于几棵粗壮的林木之间，背靠着背，目光之中充满了死亡的惊惧和震骇，他们绝对没有想到战斗会如此快便结束，一声声惨叫都让他们的心变得麻木了，二十多位好手连半点还手的余地都没有，这是何等的可怕。

蔡风哂然一笑，从草丛中长身而起，手中倒提着大弓，很悠闲地向两人行去，那种懒洋洋的样子却让人有一种莫测高深的感觉，密林之中看得见身影的只有这三个人而已，但无论是谁都知道这密林之中还有许许多多的箭在暗中指着他们。

两个活口，都很年轻，有一个似只有蔡风一般大，那两只乌黑的眼睛，与那高耸的鼻子，却衬出了一种异样的深沉，宽阔的额头闪烁着智能的色泽，更有一种坚毅不拔的粗犷神情。蔡风一副吊儿郎当的样子与身上那灰暗的软甲似乎有些不太配套，但那活跃中带笑的眼神，总会让人想起一个顽劣的孩子，所以那两个活口显得极为惊异，他们似乎想不到让他们如此快败阵的便是这样一个比他们更年少的少年，在目光之中难免露出有些不敢相信之色。

“你们好！我叫黄春风，你们高姓大名？怎么深夜造访，害得我招待不周，真是不好意思。”蔡风戏谑地道。

“哼！”两个活口不屑地冷哼一声，目光有些像欲择人而食的野兽。

蔡风很缓和地笑了笑，竟将手中的大弓轻轻一抛，大弓旋转了两下，平稳地挂在一根树枝上，蔡风潇洒地拍了拍手向两人行去，依然问道：

“高姓大名?”

那两人的神色立时显出惊骇不解之色，不过却并不答话。

蔡风面色一转，那似笑非笑的眼神霎时变得无比冷厉，充满杀意地道：“我剑下从不死无名之鬼，你们最好报上名来，你们只有两条活命的路，那便是要知道你们的名字之后，才会告诉你。”

那两个年轻人双眼之中似有希望之火在跳跃了一下，这个神情自然无法瞒过蔡风的眼睛。

“要杀便杀，要剐便剐，若是皱半下眉头，便不是好汉。”那年纪大一些的年轻人似乎并不相信蔡风的话，故作强硬地道，但无论是谁，都听出了他话语之中那种对死亡畏惧的神情。

蔡风笑了笑，残酷地道：“要是我让你求生不得求死不能呢?”

“你敢!”那年岁稍长的人声色俱厉地道，但一语却道破了他心中的恐慌。

蔡风像胜利者一般一阵畅快地大笑起来，冷冷地道：“这个世界上还没有我黄春风不敢的事，你要不要试试?”

“我叫宇文泰，他叫公孙福，你有几条生路不妨说出来听听，反正迟也是死，早也是死，听听笑话也不错。”那与蔡风年龄相仿的年轻人声音很平静地道。宇文泰后成西魏权臣，废北魏孝武帝元修立元宝炬为帝，建都长安，称西魏，为北周太皇。

“哦，这位兄弟挺会说话的嘛!有趣，宇文泰，这个名字倒不错，人也长得帅，似乎比这位公孙兄要识相得多。”蔡风伸出手来很轻松地拍了拍宇文泰的肩膀笑道，似乎根本就不怕他们二人手中的兵刃。

公孙福这次的确不敢开口了，蔡风这种莫测高深的态度，的确让他的心里有些发毛，也的确，蔡风的态度似乎喜怒无常，让人根本无从琢磨，这正是蔡风的高明之处。

“过奖了，败军之将，何足言勇!”宇文泰不冷不热地道。

“好，看在你的面子上，我便给你两条活路选择，我黄春风说话算话，第一条便是你们与我们好好地合作，将破六韩拔陵打垮，那样你至少今日不会死……”

“那第二条生路又是什么呢？”公孙福冷冷地问道。

蔡风饶有兴趣地望了公孙福一眼，笑道：“若我告诉你第二条生路仍是向我们投诚对付破六韩拔陵呢？”

“你……”公孙福气得脸色铁青，却说不出话来。

蔡风仰天一阵大笑，稍顿道：“第二条可能就是非常直接的了，只要你们打败了我，你们便可以活下去了。”

“打败你？”公孙福有些不屑地反问道，宇文泰却冷冷地开始打量起蔡风来。

蔡风毫不在意地道：“不错，但我劝你要谨慎选择，如果你选择生路的话，那便只有生，和求生不能求死不得，在你没有选择之前，你们还可以选择死路，那样我会给你一个痛快。”

宇文泰和公孙福有些不敢相信地望了蔡风一眼，但蔡风的表情却绝没有玩笑的意思。

“那好，便让我见识一下你有什么本领吧！”公孙福目光中射出狠厉而又狂热兴奋的光芒，因为他不相信这如此年轻的人会有什么本领。

“很好，我相信，但愿你守信。”蔡风淡然一笑道，同时转过头对宇文泰缓和地笑道，“你可以在一旁看着我动手，待会儿也许对你战胜我有帮助也说不定呢。”

宇文泰一愣，不过他的确有些相信蔡风的承诺，只凭蔡风这种让人莫测高深的手段，就让人不得不心生畏怯，这样一个人绝对不会在军中地位低，他也真想看看这个与他年龄相仿的年轻人到底有什么厉害。

“你准备好了吗？”蔡风漫不经心地向公孙福问道。

“呀！”公孙福一声暴吼，手中的刀像奔雷一般，由下划了上来，刀势之快，力道之沉稳，连蔡风都感到大出意外，有如此的功力的确已经超出了他的年龄。

公孙福眼角露出一抹凶狠无比的光芒。

蔡风淡淡地一笑，在刀气逼体的一刹那，身形像一条滑溜的泥鳅一般轻轻一扭，以毫厘之差避开公孙福的一刀，也便在这时，宇文泰和公孙福只觉得眼角的光亮一暗。

蔡风的剑借身体一扭之力，像一抹残云一般滑了出来，剑刃震起千万层波浪横划过虚空，像是在梦幻中浮移。

“铮——”一声暴响。

蔡风以剑尖轻轻地拄地，意态悠闲之极，公孙福却暴退三大步，但脸色已经变得有些苍白，他并没有受伤，但却比受伤更让他惊骇，公孙福深深地吸了口气，狠狠地问道：“你为什么不杀我?”

“我说过，你选择了生便只有生不如死的选择，所以我并不会让你痛快地死去，除非你再选择第一条路。更何况刚才我若是那样击败你，你肯定至死也不会甘心。不过，你的刀法却不狠，可以算得上是好手，只可惜霸道有余而回护不足，孤阳难长，孤阴难鸣，你仍不能算是个高手。”蔡风有些漠然地道。

一旁的宇文泰的脸色也变得异常难看，他很仔细地观察蔡风的每一个动作，但是他却只能看到蔡风那动手时微微一晃的动作，之后的动作他根本就无法明晰，速度之快，只让他心中注满阴霾，连那一点点求胜的心也给破灭了。而从公孙福的话中，更知道蔡风刚才便有杀死他的机会，只是未曾下手而已。

很难想象，对于宇文泰来说，蔡风的年龄和剑法几乎是难以成比例的，的确是很难想象。

“你承认输了吗?”蔡风不紧不慢地道。

公孙福斜眼望了望宇文泰，却不能作声。

蔡风淡淡地一笑，吹了个口哨，从树林中立刻现出两条魁梧的身影。

蔡风在公孙福一呆的同时，身形若鬼魅一般趋近公孙福。

公孙福本能地出手相击，但他立刻发现，他的拳头只是在蔡风的右手掌中，便像是嵌入了石缝一般，在他手中的刀还来不及反应的同时，只觉得腰间一麻，全身的神经在这一刻全部麻木，手中的刀无力地坠了下去。

公孙福眼中尽是惊惧和骇异，是对蔡风那可怕速度的惊惧，也是对蔡风这种反应的惊惧。

“我不太喜欢犹豫不决的男人，更不喜欢说话不算的男人。”蔡风声音冷得可怕。

“我，我……”公孙福不禁又急又怒，却又不敢开口。

“带下去，让他好好享受一下。”蔡风冷漠地挥挥手道。

那两名大汉把公孙福两臂一夹，就要拖走，公孙福急忙道：“我愿意，我愿意答应第一条路，还求你不要杀我。”

“哦，是吗？那很好，便把他送给将军。”蔡风语气改为缓和，却又不免有一丝得意之色。

“宇文兄弟怎么选择呢？”蔡风淡淡地问道。

宇文泰深深地望了蔡风一眼，吸了口气，有些无可奈何地道：“我只能选择第一条生路了。”

“好！干脆，我很欣赏你这种干脆的人，识时务者为俊杰，你这个朋友我交了。”蔡风似乎早在预料之中一般笑道。

夜似乎越变越热闹了，战马的嘶鸣，看来敌人似乎发起了全面的进攻，这却不知是好是坏，设置在营地周围的陷马坑、绊马索和暗桩，被破去了不少。

蔡风立于帐内，静静地立在崔暹的身边，宇文泰静静地立着。

崔暹的脸上很清楚地绽出嘉许的笑意，蔡风如此轻易地便粉碎了敌方高手的偷袭，而且处理得极为妥帖，的确应该嘉许。不过宇文泰的开口却大大地破坏了场中的气氛。

“我希望将军迅速派高手去粮仓，迟了恐怕来不及，因为破六韩拔陵真正的目的只是在于粮草，而我们这些人只不过是牺牲品而已。”宇文泰的声音极为平静，但却让崔暹和蔡风脸色变了。

“此话怎讲？”崔暹急切地问道。

“破六韩拔陵的确是很厉害的人物，他算准将军会有速攻营参加战斗和守卫，也深知将军明白越安全的地方越危险，一定会以为他会由那山崖翻过来，走密林之中，便会把速攻营的高手布于密林。我们这一批人的牺牲便是要让将军确信那密林的路径才是真正的意图，如果是这样的话，那将军便是大错特错，破六韩拔陵有一批忠实的死士，他们才是真正的攻击实力，他们选择的地方却是各地防守得比较严密的地方入营，而我们才是牺牲品，所以我才会愿意与将军合作，他不仁我便不义。”宇文泰认真地道。

“这不可能，破六韩拔陵的死士武功再高，也不能穿破我们所布的防线。”崔暹脸色变得很难看地道。

“若是将军属下出了内奸可便是另一回事了，不知道将军认为然否?”宇文泰有些怜惜地道。

“将军!”蔡风也有些焦虑地道。

“好，你立刻率四队兄弟去粮仓!”崔暹也有些气恼地道。

“是!”蔡风捧剑迅速退出帐外，但却立刻面色大变，不由得失声道，“不好!”

“将军，粮仓失火了!”蔡风有些气急败坏地道。

“什么?”崔暹一惊，急忙冲出帐篷。

四面火光冲天，映红了半个天幕，此时正是秋高气爽，但火势蔓延得极快，显然对方有火油之类的易燃引火物。

“还是迟了!”宇文泰不由得叹了口气道。

“内奸是谁?”崔暹声音冷得发寒道。

“我不知道他到底是谁，因为我只不过是一个小卒而已，那些都是军级秘密，我知道有内奸只是从别人的话里猜出来的。”宇文泰苦笑道。

“贼人杀来了，将军被杀了——快逃命啊——将军被杀了，起义军杀来了——”一阵沙哑的声音传了过来，语意之中带着许多惊骇的意味。

蔡风和崔暹不由得大愕，崔暹的脸色霎时变得铁青。

“这一招果然厉害!”宇文泰叹息道。

“宇文泰，我要你回去，回到破六韩拔陵的军中去。”崔暹果决地道。

蔡风和宇文泰不由得惊愕不已。蔡风却沉声道：“将军，我去把这贼子脑袋给提回来。”

“好，小心一些！”崔暹这一刻却有些怜惜道。

蔡风身若飞燕一般掠上马背，却扯过一柄斩马刀，向声音传来的地方飞驰而去。

营地里乱成一团糟，不过这里附近有一条小河，在粮草营旁不远之处，这水源是必须的，是救火不可缺少的，而许多敌方高手更趁乱杀人，让人连他们的踪影都无法分辨。

“当——”在蔡风左侧不远处有人惊呼，蔡风并不理那些奔碌的士兵，向左方疾驰，大喝道：“将军到——”

如此一喝，果然许多人都镇定了下来。

“大家小心，有贼人混入营地，千万不要放走贼子。将军有令，任何扰乱军心者格杀勿论，抓住一名贼人赏金十两。”蔡风一边策马疾行，一边高声喊道。

“嗖——”一支冷箭，冷不丁从一个斜帐后标射而出，直插蔡风的胸膛。

蔡风一声冷笑，伸手轻轻一拨，那支箭像一根鸡毛一般拨落在地上。

那些士兵像是愤怒的虎狼一般，立刻向那放暗箭的地方扑去，谁都想得到十两黄金，这个世上最流通的便是黄金，黄金无论是在南梁还是在北魏都是通行无阻，而五铢钱却只能在北魏通行，自然是人人喜爱黄金喽。

蔡风知道那人是死定了，他的目标却是那扰乱军心的家伙。

一道暗影在蔡风的眼角浮动了一下，凭蔡风的感觉，那便是敌人。

营地里，火头四起，许多帐篷也都坠入火海之中，使人根本就无法知道究竟有多少敌人潜入，远处喊杀声竟越来越重，显然有一路敌人已经杀破重围冲了进来。看来真的只有一个可能，那便是有内奸，除了这样一个解释之外，应该没有什么好说的了。

蔡风还没有来得及仔细思考，便觉得两道劲风成犄角地从身侧逼来，来势极为凶猛。蔡风连头也不回，反手一刀扫去，整个身子后仰，紧贴马背，却看到两个身着士兵甲的大汉疯狂地赶来。

“当——”蔡风的大刀刚好截住右侧的那柄刀，借着长刀和身体的重量，一下子把那人击得一个踉跄，而蔡风也觉得手心微热，不过他并没有驰去，而是身形倒冲而起，以刀尖拄地，身子借力再弹起，刚好极为灵巧地避过左侧的一刀，马儿却冲走了。

蔡风一声长啸，身形下坠，那长刀迅速抡起，再以雷霆震怒之势疾劈而下。

空气被剖切成这两道由刀刃两侧上涌的气流，威势之惊人便若千匹健马同时以蹄相踏。

那两人大惊，身形疾退，动作极为利落，快捷的程度叫蔡风也吃了一惊。

“轰——”这一刀以半寸之差劈落在地上，尘土飞扬，地上立刻显出一道一尺多深、两尺多长、半尺宽的坑。

那人一声闷哼，显然是被刀气所伤，但终还是逃过这一刀之危。

蔡风绝对不会给任何人以缓气的机会，刚才被对方逃过一劫，已经让他大感意外，若再给机会他仍说不定会让他们跑掉。

长刀刚着地，便又斜翻而起，拖起一阵尖啸，划破虚空，直斩那被刀气所伤之人。

“呀——”而与蔡风第一下交手之人竟奋不顾身地向蔡风猛扑而至，简直是不要命的打法。

在刀风及体的那一刹那，蔡风以双手握长刀之势竟改为单手握刀，以长刀之柄尾抓住腰间，借助腰部转身之力仍然不改刚才攻击之势，只是在此刻旋了一步，转过身而已，在转身的同时，那不要命的家伙却看到了一件让他后悔不该拼命的东西。

那是蔡风的剑，在这转身的一刹那，蔡风的左手以快捷无伦的速度拔出腰间的剑，由于这一转身，使对方的那一刀几乎没用在实处，虽然，中途可以改换方向，却慢了一步。

当那名刀手一惊之时，蔡风的剑已若毒蛇一般刺入了他的心脏，而他转变方向斩向蔡风的刀自然是无功而坠了。

“轰——”蔡风右手的长刀加上腰力的合成，只将那本已受伤的汉子斩得倒跌而出，手中的短刀也被劈成两截。

蔡风的腰部也被狠狠地震荡了一下，不过这并不影响蔡风的动作灵活度，在那扭后后退，那被刺心脏的敌人鲜血激喷而出之时，他的长剑已经入鞘，那长刀紧追不舍地向那倒跌而出的汉子脖子斩去。

“当——”蔡风身子一震，一支不知从何处射来的劲箭竟把他长刀的刀锋撞歪，险险地被那汉子避过。

蔡风骇然仰首一望，竟见一浑身精铜战甲的大汉高驻马上，疾驰而至。

蔡风只感到一股极为浓烈的杀气直逼而至，这时蔡风才发现，这附近的士卒都已经散光了，只有远处传来震天的喊杀声。

这一切变化得太快了，号角之声不断地传来，显然是敌人攻势太强，刚由睡梦中醒来的己方战士如何是对方养精蓄锐的敌军的对手呢？自己刚才一阵疾追，已经走到营地的边缘了，到了这一步，蔡风知道，这个战局的结果是极为惨烈和无奈的，只因为还有一内奸不知道是谁。

谁也想不到大军未到正式交锋便已经形成这种局面，或许这是天意。

真的是天意……

“嗖、嗖”两声弦响，两支劲箭已经到了蔡风眼前不到四尺远的地方。

蔡风从来都没有想到过世上居然有如此快的箭，有如此可怕的箭手。

他根本没有机会再杀那人，因为他感觉到射至门面的那两支劲箭上布满了一种让人难以解说的杀气。

箭未至，却有两道极寒的气劲射入蔡风的体内，使蔡风不由自主地打了个寒战。

“呀——”蔡风一声狂吼，手中的长刀之柄，电闪般地回抽。

“噗，噗！”两声轻响，那两支箭刚好被蔡风长刀的刀柄所挡。

那人似乎发出“咦”的一声轻轻地惊呼，也的确，蔡风以如此手法接住那两支劲箭，不仅眼力、角度和力度精确得骇人，那反应速度和胆量更是常人所不能及。

蔡风却更加骇然，他刚才以真气贯注刀身，本以为对方的箭再可怕也不可能伤了刀杆，可这一刻，对方的劲箭居然贯穿了他手中的刀柄，那种力度简直让他有些不敢相信。

而对方此刻仍然马不减速地向他驰来，那股杀气也越来越浓烈。

蔡风对那可怕的箭术的确有些不敢领教了，迅速翻身躲至一营帐之后，也顾不得再要那人的命，自己的小命要紧。

“大王！”那被蔡风击得吐血的汉子有些痛苦地唤了一声。

“你怎么样？”那驰在马上的汉子沉声问道。

“我没事！”那汉子苦涩地道。

蔡风心中一惊，知道眼前这可怕的对手正是起义军的首领破六韩拔陵，霎时不由得豪气激涌，同时也感到一丝危机的降临。

“噗噗！”六支劲箭穿破营帐，准确无比地向蔡风射到。

蔡风吓了一跳，虽然有感应，却仍没想到破六韩拔陵可怕到这个程度，能够凭他的呼吸声辨出他的位置而隔营以箭相射。

“吱……”蔡风以刀柄上插的两杆箭一扰，身形疾退，险险地避过这支神出鬼没的箭，不过却吓出了一身冷汗，他的身形再连纵几下，再将手中的一支由刀柄上插下的箭扔了出去，落到地上发出一声脆响。

“噗……噗……”又是一支劲箭穿帐而过，刚好射到那支劲箭坠落之处，准确得让蔡风心头发毛，却也下了一拼之心，知道怎么也逃不过箭的追杀。

蔡风屏住呼吸，提气，蹑足再缓缓地移动了几步，缓缓地移入一座营帐之中，靠近帐壁轻轻地蓄势，他必须赌上一把，否则他唯有死路一条。

“嘚嘚……”果然破六韩拔陵没听到蔡风的动静，立刻策马来寻。他也不会容许一个如此厉害的敌人存活在世上，那样对他所构成的威胁也是难以估量的。

马蹄之声越来越缓，显然破六韩拔陵发现刚才所射的那一箭只是中了蔡风的声东击西之计，不由得异常小心起来。

蔡风的心揪得很紧，他当然是希望有己方的兵士来救，最担心的还是破六韩拔陵的人来了，那可就是真的只有一条死路了。不过他必须赌，否则他用不了等破六韩拔陵的人来，他便已经死了，他知道己方的军队再至这里几乎是一个很难的概率，因为一部分人都聚在粮仓之处，而另外大部分更是随崔暹在抗敌。这一方本来已被……想到这里，他立刻明白那内奸是谁，心头也不由得一阵发寒，若是内奸是这一方的守将的话，那他能活着出去的机会，真是太小了，不由得大叹倒霉，谁也不遇上，偏偏遇到这可怕的破六韩拔陵，真是他奶奶个儿子倒足了霉。

马蹄声越来越紧，蔡风几乎把所有的毛孔都收缩了，他不希望泄出一点异样的响动。

破六韩拔陵似乎也极为小心。

十步……八步……五步……三步……

蔡风的心都提到嗓子眼上了，这一刻整个人像是一只憋足了气的热气球，都快飞起来了。

一步……

“呀!”蔡风一声狂吼，长刀便像是由地狱之中探出的魔爪，“噗”地一声，身前的帐壁，碎裂成无数的裂片，随着激涌的刀气像蝙蝠一般向外疾掠而出，但蔡风却在刹那间傻了，真的有些近乎绝望。

他的刀斩空了，马背是空的，破六韩拔陵不在马背之上。

破六韩拔陵在哪里?

第二十二章　异气同诀

蔡风只觉得生命似乎要爆炸，难受得几乎要吐血的感觉，让他差点没哭出来。

破六韩拔陵不是在马腹之下，而是在马的另一侧，凭空斜长，像一条青虫斜斜地张于虚空，更可怕的却是他的手仍在拉开那要命的强弓。正因为他身子并不在马腹之下，所以他才有足够的空间拉开这张强弓，不过却因身子斜张，力道的限制，这张弓并没有完全被拉开。

蔡风已经无法可想，他根本来不及拔剑，只得用最后的本钱，手。

他用左手发疯了似的向那支正离弦的箭上抓去，明知道这个结局同样是惨，但他却不得不如此做，除非他想死，若是想死的话，自然是谁也无法救他，但他还不想死，因为他还年轻。

这危急之中的凭空一抓，竟奇迹般地抓住了箭身，或许是神灵的感召，也或许是人在危急关头发挥出体内的潜力，竟让他给抓住了箭杆，但一股无可抗拒的巨力，使他无法抓住箭身，他的手也不由自主地随着箭身的激进而弯曲起来。

“嘘——”蔡风不由自主地一声惨嘶，那支箭仍然插入了他的小腹之中，不过却没有要命，这是不幸中的万幸。

蔡风真后悔不该打那匹战马的主意，若不是想夺马，连马也一起杀，那便不可能出现这种局面了，那至少不会一出手便中了破六韩拔陵布下的局了。而此刻他不得不佩服破六韩拔陵的厉害，单凭这一张没有人可以抗拒的弓就会让人心寒透顶。

蔡风倒跌而出，重重地甩在地上，箭便插在小腹之中，鲜血也从插缝之间渗了出来。

破六韩拔陵本来也大为怔愕，他根本便没有想到蔡风居然能够用手抓住他射出的箭，不过蔡风倒跌而出之后，他才放下一颗心，翻身又坐直于马背之上，他根本就不相信这个世上会有人在这么近距离之内，挡得住他的箭。更何况蔡风是如此年轻，他甚至看都不看，就会断定对方必死。

蔡风收住所有代表生机的征兆，他也只能这般赌上一赌，这是生命的游戏，生命对于每一个人只有一次，仅此一次而已，蔡风对生命是极为留恋的，他绝不甘心死去，他必须找机会赌一赌。

破六韩拔陵显然是一个极为小心之人，绝对是，他眼里的蔡风已经死了，但他仍不会放心，他很珍惜他的箭，或许是因为他的箭与众不同，所以他只用刀，斩下对方的首级之后，那才是真正的保险，蔡风对于他来说的确是个可怕的角色，他从来都没有想象，居然有人可以抓住他的箭，没有！所以蔡风虽然在他的眼里死了，仍要补上一刀。

蔡风已经敏感地觉察到这一点，他也知道破六韩拔陵的大弓在背上挂着。

便在破六韩拔陵的刀挥下的时候，蔡风突然睁开了眼睛，像两只野狼的眼睛一般发亮和充满狠意。

然后破六韩拔陵发现本来插在蔡风小腹之上的劲箭，像毒蛇一般反扑而来。

他只有两个选择，要么生，要么死，这是破六韩拔陵的选择，也是蔡风的选择，只是选择权是掌握在破六韩拔陵的手中。

如果破六韩拔陵选择割下蔡风脑袋的话，蔡风的箭也同样可以射穿破六韩拔陵的咽喉，这是一个两败俱亡的格局。

破六韩拔陵除非是个疯子，否则他绝不会与这样一个名不见经传的毛头小子两败俱亡，他的身份是如何的尊贵，六镇义军首领，统领数十万人的总帅，他怎会愿与蔡风同归于尽。

蔡风也算准了这一点，他知道破六韩拔陵绝对不敢与他同归于尽，所以有些毫无顾忌地笑了，这是他第一次成功的反击，他都被破六韩拔陵打得闷出鸟来，他根本就无法与破六韩拔陵比箭，这一刻他终于找回了一点先机。

“砰!”战马一声惨嘶，蔡风竟然一脚扫中战马的前腿，他似乎并不怕痛，只要能活命，这点疼痛又算得了什么。

战马一吃痛，两前蹄一起，人立而起，蔡风要的便是这一招，他的身形像一支箭一般疾弹而起，手中的长刀因身子一弹，便像活物一般向破六韩拔陵斩去。

破六韩拔陵因刚才闪身拨箭，而此刻又受惊马的影响，动作和速度上根本无法配合，他挥刀不及，只得身子向马的另一边微斜，两只脚在马镫上一踩，整个人也迅疾弹离马背。

蔡风一声冷哼，那长刀奇迹一般改劈为挑。

“砰”地一声闷响，蔡风的长刀竟一下子挑断了破六韩拔陵背上的弓箭，蔡风并不追，只是拄刀而立，将腰间的那布带，很悠闲地在小腹伤口处向后背紧紧地扎了几道，算是将伤口包扎好。

破六韩拔陵脸色铁青地与蔡风对立，那战马因受惊，主人离背，竟然冲走。

破六韩拔陵像看怪物一般紧紧地盯着蔡风，浑身散发出一种难以抑制的杀气。

蔡风拍了拍打紧的结，抬头扫了破六韩拔陵一眼，像个顽皮的小孩子似的笑了笑，似乎十分着恼地骂道：“奶奶个儿子，你那烂弓害得我喘不过气来，还让我流了血，真是太没趣，现在本公子把它给废了，咱俩来见真章，看你除了弓箭之外，还有什么本领。”

破六韩拔陵不由得呆了一呆，估不到蔡风竟说出如此让人哭笑不得又觉得天真烂漫的话，不由得将蔡风毁掉他强弓的怒气减少了几许，好笑道：“你还没有长大呢，你叫什么名字?”

蔡风故作糊涂地道：“胡说，我怎会没有长大呢，我今年都十六岁了，我为什么要告诉你我叫什么名字，那你得先告诉我你叫什么名字，这叫作若要人敬己，必要己敬人，知道吗？”

“若要人敬己，先要己敬人！”破六韩拔陵嘀咕了一下，不由得动容道，“小朋友，你说得好，你的武功也真不错，你师父是谁呢？”

“哪，哪，怎么又不礼貌了，我又没问你师父是谁，你怎么又问我了？”蔡风像个天真无邪的孩子一般伸出手指点了点破六韩拔陵笑道。

破六韩拔陵不由得哑然失笑道：“我姓破六韩，名字拔陵。”

“我姓黄，名叫春风，比你那个名字可好听得多了。”蔡风笑答道。

“你难道不知道我是谁？”破六韩拔陵有些不高兴地问道。

“你不就是破六韩拔陵吗？你刚才不是亲口告诉我吗？怎么又问这种让人感到天真的话呢？真是奇怪！”蔡风依然装糊涂道，心中却希望脚上的麻木赶快消失，刚踢在马腿上，虽然伤了马腿，自己的腿也被反击得一片麻木，人腿毕竟不如马腿。

破六韩拔陵一愣，不过蔡风说的也的确没错，他自然是破六韩拔陵，只是蔡风误会了他问话的意思而已，不过这个少年却一副莫测高深的样子的确让他有点猜不透，不由又问道：“你参军为了什么？”

蔡风不由得一愣，苦笑道：“我参军不知道是为了什么，是我朋友叫我去试一试，没想一试便脱不了身，真是麻烦至极。”

破六韩拔陵对蔡风的答话不由得大感惊异和好笑，若是别人如此说，他肯定以为是故意如此，但蔡风这一次的表情绝对不是做作，因此，把他也给弄得糊涂了。

“你为什么要起义？”蔡风没话找话问道。

破六韩拔陵再一次打量了蔡风一眼，淡淡地应道：“我是为了天下百姓有个出头之日，现在朝廷如此腐败，百姓不得安宁，而当权者还如此执迷不悟地向天下百姓施以压迫，弄得天下水深火热到如此地步。只要是有良知的人都应该揭竿而起，推翻这吃人的世界，还我天下黎民百姓的安乐……”

“好！好！说得好！你起义的打算应该是在很早就有的，对吗？”蔡风悠然地问道。

破六韩拔陵一呆，蔡风这一问的确厉害，他可以借天下黎民百姓的安乐做自己的借口，但若说很早就有打算的话，便成了处心积虑了，而并不是为天下百姓如此简单，所以他不知道该如何回答。

蔡风淡淡地一笑道："天下谁做皇帝都一样，关我屁事，你起你的义也不关我的事，反正这个世道已经乱成这个样子，再添点乱子也无所谓，我过我的独木桥，你走你的阳关道，你射伤了我，我毁你的弓，咱们算是扯平了，互不相欠，就此别过，不耽误你的时间了。"蔡风说着转身就走，并不去理破六韩拔陵。

破六韩拔陵脸色一变，他估不到眼前这少年如此古里古怪地，根本不把他放在眼里，如此说走就走，虽然对蔡风有一丝好感，可此刻也全都消失了，不由得喝道："站住！"

蔡风缓缓地停下脚步，扭过身子，装作有些不耐烦地问道："还有什么事吗？"

破六韩拔陵脸色极为阴沉，冷冷地道："你以为想走便可以走吗？"

蔡风哑然失笑道："奇怪，你刚才不是说我还没有长大吗，难道还要难为一个小孩子？若是如此，你又怎么能够让人相信你可以善待天下的黎民百姓呢？若是不能善待天下的黎民百姓，又如何让天下的黎民百姓支持你推翻这黑暗腐败的世道？"

破六韩拔陵再一次被呆住了，蔡风装糊涂的时候可以像一个没有长大的孩子，而精明的时候，却像是一个博学广知的辩论家，从那平凡而稍带稚气的口中却总会说出让人难以辩驳的话，所以破六韩拔陵呆住了，因为蔡风是用他的话将他逼住，且正中他的心事。

"你刚才不是说你不是孩子吗？"那刚才在蔡风刀下险死还生的汉子这时候很吃力地行过来插口道。

蔡风哂然一笑道："难道你会相信一个没有长大的孩子的辩驳？我只不过是一个在你们大王眼中没有长大的孩子，难道说的话比你们大王更让人信服，看来你是不太相信你们大王的判断哦，这并不是一个好的开始，这样会让你们大王不高兴的，下次别乱说话了知道吗？"

那人被蔡风的话激得脸红脖子粗，却诚惶诚恐地解释道："大王，千万别听这小子胡说，我对大王忠心一片，怎会不相信大王的话呢?”说到这里，不由得立刻住嘴，因为他证实了蔡风驳破六韩拔陵的那个结论，不由得立刻后悔不该插口。

蔡风却不放过他道：“没做亏心事，不怕鬼敲门，你们大王又没说你，只不过一个小孩子一提，你便怕成这个样子，你肯定是与你口中所说的不对劲，否则你何用解释？难道你以为你们大王不知道你吗？这明明是欲盖弥彰之举，相信你才是笨蛋呢!”

“你……”那人一急，竟又喷出一口血来，却没能够说完那句话。

“你很高兴了?”破六韩拔陵声音冷得像从冰缝中挤出来的气流一般。

蔡风耸耸肩，装作一副无可奈何的样子道：“他的心理承受能力太差了，这样的人怎么能够助你成大事呢？我只能为你感到悲哀，没有半丝高兴的心情。”

破六韩拔陵愣了一愣，冷冷地道：“我看错你了!”

“是吗?”蔡风似乎很有兴趣地望了望破六韩拔陵反问道。

“你比一只狐狸更狡猾，绝对不是一个小孩子可以有你这样的表现，你不该表现得太聪明。”破六韩拔陵的手背上几条青筋若蚯蚓一般爬动起来，刀把居然发出“吱吱……”的轻响。

“是吗？能得大王的夸奖，实在是我黄春风的荣幸。”蔡风依然是漫不经心地应道。

“你到底是什么身份?”破六韩拔陵沉声问道，目光霎时若两道冰刀一般紧紧地罩定蔡风的脸。

“你想动手杀我?”蔡风似有些惊讶地问道。

“那要看你是否合作，你到底是什么身份?”破六韩拔陵变得毫无感情地道。

蔡风移了移脚尖，耸了耸肩笑应道：“速攻营里的一个比较优秀的小兵，不知你是否满意?”

破六韩拔陵的眉头松了一松，又问道：“速攻营是谁领队，有多少人?”

“这是一个秘密，你可以看作是由将军亲自指挥，有十万人马好了。”

蔡风有些好笑地应道。

“你想死?”破六韩拔陵脸色一变，冷冷地问道，一副罩住了蔡风的样子。

蔡风不由得哂然一笑道：“你问得真是奇怪也很有趣，这个世道虽然很乱，这个世上居然有很多人生不如死，不过我可不是这样子哦，我一向都很会善待自己，如今连老婆都未曾娶上一个，又怎会想到死呢？你问的岂不是很奇怪吗？正如你不想死一般，我也不想死。”

“那你为什么不回答我的问话?”破六韩拔陵沉声问道。

“我为什么要回答你的问话？这是没有道理的，何况这一直都是在答你的话，又怎叫不回答你的问话呢？这岂不是奇怪之说吗?”蔡风有些吊儿郎当地道。

破六韩拔陵眼中射出深深的杀机，那种浓烈如酒的杀意像流水一般流入蔡风的神经之中，蔡风不由打了个寒战。

“你可知道，我可以杀你?”破六韩拔陵道。

“世界上没有绝对的可能，你当然可以杀我，但那必须得我同意，因为我同样可以杀你!”蔡风笑颜微微一敛，像是换了一个人似的，充满了无限的自信和霸道无比的气势。

“哦，你是不愿意跟我合作?”破六韩拔陵似想给蔡风最后一次机会道。

蔡风冷冷一笑道：“和你合作，我的结局只有一个，那便是很悲哀。”

“为什么？你不相信我可以推翻朝廷?”破六韩拔陵见蔡风说得如此肯定，不由大奇地问道。

蔡风淡淡地笑道：“不，我相信你有这个能力，至少你有百分之五十的机会。”

“你这样肯定?”破六韩拔陵讶然道。

“我为什么不能肯定，你在这里起义，无论如何，都会有人效仿，正如你所说天下每一处都是水深火热，只要有一点良知的人都应该起来反抗，因此，起义的战火是越烧越旺，而到时候朝廷兵力分散，以你部下的战斗力而论，几乎是无敌之师，所以你很有机会推翻朝廷。若只有朝廷一方面，你至少有百分之七十的把握称王称霸，至少可以割据一地，独成某国，所以我相信你将来的潜力很大。”蔡风目光远远地投向星空，便像是一个能预知未来的先知一般，声音轻柔得似在梦中呓语。

“那为什么又只有百分之五十的机会呢?”破六韩拔陵对蔡风的话似乎有着极大的兴趣，杀气不由得淡了许多，却仍然以气势紧逼着蔡风，仍不住地问道。

蔡风叹了口气道：“其实说百分之五十，对你只是一种安慰而已，你真正的把握只会有百分之二十五而已。”

“那是为什么?”破六韩拔陵脸色变得极为难看地问道，显然对蔡风的话极为不高兴。

“你不用不高兴，这是事实，并不是因为你个人的能力，也并不是因为你部队的能力。战争，讲的是天时、地利、人和，你所占的只是天时而已，对于国内百姓，可能是人和，地利你则根本谈不上，北部处处荒芜一片，饥荒连年，这对你绝对是不利。战争所需要的不仅是人力，还需要物力、财力，这一点你根本无法与朝廷相比。你北人南侵，关口处处，坚城重镇多不胜数，虽然你们马战可以无敌于平原、荒漠，但谈到攻城你们始终有所不及，不能攻下坚城，无地可据。当你战线拉长，这对你绝对不会是一件好事。这一点还不是最重要，最重要的是你六镇据点北部的柔然、高车，这才是你们致命的地方，若是你能以极快的速度攻入关中，这些并不一定可以对你有多大的影响，但这是不可能的，当今朝廷与柔然、高车等异族，虽是连年战争不断，可是朝廷照样可以与他们修好。一旦两方联手起来，你的结局就会很难让人欣赏了，论骑战，高车、柔然等部并不会输给你，论人才，柔然部地广数千里，户数十万，兵力也有数十万，但是以当年道武帝之勇武都无法让柔然部臣服，何况你区区起义军，到时候朝廷与柔然王阿那瓌同时夹击，你最多只有百分之二十五的希望胜利。你是明白人自然不用我多说什么，自然明白。”

破六韩拔陵脸色忽青忽白，额角居然渗出了冷汗。那气得吐血的汉子也不由得变得更加难看，不由插口道：“大王，不要听这小子胡言乱语，他这样只是想扰乱大王的心神而已。”

破六韩拔陵缓缓地扭过头狠狠地瞪了那人一眼，只吓得那人再不敢说半句，这才回过头来深深地吸了口气，望着蔡风道：“那有没有办法可以解开这个局?”

蔡风摊了摊手，耸耸肩道：“我又不是圣人，我根本无法办到，那便是要看你如何去做了，我自然有我的办法，你也不会没你的办法，既然知道这个问题的存在，便会有人想办法，对吗? 不过我并不想与你合作，也不必说出我的想法喽。”

“如果你与我合作，那不是胜算大增吗? 比你当一个小兵岂不强过万倍? 我可以让你成为一军统帅，将来可与我共享天下之富贵荣华，你为什么不肯与我合作呢?”破六韩拔陵有些期待地道，目光中燃烧着憧憬的光芒。

蔡风淡然笑了笑，摇了摇头道：“这是不可能的，我当然也希望如此，但那只不过是一相情愿的想法，先不说我们合作，能否将天下统一，便说我们便是打下了江山，依然不会有好结果，绝对不会。”

破六韩拔陵见蔡风说得如此坚决，不由得大为不解地问道：“这又是为什么?”

“因为我太聪明了，至少在你的眼里我太聪明了。”蔡风很自信地道。

“太聪明了?”破六韩拔陵都被蔡风的话弄得有些莫名其妙。

“难道你不觉得我很聪明吗?”蔡风似乎有些得意地道。

“不错，你是很聪明，像你这种年龄，想问题能想得如此透彻，话锋如此精到，我见过的只有你一个而已。”破六韩拔陵如实地答道。

蔡风悠然地一笑道：“有人说越是聪明的人越喜欢装糊涂，也有人说大智若愚，那只不过是一个庸人，一个浅薄之人的说法。我不是一个喜欢装糊涂的人，我也认为自己很聪明，因为懂得如何善待自己。一个聪明的人要他装成糊涂蛋，如同让一个爱说话的人装成哑巴，我不会做这种事情，所以我这个人注定不能与任何有野心的人合作。你是一个很有野心也很厉害、明白事理的人，聪明的人很有用，但却很让人讨厌，所以有人说聪明的人往往死得很早，死得很惨。曹操杀杨修，是因为杨修聪明，汉高祖一统天下，有吕后杀韩信。一个有野心的人不能没有聪明人，但一个成功之人却不能容忍身边的聪明人，这是千古不移的真理。我与你合作，要么便是我杀你，要么便是你杀我，不会有第三种结局，所以我不能与你合作。我没有野心，我不想杀你，所以我只想自得其乐。像当年靖节先生一般独享田原之乐，岂不快哉，靖节先生知礼而不知武，我却是一个猎人，我若想生存得自在的话，这个世上没有几个人可以干涉我，我不怕人骂我独善其身，我也不怕人笑我龟缩不出，别人说我没有良知也好，我不在乎。对于我来说，做一个快意恩仇、自由自在的剑客远比做皇帝来得潇洒。”

破六韩拔陵不禁被蔡风的话引入了沉思之中，虽然蔡风不过侃侃而谈，却说出了一个让人不得不信服的真理，让任何人都沉思的真理，连那被击成重伤的人都不禁限入沉思之中。

破六韩拔陵没有说话，只是深沉地望着蔡风，似乎想看穿蔡风的脑子，看看他到底想些什么，看看他为何会有如此惊世骇俗的论调，但他有些失望。

蔡风依然只是蔡风，鼻子是竖生的，眼睛是横生的，两只耳朵一张嘴巴，整个轮廓搭配得极有个性，不是很英俊，却十分潇洒耐看。要说与众不同的或许只有那眼神里那股子抹不去的野性和嘴角挑起的几缕顽皮的笑意及整个脸型给人一种玩世不恭且自信的格调。

破六韩拔陵看不出蔡风有何特别，但却深深地感觉到蔡风那与众不同的深邃，那种从骨子里透出来的深邃，或许可以说成是气质，总给人一种高深莫测的感觉，似乎在任何一刻，都有可能作出一件惊天动地让人意想不到的事，这或许才是蔡风真正的与众不同。

“我可以走了吗?”蔡风很自在地笑了笑道，依然是那种懒洋洋的态度。

破六韩拔陵从沉思中醒了过来，目光再一次变得无比锋利，有一种近乎野兽的冲动深深地蕴藏在其中。

这一次蔡风并没有打寒战，反而变得更轻松，虽然破六韩拔陵那逼人的气势和压力并没有减少，甚至有加大的感觉，他依然是那般自在、从容，便像是坐在泰山顶上看日出一般悠闲，只是笑了笑，问道："难道你还要杀我?"

"要！我必须要杀你！"破六韩拔陵坚决地应道，同时向蔡风逼上一步。

"就因为我太聪明?"蔡风哑然失笑道，却似乎根本没有在意破六韩拔陵对他的威胁。

"你只不过是自以为是的聪明而已，聪明过度只能算是傻瓜。"破六韩拔陵似乎有些怜悯地道。

蔡风吸了口气，苦笑道："或许真是这样，这叫聪明人反被聪明误，我刚才的话只告诉了你一件事而已，我还傻兮兮地问你要不要杀我，真是有些天真。"

"不错，你刚才的话只告诉我一件事情，那便是我必须杀你。否则我连睡觉也不会安稳，因为你太聪明了，也知道得太多，看得太透了，所以我必须杀你。你说得很对，一个有野心的人需要聪明人，但不属于他的聪明人都不能让他们活着，今晚我杀了你，但我会永远记住你的话。死在我的刀下应该是你的荣幸。"破六韩拔陵阴狠无比地道，手中的刀也缓缓地抬了起来。

"是吗？我被你杀反而要感到荣幸，真不知是哪里的理。不过，你肯定会很失望。"蔡风嘴角挑起一丝很神秘的笑意道。

"是吗？我倒很想看看你是否能令我失望！"破六韩拔陵嘴角泛出一丝冷笑漠然道，也便在此时，他的刀已经平平地举起。可是便在他正要进攻的一刹那，突然发现蔡风身上刚才那处足以让他给人以致命一击的破绽已经不见了，反而浑身散发出一层浓烈无比的魔焰，杀气从蔡风的身上奇迹般地全都转移到那柄刀之下。

蔡风再也不似刚才那种淡然自若、悠闲自得的模样，而成了一个临战的格斗士，他的面皮都绷得很紧，那是因为破六韩拔陵的刀气，那种遥遥逼至的气势。

风轻轻地吹，不过，却有转烈的征兆，至少在蔡风与破六韩拔陵之间的风在渐渐转烈，而且开始打旋，地上的草，地上的叶，都在慢慢地旋动，没有谁知道这是为什么，但蔡风和破六韩拔陵都没有动，有些变化的只是他们的眼睛。

两个人的眼睛都渐渐地眯合，渐渐地眯合，瞳孔也在收缩，不断地收缩。蔡风的眼睛像暗夜里的明星，只是那种狂热而野性的感情不是寒星所能够比拟的。破六韩拔陵的眼睛却像愤怒的兽目，两道冰寒如刀的目光，划破虚空中旋动的风沉沉地洒在蔡风的身上。

蔡风依然静静地拄刀而立，左手却在虚空缓缓地张开，像是捏着一块无形却有质的物体，呼吸都似乎在此刻静止。破六韩拔陵的脚尖微微地张开了一些，但那似乎并不影响这里的一切。

风在两人之间越旋越疾，可是这个黑夜似乎在这一刹那间死去，包括那遍野的喊杀声和战马的低鸣声，这一刻似乎完全抽离了这个世界，不，应该说只是抽离了蔡风和破六韩拔陵两人的世界。

那受了重伤的汉子，深深地感受到了那种死寂，深深地感应到了那沉重得让人喘不过气来的压力，于是他又吐了一小口血，骇然地退了开去，那些空空的帐篷似被一种有质的压力挤压得内陷。

在蔡风的眼中，只有破六韩拔陵的刀和对方的要害，在蔡风的心中却只有一件东西，那便是手中的长刀。除了刀便再也没了什么，包括生命，生命的实感已经不再存在，不再让蔡风有任何担扰，他完完全全地解脱在手中的刀上，因为破六韩拔陵绝对是一个可怕得让人心寒的高手，在蔡风的感觉之中，这是他遇到过所有的人之中最可怕的一个，连元费和冉长江都无法比。冉长江和元费之流顶多只能算是一个高手，但破六韩拔陵却已经是一个宗师了，就凭那种无可匹敌的气势，和那种若深海高山一般的沉稳，及那似是没有一个破绽的立姿，蔡风就必须全身心地投入。

破六韩拔陵也有着同样的感受，只是他有些不敢相信这个只不过才十几岁的大孩子却有着如此可怕深不可测的武功，但眼前是一个事实，一个谁也不能否认的事实，蔡风大概是他这一生中遇到的最可怕的高手。

两人只是静静地挺立着，便像是两杆标枪，都没有动手的意思，因为谁也没有找到对方的破绽。破绽自然是有，但这破绽是隐藏在哪里呢？没有人知道，所以没有人敢去犯险。

蔡风的额角有些微的汗迹，而破六韩拔陵的脸色也有些微红。

蔡风知道自己必须攻，他的功力无法与破六韩拔陵相比，这些僵持下去，迟早会把破绽露出来，更何况他小腹的伤口有血外渗，那便是对方气势压迫的结果，更何况对方的援军也不知何时赶到，所以蔡风必须攻。

破六韩拔陵的眼睛亮了一下，因为他看到了蔡风一丝微微的破绽，虽然只是那么小小的一点，但已足够一个绝世高手下刀了，所以破六韩拔陵下刀了，他绝对不会放过任何一个杀死人的机会，何况对方是自己平生所遇到最可怕的一个高手。

虚空之中本来旋动的风，在一刹那之间全都改变了方向，像是愤怒的狂龙，树叶、叶茎全都若夜空中的精灵，在刀锋的催逼之下，以最可怕的速度向蔡风的咽喉斩到。

蔡风绝不是束手待毙的人，脸上也微微泛起一丝凝重而认真的神色，对于破六韩拔陵的任何一招，他都不能有丝毫大意，所以他动了，以最快的动作，像一团幻影一般浮动成夜空中的一片暗云，只有那柄长刀在篝火的映照之下泛出奇异而灵动无比的光芒。

“当!”两柄刀奇迹般地在夜空之中相遇，几点火星化成烟尘，随着树叶翻飞而去。

夜空之中似乎是一片混乱，空气像是被烧沸的热水一般散发出炙人的热气。

蔡风的身形凝滞了一下，破六韩拔陵刀上的力道大得吓人，他本来浮动的身体立刻显身，同时也向后飞跌而出。

破六韩拔陵一声冷笑，身形若疾电一般再次疾冲而上，刀尖似将空气里所有能存在的能量全部压缩成一点。

蔡风眼中闪出一丝惊骇之色，但他在飞跃的同时，以双手握刀再一次疾劈，长刀占着长度的比例，又以双手相抡，这在力度上等于已经可与破六韩拔陵抗衡了。

破六韩拔陵想到蔡风有这么一种同归于尽的打法，那劈向蔡风的刀在中途奇迹般地一转，竟劈向长刀的刀柄。

这一招的确大出蔡风意料，其实也不是大出意料，只是破六韩拔陵的换刀移刀的速度和准确度可怕得叫他吃惊。

“轰——”蔡风只觉得刀身一轻，刀头竟被破六韩拔陵斩断，手中只剩下一根空空的刀杆，这一惊真是非同小可。

破六韩拔陵一声冷哼，在蔡风惊愕的同时，他的长刀由上至下疯狂地劈至，这一下只想让蔡风的脑袋成为两半而已，而这一刀也足够有这个力量。

蔡风的身形像是跳往天空去似的，奇迹般地向后以不可思议的速度退了两步，手中的刀杆像一杆标枪一般直刺而出。

破六韩拔陵一刀劈空，便见蔡风的木刀杆直刺而至，还带有雷霆震怒之声，不由得暗惊，手中的刀向杆上直推而去。

蔡风嘴角竟神奇地挂出一丝神秘的笑意。

“啪——”刀杆竟被破六韩拔陵的刀劈成了两半，只要再向前一些便立刻将蔡风的右手废掉，可就是在这时候，破六韩拔陵的脸色变了，变得很难看。

蔡风的手中所剩的长关刀刀柄所劈成的两片，奇迹般地向中间一夹，因为刀柄的长度比破六韩拔陵的刀要长许多，那两片刀柄在仍未完全劈开之时，已被蔡风震成了两片夹板，重重地击在夺握刀的手上。

破六韩拔陵一声惨哼，蔡风这一下击得非常重，打得他根本无力拿刀，那只差三寸便可以废掉蔡风手的一刀只成了一个空有的架式。

让破六韩拔陵色变的还不止于此，还是因为蔡风左手之中多出了一柄要命的剑，真的是要命的剑，快得让破六韩拔陵目光都有些收缩了，在夜空之中像无数流萤会聚而成，这一剑无声无息，便像是突然从地狱中蹿出来的毒蛇，带着一股阴沉的死气。

破六韩拔陵选择了唯一的求生方法，那便是不再和蔡风争夺那夹在两片刀柄中的刀，抽身便退，他必须得退，否则他不死也会在身上留下一个血洞。

破六韩拔陵的刀没要，但他在一退身的时候，刚好赶上了那正快要坠到地上的半截关刀。

蔡风一声长啸，两片刀柄像两杆标枪一般从破六韩拔陵身两侧滑了出去，带着阵阵嘶哑的啸声向破六韩拔陵胸前两大要穴撞去，而他的右手像是滑溜的游鱼一般，由刀尖沿刀背一下子滑到刀柄之上，他的剑依然不停歇地向破六韩拔陵刺去。

“叮！”破六韩拔陵关刀刚好斩在蔡风的剑尖之上，虽然是仓促之中，仍然让蔡风身子震了一下，破六韩拔陵也同样微退一小步，先机一下子被蔡风占去。到此刻他才明白，从一开始他便中了蔡风的诱敌之计，以蔡风这一刻的表现，绝对不可能这么早便会露出破绽，不过这时候后悔已经来不及了。

蔡风的身子若魔鹰一般升上了半空，那柄剑竟像千万点烟花在空中炸开，成为一团花雨，空气在刹那之间像是小点的冰落入铁炉中一般发出“嗞……”的细碎声响，夜空像是被无数的魔爪撕裂成无数的裂片，破六韩拔陵感觉到了一阵想把他撕裂的压力，那是一种从无数个不同方向传来的巨力。

破六韩拔陵不由得骇然惊呼道：“黄门左手剑！”眼中却尽是骇异之色，但他并没有退缩，他知道绝对不可能退得出去，他只有一种选择，那便是拼。

他身上的精铜盔甲在刹那间竟全都爆裂成无数的碎片，这之间有蔡风那可怕得让人心寒的剑气，更多的则是发自破六韩拔陵体内的力量。

破六韩拔陵的刀突然不见了，那连小半截柄一起有三尺多长的关刀竟然不见了。

蔡风的身形也不见了，在茫茫点似烟花流动的劲气之中，只有一双眼睛，那是蔡风的眼睛，在蔡风的眼睛之中，却有着一丝惊诧和骇然，但更多的却是战意和杀气，那是因为破六韩拔陵的刀。

破六韩拔陵的刀，竟是从蔡风视线的一个死角发出来，竟是从视线死角中发出来的刀!

“怒沧海!”蔡风也忍不住惊呼，夺的刀法竟是蔡风刀法的一个出路，竟似是蔡风的刀招“怒沧海”。

破六韩拔陵脸上似乎有一丝嘚瑟，因为对方居然还认识这可怕的刀招。

蔡风在此刻发出一声冷哼，那千万点飞扬的烟火竟在刹那间化成无数点细密得充斥所有空间的光雨，拖着锐啸向夺头顶罩到。

蔡风必须如此做，因为他明白“怒沧海”的威力，更明白“怒沧海”的气势，他绝对不能让破六韩拔陵有足够的时间去凝聚气势。

破六韩拔陵眼中闪出一丝惊异，他惊异的是蔡风所选的角度和身法，不过他根本没有任何考虑思索的机会，因为蔡风那可以把铁柱撕成粉碎的可怕的剑招已经攻至，他的刀只能提前出击。

破六韩拔陵的刀在虚空之中似乎制造了一种无形却又可吞噬一切的旋涡，但在与那片飞洒而下的光雨一接触之下，那旋涡之中的气流便像是柔水一般向四周溢流而出，形成一片美丽得让人炫目的光彩。

“叮叮!”密集得都连贯起来的声音使远处战马的惨嘶都少了几分凄婉。

不远处的篝火像是被一股大风向蔡风与破六韩拔陵两人之间吹一般，“呼呼呼”地暴响，火焰再一摇晃，那片光雨和云彩已经消失得不见踪影了。

蔡风轻轻地喘息着以刀拄地，胸口再裂开一道三寸长的血槽，而破六韩拔陵的背上却还正在涌着血花，手臂之上也多了两道剑痕，只是他眼中露出一丝不敢相信的神色，那是不敢相信蔡风居然会让他还多添几道伤痕。

蔡风居然笑了起来，笑意有些惨烈，长长地吁了口气道：“你的‘怒沧海’还没有练到位，虽然很厉害，却还要不了我的命，也绝不能够和真的‘怒沧海’相比，所以你今日注定要失望。”

“你说我的‘怒沧海’是假的?”破六韩拔陵声音有些激动地道。

“招式虽然不假，但却失去了‘怒沧海’那种气势和境界，也便不能称之为‘怒’!”蔡风咳了一小口血惨笑道。

“你到底是谁?”破六韩拔陵眼中射出冷厉无比的光芒问道，握刀的手有些颤抖。

蔡风惨惨地一笑道：“我真正的名字叫蔡风，想你也猜得到，天下会‘怒沧海’的也只有这一家。”

“你是蔡伤的儿子?”破六韩拔陵一惊，也咳出一小口血，骇然问道。

“不错，蔡伤是我爹，你应该服气了。只是我不明白你为何会用‘怒沧海’的刀招!”蔡风有些惊疑地摇了摇头，有些不解地道。

“好！好！果然虎父无犬子。”破六韩拔陵目中射出无比怨毒和深刻的仇恨惨烈地笑道。

蔡风心中不由得一阵发寒，便因为破六韩拔陵那怨毒和仇恨的眼神，不过更让他心寒的还是那渐渐传来的马蹄之声，所以他不再说话，只是吸了一口气，转身向黑暗的地方疾奔，再也不理破六韩拔陵的呼吼，只是在他钻入黑暗之时，他听到了破六韩拔陵歇斯底里地怒吼道：“把那小子追回来，每人赏黄金五百两。”

蔡风心头一寒，脚下加快，可是后面的马蹄声越来越近，不由暗自着急。

这时候，他发现左边两丈远处竟有一个挖好的陷马坑，心头不由一动，立刻向陷马坑中陷去，手中的大刀向一旁的崖壁一插，身形挂在那陷马坑的坑壁之上，下面那一根根很尖很尖的木桩，让人心寒不已。不过蔡风也只能这般赌上一赌，因为追来的并不止一骑，而是数十骑，且他身上的伤口痛得要命，根本就不宜战斗。

破六韩拔陵虽然所使的“怒沧海”失去了那种气势，但以本身的功力而论比蔡风的功力就高出了很多，在那凌厉无匹的刀势之下，他的剑法只能和他战个平手，若非蔡风对“怒沧海”刀招极为熟悉，只怕这一刻他根本就逃不动了。

蹄声匆匆地过去了，显然那些骑马的人对陷马坑有一种出自心内的回避心理，才会不注意这么一个陷马坑。

蔡风迅速从陷马坑中弹起，拍拍身上的尘土，暗骂一声，向南边的那密林之中跑去。那片是山崖，加上密林，敌人的马匹若钻入密林的话，那是极为不方便的。更何况，马匹根本就无法上得了那陡崖，更重要的还是，那密林之中有几十具敌人的尸体，偷袭者身上所备的东西自然是很齐全的。

战场上依然还在厮杀，但喊杀声远不如从前那般激烈，四处都是逃逸的士兵。

“喳!”在蔡风左侧几丈远处传来一声轻响，蔡风吓了一跳，却见一名士兵从草丛中蹿出来。

蔡风立刻认出是崔暹营外守哨的人，不由得疾掠过去。那人见蔡风冲来，也吓了一大跳，举刀便要砍，却被蔡风一把抓住他的刀，沉声道：“是我，黄春风。将军呢?”

那人见蔡风胸口正在涌着鲜血，嘴角也挂着血丝，一副惨样，却认出了他，急切地回答道：“小的不知道，将军和速攻营的弟兄都去迎敌去了，小人战到后来便没看到将军。起义军太厉害了，我们全都各自逃命了。”那人说话时眼中射出一丝惊惧之色，显然是刚才的厮杀的确太惨烈了。

蔡风不由得一声叹息，知道再无回天之力，全因为内部出了内奸，而他又不知道驻守东方的是哪个守将，虽然知道那人正是叛徒，却只能徒呼奈何，只好无奈地道：“咱们向南逃，那片树林之中不怕对方马追。”

那人知道蔡风武功比他高了不知多少，见蔡风如此吩咐，自然不会反对，反而更有一种安全感，立刻跟随着蔡风向南跑去。

“嗖——”一匹敌骑从对面飞驰而至，抬手便是一箭。

蔡风一声怒吼，伸手竟一把抓住那支疾飞的箭，像变魔术一般倒甩回去。

“呀——”那人一声惨叫，还来不及射出第二箭便从马背上翻了下来。

那汉子一呆，估不到蔡风武功如此高明，不由惊喜道："公子武功真厉害。"

"别说这么多了，快去把他的箭和弓解下来。"蔡风叱道，同时，伸手向那失去了主人的怒马马缰抓去。

那人一呆，迅速明白蔡风的意思，急忙冲到尸体旁边，解下尸体背上的箭筒，却只不过二十来支箭而已，显然已经射得差不多，忙连那支插在尸体咽喉的箭也抽了出来。

蔡风很灵巧地抓住马缰，一个蹲身，蹿上马背。

第二十三章　亡命战场

战马立刻缓和了脚步，因为蔡风带住了它的缰绳，再加上本来就已经驯得很纯良。

蔡风一带马缰，调头向那尸体冲去，低喝道："上马!"说着伸出一只手拖住那汉子的手，向背后一放，那汉子很自然地抓紧蔡风的衣服，夹紧两腿。

"你叫什么名字?"蔡风不忘问道。

"小的叫伊天德!"那汉子低应道，声音之中充满了尊敬和佩服。

"你会不会控马?"蔡风沉声问道。

"会的!"那人有信心地道。

"那好，你来策马，我来阻敌。"蔡风伸手再一次把伊天德提到马鞍之上，而自己却很灵巧地后落一个位子，动作之利落，只把伊天德惊得不知白天黑夜。蔡风提着这么一个大活人，仍一副举重若轻的架式，的确是骇人至极，自然不是他这种普通士兵所能够想象得到的。

"牵好马缰!"蔡风将马缰塞到伊天德的手中沉声道。

伊天德这才回过神来用心策马。

蔡风取过他背后的弓和箭沉声道："你最好身子伏低些，让我看到前面的路。"

"嘚嘚……"一阵急促的马蹄之声由蔡风身后不远处响起。

"在这里，这小子在这里。"正是刚才追过了头的几十骑人马。

蔡风心里稍安，因为这里是后方阵地，敌人并不多，只是己方抽空了人马，对方的人才得以很轻松地行动而已。

“你小心了，伏下身子，不要管后面，只要向南面冲便是。”蔡风沉声道。

“小的明白!”伊天德咬咬牙伏下身子。

蔡风身子灵活地一扭，迅速射出一箭，在夜色之中他只需凭着耳朵便可以听出对方的方位，而且准确得骇人。

人说射人先射马，但他却只射人不射马，这些人死一个便少一分危险，射人先射马只是因为人们知道人比马难射，不想浪费箭而已，但蔡风却有足够的把握射死马上的人，说不定那空马仍可以用来救命呢。

“呀——”一声惨叫划破了夜空，蔡风的箭在黑暗中也绝对不会失去准头。

那些追兵显然估不到蔡风在夜里仍然如此狠辣，立刻也还以颜色，数十支劲箭一齐呼啸而至，连人带马一齐射。

蔡风一声低啸，身子一个倒转，置于马腹之下，手指中紧夹着三支箭连珠射出。

蔡风的马发出一声惨嘶之时，对方马群之中也传来了三声惨嘶，也是三匹马儿倒了下去，一下子打乱了对方的马队。

蔡风的马却因为是马屁股对着追兵，只不过屁股中了两箭，其他的箭都偏离了位置，不过并没有致命。

蔡风只觉得马身子一倾，便听得伊天德一声惊呼道：“前面也有敌人。”

蔡风只觉得头大不已，以最利落的速度将伊天德甩了出去，轻呼：“装死!”他的身形也刹那滚落在地，刚好此刻那匹战马变成了刺猬。

“抓住他，大王赏金五百两!”那追兵高呼道。

那冲过来的两匹马本准备再狠补蔡风两箭，如此一喊，还以为破六韩拔陵只要活的，只得改将两箭向旁一带，从蔡风身边飞擦而过，只惊得蔡风一身冷汗，不过蔡风却不会对他们留情，两箭以手甩了出去。

那两人尚未明白是怎么回事，便已惨叫着从马背上甩了下来，蔡风若旋风一般掠上马背，一带马缰，再次向南疾奔，那些追兵却不过十几丈远，不过蔡风此刻距离那密林也只不过几十丈远而已。密林在望，只是蔡风头上急出汗来了，在这种距离下，对方的箭是很少会落空的。

“呀——啊……”一阵惨叫由身后传来，蔡风不知道对方弄什么鬼，回头望了一眼，却见一队官兵横杀过来，却是自己人，心中不由得大喜。这队官兵来得正及时，如此暗夜里，到处乱糟糟的喊杀声不断，而那些追兵又全神聚于蔡风的身上，哪防到这半道上杀出的死神，竟被杀得人仰马翻。

蔡风憋了一肚子闷气，此刻怎会不痛打落水狗？不由得调转马头，呼喊着向那群追兵倒杀而回。

蔡风连放数箭，每箭都绝不虚发，虽然对方也有劲箭向他射来，却被蔡风轻易闪过。

十数丈距离，只几个马位便立刻赶到，蔡风一声怒吼，手中的刀拖起飓风般狂野的力道竟将一人的斩马刀和人头一起斩断，鲜血如泉般喷涌而出，极为惨烈，那横冲而至的官兵见蔡风如此神勇，刚才败仗的丧气一下子全消，斗志变得无比高昂。

这些追兵也极为勇悍，虽然只剩下二十几人，却斗志不减，向蔡风狂逼而至。

蔡风杀红了眼，根本就不顾胸口伤口的疼痛和流血，腰中的剑也在刹那间出鞘，左手剑右手刀，像是阴司中蹿出来的魔鬼，每一次出手绝对会让敌人无命存，那些带着热血的头颅像是熟透了的瓜从一截截脖子上滚下来。

马前混战，那些武功招式根本不需要用，用的只是最简单、最直接的杀招，全凭力道、速度和角度。

蔡风第一次做这种打法，不过对于一个会骑马的高手来说，这并不是一件很难的事，他冲过敌人的马队，便已有五颗脑袋在他刀面上滚落，再一次带回马缰，蔡风飞纵而至，在那名惊愕的对手还未曾反应过来时，一脚踢在对方的脑袋之上。

那人发出一声惨叫，身子立刻由马背上飞了出去。

那只剩下十来骑的马队，对蔡风像看一个魔神一般，策马相逃。蔡风将剑插入鞘中，以手甩出羽箭，准确无误地插入对方的脖子之上，只有三骑逃逸，蔡风一声冷笑，立刻抽出三支羽箭，以快得难以想象的速度射了出去，三个不同的方向但却一样没能躲过蔡风要命的三箭。

那一队官兵也有数十人，只不过衣甲不整，神形狼狈一些，不过此刻似有吐气扬眉之感，一名仪态稍好、身上也有几处刀伤的汉子呼道："自道停军!"

蔡风傲然应道："斜月钩风，速攻营黄春风。"

"原来是速攻营的兄弟，小的陈跃，乃是小分队队长，隶属左旗别将属下。"那汉子恭敬地道。

"可有将军的消息?"蔡风沉声问道。

"将军在速攻营兄弟的护送下，向西撤去，小的便与将军冲散了，便只好向南冲，因为小的知道南面有密林。可以让敌人失去作用。"陈跃恭敬地应道。

蔡风脸色一变，因为他听到大批骑兵向这一方追来，而己方的官兵全被冲散，绝对无如此气势，不由得急忙道："快，快入密林。"说着跃身下马，以最快的速度解下几具尸体背上的箭筒，再跃上马背向密林中蹿去。

那些人知道蔡风话出必有因，再加上对那些义军都深感畏惧，哪里还说什么，向那密林疾驰而去。

身后的蹄声越来越响，那些人火把高举，显然是在搜索残余的官兵，不过此时蔡风诸人也已驰入密林，蔡风立刻跃下马背，呼道："全都下马，小心了，这里有很多机关，跟我来。"

那些人一听，也只好跟着下马，不过密林之中太黑，众人根本看不见路，那本来燃烧的三堆火早已熄灭。

蔡风却迅速地找到了地下的尸体，这些人本是来放火的，身上自然带有引火之物。

果然很快便摸出了一些引火之物，交给身后的汉子道："小心，不要随便燃火，小心这密林之中也有敌人，但每个人身上都拿好这引火照明之物。”说着点起了小木柴，又低声道，“迅速将这些人身上的钩索、弓箭、兵器及一些暗箭短弩带上，以防万一。”

那些官兵听蔡风如此一说，哪能不明白蔡风的意思，立刻很利落地在这些尸体上搜出这些东西，蔡风这才熄掉木棍低声道：“大家小心，跟在我身后，别走错位置。”

“希聿聿……”一阵马嘶从密林之外传了过来。

蔡风一惊，道：“快跟我来！”说着迅速向那断崖方向行去。

那些人也踩着蔡风的脚步，从树木之间穿行，却不敢点灯，虽然看不见，却也只能如此，幸亏蔡风黑夜能视物，对这密林也很清楚了解，才会轻而易举地穿过这些蔡风亲手布置的机关。

一阵马蹄之声像惊雷一般靠近这密林。

“我们必须从断崖爬上去，否则天明了，我们便无路可遁了。”蔡风沉声道。

“我们听你的吩咐。”陈跃诚恳地道。

“我们之中一共有多少人？”蔡风沉声问道。

“有四十多位兄弟。”陈跃惨然应道。

“好，留下十六位兄弟，同我一起阻击敌人，其他三十位兄弟分三批而下，先探清崖下是否有敌人的存在，再以暗号相传，但不要点火，小心四周有敌人埋伏，一切都要小心谨慎。”蔡风沉声吩咐道，同时解下一条绷带，将一些并不太对症的药末全部倒到胸前的伤口上，再用绷带紧紧地扎紧胸口，深深地吸了口气。

陈跃很配合地立刻将这一队人分配好，才关切地问道：“黄公子的伤没事吧？”

“没事！”蔡风轻轻地咳了一声低应道，旋转头对那正准备爬下山崖的沉声道，“各位千万谨慎，先下去四处查看一下，第二组在第一组后面，发出信号之前不要轻举妄动，以免中敌人暗算。”

“我们明白。”

蔡风不再叮嘱，只是对身后的人道：“你们跟我来，陈跃负责指挥他们下崖和接应，以防任何突然之变故，你们十五人与我一起阻敌，只要对方谁点起火把便射谁，要让他们不敢亮火把，明白吗?”

“明白!”那十五人排成一排沉声应道。

“小心，最好不要发出任何声响。”说着蔡风大步向回路行去。

树林外的马嘶之声不绝于耳，不过似乎并没有人敢贸然闯入密林。人说逢林莫入，此刻又是深夜，谁知道密林之中有什么埋伏。虽然他们占着绝对的优势，可是谁也不想拿自己的生命开玩笑。

蔡风知道担心似乎有些多余，却仍然不能不对这些作一个预防，不过他此时却是静静地坐于几株大树之间，爬上一根高大的横枝，努力地运气调息自己的呼吸，尽量使自己早一些恢复体力。今晚与破六韩拔陵相战的确是耗费了太多的体力，而且又身受内伤，再被那些追兵追杀了这么久，每一刻都在垂死之中挣扎，精神上所受的压力比身体所承受的压力更重，又与追兵一阵狠杀，身上的两处伤口都痛得要命。不过幸亏小腹箭伤并不深，而胸口也只不过皮外伤，只是被破六韩拔陵震伤了内腑，这一阵疾奔，已经大大地恶化了，但这只是无可奈何的事，无论如何，活着总比死了好，更何况让破六韩拔陵这一次损失惨重，本应该是一件引以为骄傲的事情。

蔡风总觉得破六韩拔陵绝对不会放过他，原因可能是和他父亲有关，那便是破六韩拔陵提到他父亲之时的那种怨毒仇恨的眼神。他也知道，自己与破六韩拔陵也绝对成了势不两立之势，绝对没有旋转的余地，因为他知道自己是不会放过任何仇人的，就像他会给叔孙长虹颜色看一般。

体内便像是有盆沸水在翻腾一般，五脏六腑似有一阵绞痛，蔡风知道自己伤得不轻，破六韩拔陵的刀法虽然与“怒沧海”无异，但内劲的路子却有很大的差异，蔡风的“无相神功”正大纯和，可刚可柔，而破六韩拔陵的内功却是刚阳之极，给人的感觉是若火燃水煮一般的感觉，这使得蔡风感到大为惊诧，也难以理解，却不知破六韩拔陵的“怒沧海”刀招学自何处，以后定要问一下父亲。

夜渐渐静了下来，秋夜本来是很凉的，北方的秋夜更是如此。这般静静地待在树林之中，并不是一件很好受的事，至少那些蚊子是比较难缠的，特别这密林之中草密林茂，更是蚊子出没之处，哪能够舒服。

良久，蔡风心中的那股难忍的躁动渐渐平息，但蔡风知道体内的伤并不是如此便容易好的，那股阳刚之劲并没有完全排出体外，只是以自己体内那正大温和的气劲中和而已。

“咕咕咕……”一阵夜猫子的啼鸣唤醒了蔡风，听到这一阵叫声，蔡风的心头稍安一些，因为这正是陈跃等人的暗号，崖下并没有埋伏，那便是说逃生有望了。这山崖之下或许是唯一的逃生希望，因为其他几面都在敌人的包围之下，便是乘马外冲，生的机会可能只是微乎其微，而这崖下若是没有伏兵的话，只要冲下断崖，向南行二十多里路便是桑干河，到了桑干河畔，蔡风便不会怕破六韩拔陵追骑了，大不了沿河到阳原。这里是破六韩拔陵义军无法抵达的地方，至少在阳高与天镇两镇未曾攻下之前，绝不敢对阳原用兵，否则三镇成三角之势夹击，便是破六韩拔陵的军队再厉害也会吃上大亏。这正是蔡风逃走的策略，且南面二三十里之处正是桑干河支流交汇处，这条支流源于北岳恒山脚下，蔡风与陶大夫一起学的水下功夫这样正好派上用场，而水部六镇的军队绝对不适应水战，在水边，这些骑兵全只能对蔡风干瞪眼而已。

“小心撤退！”蔡风低声道，同时身形也飘下树干。

敌人并没有敢闯入树林，谁也不知道树林中有何布置，他们自然不会贸然进入，所以蔡风很放心，只要天没亮，他便有足够的时间向南行。

当十几人来到崖边时，唯有陈跃仍然在那里守候，见到蔡风诸人赶到，不由有些兴奋地道：“我们只要下了崖，向南行便可以摆脱起义军的追兵了。”

“我知道，他们都下去了没有？”蔡风心情仍然很沉重地道。

“他们都下去了，底下并没有什么异常的动静，只有一条小河，水很浅。”陈跃应声道。

“很好，那我们迅速下去吧，必须以最快的速度南行，只要能抵达桑干河便基本上不用怕破六韩拔陵的骑兵了。”蔡风道。说着顺着先已设好的绳索，顺着陡峭的山崖向下爬去，那十几人也立刻顺绳子爬下。山崖并不怎么难爬，对于蔡风来说，其实根本就不用绳子，也照样可以爬下去。

在快到崖底之时，蔡风竟嗅到一股淡淡的血腥味，那流水的“哗哗”声也清晰地可以听到，蔡风的心中打了个突，隐隐约约间竟有一点极为不安的心情升起，似乎他正是在爬向一个无底深渊的感觉，不由得立刻停止下滑的速度，伸手向一旁的陈跃抓去，将他摇了摇向上带了一下，以最低的声音道：“快，叫兄弟们别下去，上爬。”

陈跃一呆，见蔡风如此神神秘秘地，立刻也向他身边的人作了一个暗示，蔡风知道他们都会有暗语，这在军营之中普遍存在，因为很多都是在暗夜作战，需要密切配合，不仅是要不能出声，还要有效，而在黑暗之中又不能视物，自然只能以感觉去与对方交流了。

蔡风又对另一边的几人低语了一声，然后立刻变下降为快升，他本来就轻功极好，不仅是自己快捷利落，还将陈跃也提得若猿猴一般上爬。

这崖并不是很高，只不过才七八丈高而已，对于蔡风来说，简直不在话下，何况刚才在那里调息了一炷香的时间，这一刻体力恢复了很多，他爬上崖顶之后再过片刻，十几人几乎全都爬了上来。

蔡风沉声问道：“你刚才派下第三组人下去时没有叫第二组人传信吗？”

“小的没有吩咐过！”陈跃解释道，

“那你是怎么知道下面是条小河的？”蔡风奇怪地问道。

“小的本来准备和第三批兄弟一起下去，可是爬到中途，想到公子诸人仍不知道情况，便又爬了上来，在半途中听到水声，所以才会知道下面是条小河。”陈跃有些不解地问道。

“火箭拿给我。”蔡风果决地道。

陈跃一愣，从背上抽出一支由那些尸体身上解下的火箭，及引火之物。

“你们在我放箭下去之时，看清河畔是些什么人的尸体。”蔡风语意有些冰寒地道。

“尸体？”那些人不由得惊疑问道。

“不错！”蔡风淡然应道，说着取出大弓，吩咐道，“你们的箭备好，只要发现任何可疑之物，毫不留情地射。”

“公子，这火箭让我来射吧。”陈跃自告奋勇地道。

蔡风没有反对，只是将这支火箭插到背上，道：“那好吧！”

“嗖——”一溜火光，斜斜划破夜空，也在一刹那间亮了崖下漆黑的一片。

蔡风的脸色微变，那些官兵却脸色变得很难看，很难看，也让他们的心凉得很透。

蔡风的心中充满了愤怒和仇恨，但也多了许多无奈和痛苦。

河边果然有死人，而且正是陈跃手下的兄弟，鲜血已染红了河水，横七竖八。

蔡风一声怒嘶，手中的三支劲箭接成一条直线，追着那疾掠的火箭，蹿入河畔的草丛。

那是三道潜伏的暗影，但却绝对躲不过蔡风的眼睛，其实也没有什么可以躲过蔡风，因为蔡风本身便是猎人，对于猎人来说，几乎所有的伪装都是多余的。

“呀呀……”三声惨叫划破了夜空的宁静，那三道暗影没有一道躲过蔡风的箭。

那是三个人，却并不是那先行下去的三十名兄弟，而是敌人的伏兵，他们没有想到蔡风会来上这样一手，使得他们一时措手不及，根本无法躲开那要命的箭。

“杀——”蔡风一声怒吼，向下面埋伏的暗影毫不留情地施以杀手。

几乎每一个人都怒火填胸，仇恨使得他们的目光中注满了杀机。

陈跃却有些不敢相信自己的眼睛，喃喃自语道：“这怎么可能，怎么会这样？”

那三十名兄弟并没有一个人活着，只是有人奇怪，这些人临死之时，为什么连一声惨呼都未曾有。不过蔡风却丝毫不感到奇怪，绝对不会，而且心里还有一丝深深的自责。因为他早就应该想到下面是有埋伏的。

这是个失误，估计失误，还害死了这三十人，这的确应该自责。他早就应该知道敌人既然可以从这断崖爬上来偷袭，就会想到会有人利用这一条路逃生，岂有不下埋伏之理？而且上一批擒住的偷袭者，只不过是一小部分而已，这里仍然留下了一批好手，便是防止崔暹属下的好手借断崖潜走，可是蔡风却没有想到，没有想到便注定只有败，一步棋走错，只有败的结局。这是战场上千古不移的真理，也是战场上残酷的所在。

崖上的箭对于崖下的人似乎并没有很大的作用，因为崖下之人全都是一些好手，甚至可以说是高手，唯一对他们有威胁的大概只有蔡风的箭，而刚才蔡风是趁他们不备之时，才会轻易得手，此刻的箭，也不能要他们的命。

蔡风这时却听到另一处传来惨叫声，脸色不由得大变，沉喝道："我们必须快撤，他们已从密林之中攻来了。"

陈跃心中虽然悲愤无比，但却知道，这样逗留下去只是无益的牺牲。

"收绳子！"蔡风果断地道，同时放出最后一箭，跟着迅速收起挂在崖壁的绳子。

崖下之人也立刻以箭相还，不过却因为上下的距离差，取方位并不怎么好，且因为那支火箭熄灭，又沉入了黑暗之中，根本无法看见崖上之人，不过他们却迅速向崖上攀爬。

绳子迅速收了上来。

蔡风诸人点亮了一支火筒，迅速向南直行，他们根本没有时间去对那些由密林中冲入的敌人施以杀手，他们不想等到天明，等到天明之后，他们的命运可能会是很不乐观的。

密林并不是很广，奔行了数里路之后，林木渐疏。

蔡风迅速灭掉火筒，所有的人都知道，危险便要逼临，这是没有办法的事，若非那崖下埋下了那么多的伏兵，谁也不想走这条路，谁都明白，走这条路只有存在许多侥幸的心理。

蔡风心中充满无奈，若是陈跃他们都是速攻营之中的人，那这场逃生的战斗只是一个很轻松的训练，可是陈跃诸人并不是速攻营之中的人，也没有那个本领，不过蔡风从来便没有认命的习惯，他唯一的凭借便是眼下这个黑夜。

疏林之中似乎埋伏有敌人，这是一个很苦涩的结果，这些敌人并不敢入密林，但在疏林之中却是敢的。

蔡风的身体便像是一只轻便的灵猴一般爬上树梢，借手中的钩索，在树梢之间穿行，陈跃诸人自然没有蔡风的本领，只好借树林的掩护向前推移。

“呼——”一刀劲风迎面向蔡风扑来。

蔡风身子在半空中一扭，借着钩索之力在空中一荡，从那道劲风一侧滑过，很灵便地一脚踢了出去。

“呀——”一声惨呼在“噗”的一声重物坠地之声后响了起来，这一下子惊动了所有的人。

蔡风的身影毫不停留，因为他听到右边的树梢上有一声响动，他不能给这些人任何反击的机会，甩手便挥出了一支劲箭，同时身子向左边的那株不是很远的树上扑去，那里也有敌人的存在，他很清楚地感觉到了。

一声闷哼，夹着一声惨呼，又是一个重物坠地的声音夹着一声长长的惨叫。

蔡风也同样遇到了麻烦，在黑暗之中他看到一道黑影从密林之中破出，却是一杆长枪，那锐利的劲风让人很清楚地感觉到对方至少是一个好手。

蔡风一咬牙，劲气下涌，整个身体立刻以最快的速度下沉，手中的钩索像是从地狱之中探出的鬼手一般很轻巧地缠在那杆枪上。

那人似乎估不到蔡风应变速度如此之快，还来不及放下手中的枪，已感觉到一股大力由下拉扯而至，他本来呈攻击之状，且立在树干上又不很牢固，身子经这一拉，禁不住一声惊呼，硕大的身体连着枪一起向树下疾坠。

蔡风借这一回带之力，身子很自然地搭上一根树枝，身子悬在半空之中，再一抖钩索，那人的身子竟无凭借地重重摔在地上，发出一声痛苦绝望的惨呼。

“轰——”一堆火焰在林间升起，竟是有人以火箭点燃了一堆预先设好的柴堆。

树林之间霎时变得很亮，蔡风的身形赶在一簇劲箭射到之前升上了树梢，同时毫不留情地以手甩箭，在短距离之中，甩手箭竟比弓箭更有效，就因为它的干净利落。

那些埋伏在树上的伏兵便像是遇到鬼一般从树梢上滚落，他们在树上的灵活度，始终不能够与蔡风这个真正的猎人相比，对于蔡风来说，山林中战斗对他只有利而绝对无害，不过，对方的人多了，那便是例外。

“嗖、嗖……”陈跃诸人也很及时地一轮箭雨飞洒而出，他们十几人由地面上前行的速度绝对比不上蔡风，当蔡风闯入敌人的埋伏之时，他们却依然在埋伏之外，在黑暗之中，敌人根本就不知道蔡风有多少人，所以立刻燃着那堆本为了查看敌人方位的火堆，可是此刻却成了泄露自己方位的灾星。

蔡风心中暗骇，因为，他发现这里埋伏的至少有数百人之多，又岂是他们可以杀得完的？只得闷哼一声，若飞鸟一般从树梢之间向林外逸去。

“希聿聿——”一阵急促的马嘶在树林的边缘响起，一蓬散漫的箭雨，向蔡风迎面洒来。

蔡风心直凉了半截，敌人已经对这密林全方位封锁，无论是哪一方向，都只会是送死而已，不过他已经没有太多考虑的时间，他必须躲开这一簇箭雨，否则，他只会有死路一条，绝对没有生的希望。

“扑通……”蔡风重重地由树梢坠落在地上，那一簇箭雨全部落空，蔡风的身形再次飘起，他只能够又改变方向向密林之中跑去，否则的话，只怕他无法活过一刻之中。幸亏，这片疏林的树干都极为粗壮，为蔡风减少了很多危险，再加上他身上有几条钩索，使他行动的速度变得快速无比，便像是一只手臂特别长的长臂猿猴，只几下便又荡上树梢，像飞鸟一般，在林间迅速穿越。

陈跃诸人显然也发现敌人的势力极大，也很自知地调头便逃，不过十几人真是太单薄了，才逃出不远，便有数人中箭倒下。

蔡风心头一酸，想到这些人曾救过他一命，他立刻又掉转头来，向回路奔去，手中的钩索一收，像一只大鸟一般，向敌人堆里扑去，手中却是破六韩拔陵的大刀。

那些本来射向蔡风的箭，却因蔡风身形突然加快而落空，当他们发现蔡风没有死的时候，那柄刀已经以一股山洪般狂野的气势向他们罩到。

“轰……”一声暴响，蔡风的刀劲像是一堆火药一般在敌人群中爆开，那些人的惨叫之声全被这狂野的刀劲声响给掩住。

陈跃诸人见蔡风不顾生死地为他们阻敌，一时热血上涌，一股拼死之意全部涌了上来，暴怒地全回冲而至。

“你们快走，别管!”蔡风怒吼道。

陈跃诸人并不答话，手中的劲弩连发。

蔡风心中一阵苦叹，知道这些人的命运已经注定，手中的刀势一转，同时左手的剑也一起出手，在那堆火焰的映衬之下，便像是幻成了一片云彩一般。

没有人可以挡得住蔡风的刀劲、剑气，鲜血便若惊艳的雨一般喷洒而出。

蔡风知道自己绝不能够留情，否则，那只会是死路一条。他从来没有想过战争是如此残酷的一件事情，但他必须去面对，他更知道，这样下去，他只会脱力而死，到最后难免是分尸的结果，但这一切只能看天意。

鲜血都一样的腥，肠子、五脏一样都会让人恶心的，包括那些乱飞的脑袋，乱飞的手臂，只有半个脑袋的脸，都是让人恶心的。

蔡风早就想吐，但他却没有机会吐，他也没有那份闲情吐，他不仅不能吐，还得继续造成这种让人恶心的战局，他甚至要踩着那让人恶心的肠子杀人，他甚至要将那些滚落的脑袋当作一件救命的武器踢出去。

这是一种罪孽，也是一种苦难，更是一个噩梦。

“黄公子，你快走。”蔡风听到了陈跃在绝望之时的呼叫，他的心碎裂成了无数片，每一片都是在冰山里沉睡了千年后方才捡回内腑那般冰凉。他从来没有像此刻这样厌恶战争，他从来都没有像这一刻那样痛恨战争，若是有选择的话，他肯定会选择一生一世躲在深山之中与野兽为伍也绝不会上到战场去屠杀自己的同类，这是一种比狼更可悲的恶习。狼在饿极之时，也只好吃那受伤的同伴，而人不仅要让受伤的同类死去，更要让所有活着的同类死去，而手段更毒辣，更残忍。

这的确是一种悲哀，的确。

没有人可以挡得住蔡风的刀和剑，更没有人敢与蔡风那刀剑组合的云彩相抗，对于他们来说，蔡风就像一个魔神，一个由地狱中复苏的魔神，因为那片云彩所到之地，不仅仅是他们的刀与剑被摧毁，他们的生命也在一刹那之间全部被剥夺，甚至连地上的草也被碾得极为细碎，那些枯败的树叶全部被绞成细碎得几成微粒的粉沫。

也的确，这些人从来都没有见过蔡风这么可怕的好人，从来都没有想到世上会有如此可怕的功夫，只是他们并不知道蔡风此刻已差不多是强弩之末了。更不知道蔡风体内的内伤已经重新起来作敌，胸口的伤口又渗出了鲜血，不过他们的确不知道，因为蔡风早已满身是鲜血，像是刚用鲜血淋了浴一般，谁也分不清楚这是蔡风自己的鲜血，还是那已成尸体之人的血。

当蔡风杀到陈跃之旁时，陈跃眼中只有一丝悲哀且苦涩的韵调，嘴角之上牵动了一丝痛苦的笑容，并用最后一口气说了三个字，道："你快走!"

蔡风的心似乎在刹那之间全都麻木了，完完全全地麻木掉了，那十六人全都死了，只有他一个人，一个人仍活着，在这一刻他才知道，活着竟是一种悲哀，一种难以解脱的苦涩。但他仍没有想死的念头，那是因为他手中的刀和剑仍然活着，一个高手的生命并不只是肉体之上的，更有与他亲近的兵士，那是一种纯粹精神上的联系，他还有很多事情没有去做，还有很多享受未曾尝试，他从来没有想到会要死去，所以，他此刻感到活着的悲哀，却仍没有失去求生的意念。

蔡风只感到一阵锥心的刺痛，一柄利剑竟刺入他的腰际，虽然不是很深，仍然忍不住一声惨叫，手中的刀以无可比拟的弧度划开那人的头颅，手中的剑再化成一堵剑墙，挡住所有的攻势，但终于还是感到一些力不从心的感觉，他知道自己再战下去只会是死路一条，虽然此刻杀死对方百多人，而对方仍有足够的实力让他死。

“呀——”蔡风一声狂吼，刀与剑同时向一个方向划出，身形也以最快的速度跟在刀与剑之后。

“轰——”十几名敌人根本就无法接受这疯狂的冲击，鲜血狂喷地倒跌而出，而立在两旁的数十人，手中的兵器被蔡风手中的刀与剑所形成的旋涡状气流给绞断，甚至连手足也不例外。

立于两旁的两株不是很小的树也被拦腰斩断，向蔡风身后的义军扑头盖腰地压到，传来一阵惊呼之后，起义军围攻的阵势全都打乱，露出一个不是很大的缺口，不过，就这一个缺口，已足够让蔡风逸出包围圈。

蔡风冲出包围圈，只感到一阵虚脱的绞痛传自体内，不过却并没有让他停下脚步，刚才那一招，几乎已经耗尽了他的劲力。

“追——”义军的伏兵显然是被蔡风那一招给镇住了，等他们回过神来之时，蔡风早已逸出了包围，只能同时发出一声暴吼。

蔡风的确有些慌不择路的感觉，林中似乎处处都是敌人，他只好选择没有人的方向冲，但此刻他真的是已经快昏了头，连方向也都辨认不清，拖着刀，借着树干躲避黑暗之中要命的羽箭。

蔡风似乎感觉到一丝微寒的风迎面吹了过来，风是比较柔和，使他的脑子渐渐清醒了一些，身后的马蹄声和脚步声清晰地传来。

那些人居然用马来追他，这一下子真让他的心凉透了，这林比较疏，马可以驰过，而他此刻正乏力得要命，真是沮丧得想要死。

让他沮丧得要死的并不只是那追兵，更让他想痛哭一场的还是他所期望的逃路竟是一悬崖，他感觉到那微寒的风，便是从这里传来，这悬崖四面都很空旷，自然会有风吹到。

蔡风忙点燃一支火箭射了下去，看到的景象几乎让他完全绝望了。

那支火箭竟然成了一点点小火星，仍然未曾着地，深得那般可怕，本来想借身上的绳索爬下去的希望完全给毁灭了，便是再有一百倍的绳索，大概也够不到底。

蔡风扫了一眼身畔的几块石头，似乎有些不死心地把一块石头滚了下去。

“轰隆隆……”滚了很长一段时间才听到一阵闷响。

蹄声越来越近，蔡风额头都渗出汗来了，暗忖：难道真是天绝我也，奶奶个儿子，老子这么年轻就死了，怎样都不划算。不禁望了望身边的绳索，咬了咬牙，点燃一根火筒，顺着悬崖抛下去，目光变得很亮很亮，似乎要看清楚这悬崖的每一寸石头的特点。

在火筒滚下十来丈的时候，蔡风的眸子之中竟爆出一团狂热之光，禁不住露出欣喜之色。

第一匹马出现在蔡风的视线里时，蔡风只是扭头向他们笑了笑，显得无比凄惨。

那匹马并没有行过来，因为蔡风手中的劲弩已经对准了他，哪怕对方动一个小指尖，蔡风便会射穿他的咽喉。

“你已经无路可逃了，我劝你还是跟我回去见大王，说不定大王可以原谅你。”那汉子很沉着地道。

“你知道我是谁?”蔡风很愤然地道。

“自然知道，若是连北魏第一刀的儿子都不知道，那我怎么配替大王来接你回去呢?”那汉子似乎很自信地道。

蔡风听那人口气倨傲，不禁仔细打量了他几眼，在火把的映照下，那古铜色的脸庞有着一种让人心颤的威武，那双鹰眸般的眼睛，似淡然成一潭深不可测的水，泛起圈圈点点的神气，不由得沉声问道：“你是谁?”

“我叫赵天武!”那汉子很沉稳地道。

“赵天武?”蔡风一惊反问道。

“不错!”那人面色自若地道，似乎并没有在意蔡风手中那可以射穿他咽喉的劲弩。

“你便是和卫可孤并列为破六韩拔陵身边两大猛将的赵天武?”蔡风扫了一眼由赵天武身后行来的众人，再次反问道。

“那只是无知的人所说，我赵天武何德何能与别帅相比呢?”赵天武丝毫无喜色地道。

“不管你是否能和卫可孤相比，但，你是破六韩拔陵的得力干将总不会错，破六韩拔陵是不会让我活得开心的，我也不会让他开心，你给我去死吧。”蔡风咬牙切齿地道，同时一松手中的劲弩，八寸长的矢箭像是追星赶月一般，冲向赵天武的咽喉。

那群士兵一阵怒吼，数十支劲箭若雨点一般飞洒而至，蔡风一声惊呼，身形向后一仰，但身后却是一块大石头，石头被蔡风这一撞竟飞也似的向悬崖之下坠去，蔡风身子也一掠，向后退翻，发出一声长长的惊呼，随着大石头倒翻入深崖。

赵天武的身形微偏，那矢箭并没有射中他，但他却为蔡风失足坠崖而惊呼。

第二十四章　以智谋生

当赵天武赶到悬崖边之时，只有那大石头重重落地的声音传上来，虚空之中仍有蔡风刚才那声绝望的惊呼，使任何人都不禁有一种心冷的感觉。

那黑咕隆咚的悬崖根本就不知道有多深，便若一张魔鬼的大口，伴着凉飕飕的风，每一个人都沉默了。

火把的光芒，并未能照穿那锁住悬崖的雾和深沉。

“将军，要不要下去找他的尸体?”一名义军别将恭敬地问道。

“下去，找回大王的刀!”赵天武叹了口气道，遂又望了望淡淡的蓝天，却不知道想些什么。

夜空很深沉，那天也很蓝，淡淡的月辉让大地变得格外朦胧。

赵天武走了，破六韩拔陵的属下全都离开了断崖。夜风很静，静得很可怕，虚空之中，犹飘荡着一丝血腥的味道，战争的余韵犹未曾散去。

风悠悠地吹，夜依然黑得可怕，悬崖依然静静地立着。

蔡风没有死，他自然不会死，他的计算一向是很精确的，不过蔡风现在并不好受。

蔡风此刻身子正悬在空中，或许脚下有一小块垫脚的石头，但他感觉到那却是一种难以解说虚脱的感觉。

蔡风已经算准了钩索下落的地方，那便是在五丈之下的一块稍稍突出来的石头，旁边有一道裂缝，这的确是搏命的架式，但这也是没有办法之中的求生办法，他不想死，便必须赌，不赌便只有死路一条，不过他赌准了。

蔡风随那大石头一道翻下山崖的动作只是在对别人演戏，他并没有想杀赵天武的意思，因为他知道，以他眼下的体力，根本就无法和赵天武相抗，他只不过是要让人看到他死去的样子。

在蔡风翻下悬崖之时，便已看准了那道裂缝，当他和大石头都快到那道裂缝之时他加快速度下沉，两脚点在那下沉的大石头上，借那一点点可怜的反弹之力，挥出手中的飞索，幸亏他在黑暗之中视物还比较清楚，又离那裂缝比较近，才能够准确地找准方位。借身子向崖壁相靠之时，手中的刀也重重地插入那裂缝之间，虽然与崖壁相撞并不是一件很舒服的事，却比死去要好上一些，因此蔡风咬牙忍住了，身形也便定在半空之中。然后小心地爬到那块比较大的突出崖石之下，躲过了赵天武的眼睛，这是因为他们只是举着火把在崖顶看，根本就无法观察到那钩索的存在，若是将一支火把抛入崖中，或许便可以发现这钩索的存在。

赵天武走了，唯留下蔡风在这里艰难地悬着，不过幸亏，有那柄刀也可以作一下支撑，否则，以蔡风此刻的体力，只怕是很难支持到这一刻。

当蔡风爬上那块稍突出的岩石之时，两腿都有些发软，他叫自己尽量不要去想，这是一个万丈深渊，可是脑子仍禁不住去想。

幸运的是蔡风身上的东西并没有遗失，于是又点燃一支火筒，仔细地寻着头顶那崖壁之上可以下钩索的地方，他只要能再爬上两丈高，便可以找到崖顶的岩石作着力点了。他记得崖上有这么一块石头，他更知道，必须尽快离开这里，否则崖下的人发现崖下没有蔡风的尸体，连一点血迹都没有，那便是很糟糕了。因为他知道自己的体力是怎么样子，必须找个地方静静地疗伤，不然便是安然到了桑干河，他也无力游过去。

蔡风爬上崖顶之时，已是赵天武离去后大约一个时辰，这段无比艰辛的历程让他几乎完全虚脱，就像是一摊烂泥一般趴在地上，连一个指头都不想动。此刻，大概一个五岁的小孩子都可以轻松地将他杀死，这一点蔡风也知道，但这却是没有办法的，要是有人在这个时候来杀他，他只好认命。

也不知道过了多久，东方的天空逐渐灰白，蔡风这才艰难地爬了起来，以刀拄地缓缓地南行，他必须要离开这里。不过，老天对他似乎并不薄，一路上的敌人全都撤离，而赵天武也并未追来，或许这里想要绕到崖下的确要花很长时间，无论如何，这都是一种幸运。

太阳升起来的时候，蔡风已行至一个山坳之中，一条山溪畔，他所要做的事情便是洗干净衣服上的血，同时他也发现自己除了破六韩拔陵给的两道伤口之外，又多了三道不轻的伤口，最重的要数腰间的那剑，简直要了他的命。但他还是没死，他身体好像一只虎，随便采了些止血的草药，找一个比较隐蔽的地上坐下，他必须休息，必须先恢复体力，才能够逃生，否则一切只是空谈。

日上中天之时，已有三路人马从蔡风身边不远处行走，却并没有发现他的存在，这的确是很幸运的。不过，却让蔡风心悬了老半天，此刻蔡风的体力并没有完全恢复，再加上内伤，要想康复，至少也得花五天时间，但蔡风却不能等这么长的时间，因为这里仍是破六韩拔陵军队活动的地方，绝对不会安全。因此，他只能在体力恢复之后便行动，等过了桑干河，养个十天半月的也无所谓，此刻却是不行。

下午蔡风很小心地在小溪中抓了几条不大的鱼，用陶大夫教他的方法烤得很酥，吃了鱼之后，整个人便舒服了很多，不过蔡风很庆幸那些起义军都没来打岔，否则那可不大好说。

暂时来说，这个小小的石缝小洞，还是比较安全，只寄望是晚上行动，只有在晚上一个人行动起来便利索多了，因此，他只盼望着天黑，也在尽量以无相神功疗伤。

蔡风惊奇地发现腹内那圣舍利似乎有着很神奇的镇痛功效，使他体内的伤势变得并不是很痛，更有着清心静气的作用，似乎里面潜藏着一股极为神奇的能量，在腹中犹若活物，只是蔡风完全无法捕捉这种感觉。

风轻云淡，夜幕已渐渐罩定所有的空间，当西方天幕上淡红色的微霞溜走时，蔡风的身形便又立上了山头。

经过一天的静养，体力已经基本恢复，只是伤势好转并不是很快，但行动却是无碍。

山下的原野似乎极静，并没有什么异样的情况，对于蔡风来说，这应该是一个极好的迹象，至少不用面对大面积的追捕。也或许是破六韩拔陵已经收兵了，对付蔡风这样一个小人物用得着如此兴师动众吗?

“禀报元帅，崔将军回来了。”一名士兵有些气喘地跑入李崇的帐篷之中报告道。

李崇脸色有些难看地道：“让他进来!”

片刻，崔暹拖着一脸诚惶的神情步入帐内，有些不安地道：“末将无能!”

“到底怎么回事?”李崇表现得异常平静。

崔暹深深地吸了口气，道：“属下屯兵于白道，却没想到出了内奸，里应外合，末将才落得惨败。”

“内奸是谁?”李崇声音之中充满了无限的杀机问道。

“宇文定山。”崔暹咬牙切齿地道。

“宇文定山，好一个宇文定山。好了，你先下去休息。”李崇声音平静得让崔暹感到一阵心寒，不由得急忙出口道：“元帅……”眼神之中却多是乞怜之色。

李崇叹了口气道：“我也不想这样，但两万兄弟就因为你这一招的失误而无一能归，你一个人回来，我也无法向圣上交代，你好自为之吧!”

“元帅，再给我一次机会吧，让末将将功补过……”

“你不用说了，你先下去休息。”李崇轻轻地挥了挥手道。

崔暹呆了呆，无可奈何也无依地在两名护卫的看守下退了出去。

“元帅，现在正用人之际，崔将军他虽然过不能免，可是胜败乃兵家常事，以属下之见，不如让他戴罪立功好了。”一文士打扮留着一撇八字胡的老者思量了一会儿道。

李崇抬头看了那老者一眼，吸了口气道：“军师所说的并非无理，只是上次临淮王战败，朝中都革其职，若我让崔将军戴罪立功，那岂不是朝中之人更有言辞了吗?”

那老者沉吟了一下，淡然道：“将军之话虽然不无道理，但行军在外，最重要的是临阵的决策，若元帅处处顾虑朝中之非议，恐怕这场仗便很难打了。将在外，君命有所不受，元帅所为的只要是国家的安宁，又何畏别人的闲议呢?”

“容我想一想!”李崇吸了口气道，同时对立于门口的护卫道，“去传延伯将军来见我。”

蔡风感觉到一丝焦躁自心头升起，不由得停下了脚步。

风轻轻地吹，月亮比昨晚似乎要圆上一些，原野之上并不暗淡，在淡淡的月辉之下，蔡风看到了一道人影由不太远之处升了起来，像是一只饿了很久的狼，很缓慢地向蔡风逼近。

蔡风的心有些发凉，手很自然地搭在刀柄之上，像一位机警的猎人在计算着饿狼的步子，一动不动地盯着对方那深邃的眼睛，立成了一座孤石。

“大王已经算准你会向南行，你果然是没有让我白等。”那人平静地道。

“是破六韩拔陵叫你来杀我?”蔡风冷冷地道。

“如果你不肯合作的话，只有这样一个结局。”那人声音冷得像拂过的秋风。

“你认为你可以杀得了我?”蔡风淡然道。

“昨天还不能!”那人依然很冷地道。

“那今日你是很有把握喽?”蔡风有些挑衅地道。

“我也许不能，但我的刀却可以。”那人的手很悠然地搭在腰间的刀把之上，充满杀意地道。

“哦!”蔡风不由得打量了一下他腰间的刀，淡淡应了一声，反问道，“你的刀很厉害吗?”

那人咧嘴露出一丝难得的笑，轻轻抚了一下刀把，像是对心爱的宠物那般爱恋地道：“刀哇刀哇，居然有人会怀疑你的用途，真是让你脸上添耻了。”

蔡风的脸色也微微一变，不屑地笑道：“你以为你的刀与破六韩拔陵相比呢?”

那人神气一敛，变得有些仰慕和向往地道：“我们大王的刀法乃是天下无双，我们大王的刀更是神兵利器，我自然无法与我们大王相比了。”

“可是破六韩拔陵仍不能够杀死我!”蔡风冷笑道。

“那是昨天。”那人冷然道。

“但我的刀法比你们大王并不差，我的刀又是你们大王的刀，你凭什么认为定能够杀我?”蔡风心中暗自盘算道。

“你与我们大王的体力无法比，我就凭我的斩腰刀，才认定可以杀你。”那人漠然无情地道。

“你是‘拦腰斩’风吹刀?”蔡风忍不住惊问道。

“现在你总该明白我凭的是什么了吧?”那人有些傲然地道。

蔡风耸耸肩，冷笑道：“原来是我爹的手下败将，不过你太高估了你自己，你可知道当初我爹并没有用‘怒沧海’?”

风吹刀脸色变得很难看，反唇相讥道：“但我却知道你根本就没有使出‘怒沧海’的力气。”

蔡风的脸色也微微一变，似乎是想移动一下位置。

“你没有可以逃的机会，你唯一可以活命的路便是与我好好合作去见我的大王。”风吹刀冷漠地向蔡风踏进一步淡然地道。

“如果我不呢?”蔡风竟然在刹那之间向前踏上一大步，整个人便在霎时变成了一柄无坚不摧的刀一般，凌厉得让风吹刀禁不住心里震了一震。

风吹刀的眼角闪出一丝惊讶之色，似乎估不到蔡风会有如此凌厉的气势，不由得也握刀相对，以抗蔡风的气势。

蔡风很潇洒地笑了笑道：“你太高估自己了，也太小看敌人了，这种人的结局注定只有一个。”

“哼！没有人比我更清楚你的伤势，没有可能只用一天的时间便可以复原。”风吹刀不屑地道。

“哼，你大概没有听说过我们蔡家的‘无相神功’，这一点点小伤只不过是不值一提的小事而已。不过，今日却是你的死期。”蔡风冷厉无比地道，同时再向前踏上一步，手中由破六韩拔陵处所得的刀微微斜垂着，却涌出一股浓浓的杀机。

风吹刀神色有些凝重，他当然听说过“无相神功”的传说，只是他仍不敢相信“无相神功”会有如此厉害，不由冷冷地道：“我倒要看你如何杀我。”

蔡风很自信地一笑，刀尖缓缓地上抬，悠然笑道：“我爹没让你见识‘怒沧海’，我便让你开开眼界，让你知道什么才叫天下第一刀。”

风吹刀的衣衫自然地鼓动起来，因为蔡风出刀了，这一刀的轨迹像是流星划过长天一般，神奇无比，也玄之又玄。

这的确是一招非常好的招，但却并没有想象之中的那般可怕，但见过真正“怒沧海”的人都已经死了，连风吹刀也不知道这是不是“怒沧海”。但他不愿意赌自己的生命，没有几个人愿意用生命去赌这可怕的刀招，此刻的平静或许正预示着更可怕的后招，就要逼临。

蔡风的眼神是那般专注，便像是在雕刻着一件十分精美的艺术品。

也的确，一柄好刀本身就是一份很完美的艺术品，而一招好的刀法也正如一种完美的艺术一般。

蔡风成了艺术家……

蔡风的确像一位艺术家。

艺术家需要的是耐心，而风吹刀似乎并没有这份耐心，因为他绝对不想让那可怕的“怒沧海”完全展开，所以他必须先攻，抢在蔡风刀招展开之前攻击。

风吹刀的刀不是很长，可是那的确是柄好刀，只那逼人的寒气就会让人知道那绝对不是一柄很普通的刀，而他的刀法似乎更有个性。

蔡伤当初没有杀他，便因为他的刀法很有个性，凶狠虽然凶狠了一点，但在这乱世，你不凶，别人会凶，所以当初蔡伤并没有赶尽杀绝，但那一战也让风吹刀感到是一生的耻辱。因为当时蔡伤只不过才十五岁，而他却是太行山的龙头，却败在一个只有十五岁的少年手上，而且这少年连绝技也未曾用过，这是让人难以接受的现实。

这十几年来，他一直都在苦练武功，可是此刻对阵的只不过是一个小孩子，至少在他的眼中，蔡风只不过是一个小孩子。而这个小孩子的身份却与当年的蔡伤不同，因为这小孩子是北魏第一刀的儿子，也是天下第一刀的传人，更是连他所尊敬的刀手也无法击败的高手，因此，他更谨慎。

“黄门左手剑——”蔡风在刹那之间竟然将破六韩拔陵的刀向风吹刀抛去，同时左手剑，像是一道闪电般刺出。

风吹刀被蔡风这么一喝，刀势竟缓了一缓，他想不到蔡风竟会弃刀用剑，不过他自然听说过“黄门左手剑”的传说，更知道破六韩拔陵便是伤在蔡风“黄门左手剑”之上。

“当——”破六韩拔陵那重刀横飞出四丈，重重地坠到地上，风吹刀似乎估到蔡风会有诡计，他自然不相信蔡风受伤之余仍可用“怒沧海”，但用黄门左手剑却是极为正常。因此，他对蔡风极为谨慎，此刻蔡风弃刀用剑，他的全付心神都关注到这一剑之上。

蔡风的嘴角露出一丝阴笑，风吹刀自然也看到了，但他有些不明白蔡风的用意。

当蔡风那种笑容扩散于整个脸部之时，他终于明白了，但这却是一种悲哀，一种很绝望的悲哀。

风吹刀禁不住从喉咙之中涌出一声惨嘶，眼神之中全是愤怒和不甘，手中的刀震了震，却无力地垂了下来。

风吹刀真的明白了，但却已经太迟了，因为那支八寸长的矢箭，已经完完全全地射入了他的心脏，所有的力气竟由那矢箭所射的孔全部泄尽。

蔡风的剑也突然凝在空中，并没有进一步刺出，蔡风的脚步似乎有些软，不过在他的嘴角却挂着一丝极为不屑的笑意。

“你好……阴险!”风吹刀目中似乎喷出火来，痛苦地蹲下，颤声道。

蔡风缓缓地将剑插入鞘中，将那张小劲弩也缩回衣袖之中，不屑地摇了摇头，淡笑道：“你的确不很聪明，人说兵不厌诈，连这一点你都不知道，你根本就不配做一个江湖之中的人。死，对你来说，大概是最好的一个归宿。”

“哈！哈！想不到……我……风吹……刀……霸道……一世……杀……人无数，却……栽……栽在……你……父……子手中，真是……天意、天意!”风吹刀惨然笑道。

“这不能怪谁，只能怪命，命中注定你不应该与我父子作对，要怪只能怪你自己，你有足够的能力杀我，但你却没有我聪明。”蔡风苦涩地笑了笑道，同时，两腿一软，竟也坐在地上，似乎刚才那两招还未曾攻全的招式竟让他承受不了一般。

风吹刀眼神变得无比悲哀，叹了口气道：“想不……到……我……我……风某……连……一个受了重……伤的……孩子……都……斗……斗不过。该……死……该……”

蔡风也不由得长长地叹了口气，望着一个败于自己手中的人慢慢地死去，望着他眼中的悲哀，蔡风也禁不住感到悲哀。

“你不用叹气，他连你这么一个受了重伤的小孩都杀不了，的确该死，便是活着也是一种罪孽。”一个极为冷漠的声音自蔡风的身后飘来。

蔡风不由得一惊，忙爬起身，却又跌了下去，只好扭过身来，似乎极为惊恐地望了望那似从地狱之中冒出的人。

那人似乎对蔡风的表现极为满意，有些得意地道：“你认命吧，没有谁会来救你的，你比我想象的伤更重。”

“你是一只狐狸，就是想让他试探我是否受伤对吗？”蔡风鄙夷地道。

那人淡淡一笑道：“我是一个人，比狐狸狡猾一些的人，也是一个并不怕别人骂的人，在这种乱世之中生存，不狡猾的人只会像他一样下场。”说着鄙夷地向风吹刀的尸体指了一指，旋又道，“武功好并不一定便是赢家，他便是个例子。我武功虽比不上他，但却比他更懂生存之道，所以，你遇上我也算是命。”

蔡风望着那人一副得意的样子，气恨地道：“你以为我杀不了你？”

那人仰天打了个哈哈，似乎是听到极为好笑的事情一般，悠然道：“你难道还有什么法宝，我保证，在你一动手中的劲弩之时，我便已经割下你的头，你不妨动一下衣袖之中的弩机试试。”说着向蔡风逼上几步。

蔡风目光射出一丝惊惧之色，不由得以手撑地向后疾移了几个身位，声色俱厉地道：“你别过来，过来我可真的要放箭了哦。”

“你放呀，你放呀，我看你有没有这个胆量，试试我闪电剑是否有这种速度。”那人放肆地向蔡风逼进了几步，眼神之中充满了挑衅意味。

“你是闪电剑归远山？”蔡风一声惊呼。

“你也知道我叫归远山？”那人说着竟叹了一口气，仰天静立了片刻，充满无限恨意地道，“若不是你爹蔡伤，我怎会是今日这个样子，想不到居然还有人记得我归远山这个名字。”

“我爹当初放你一条生路，你难道忘了吗？”蔡风有些惊惧地道。

“呸！蔡伤放了我，我却恨不能将他碎尸万段，若不是他，我怎会失去这个指头！”归远山说着，愤然伸出右手，果真只有四个指头，食指齐根而断，留下一个黑黑的伤疤。

“你当初就不该杀死赵开远一家，你明知道赵开远是我爹的朋友，这又能怪谁。我爹放你一条生路已经是很容忍了。”蔡风冷然道。

“你知道个屁，若不是赵开远惹我，我怎会去找他？而你知道对于一个练剑的人来说，食指有多么重要吗？而蔡伤让我失去的不仅仅是我的食指，还有我心爱的女人，你知道什么！”归远山恨意无限地道。

蔡风不由得一阵沉默，良久才淡然叹了口气，有些虚弱地道：“那你要把我怎样？”

“我很想让你死，但是此刻我只要带你回去见我们大王，这是你唯一的活路。”归远山恨然道。

“若我给你连你们大王都无法给你的报酬，你肯放过我吗？”蔡风反问道。

归远山不屑地笑道：“若是你想对我用诡计，那你是太天真了。我绝对不会像风吹刀那般蠢，你只有一条路，那便是跟我一起回去见我们大王，否则，你只有死。”

“你知道破六韩拔陵为什么想抓我吗？”蔡风反问道。

“我没有必要知道，该我知道的，大王自然会告诉我，不该我知道的，我没有闲情去问。”归远山冷漠地道。

蔡风以一种极为怜悯的眼光，望了望归远山，讥讽道：“你倒是真的很知道生存之道哦！”

“我一向都这样认为。”归远山傲然道。

“那要是破六韩拔陵是想要我的黄门左手剑剑法呢？”蔡风不屑地道。

“黄门左手剑？”归远山目中爆射出一丝掩饰不住的惊喜和兴奋的光芒问道。

“难道你不知道破六韩拔陵是伤在我的黄门左手剑之下吗？”蔡风像是极为同情地问道。

归远山心神大振，目光有些惊疑不定，不由得深深地打量了蔡风一眼，疑问道：“你真的会黄门左手剑？”

蔡风哑然失笑道：“看来破六韩拔陵并没有当你是个心腹，你连他是不是伤在黄门左手剑之下也不知道，那可真是悲哀，连风吹刀都知道。你也自以为很懂生存之道的人，似乎并不知道怎样去取悦你们大王哦！”

“你想挑拨我与我们大王的关系，那你便看错我归远山了。”归远山正容道。

蔡风心中暗自好笑道：“那你便将我交给破六韩拔陵好了，算是我蔡风看错了你，你果然是一个忠义之士，破六韩拔陵定会重用你的，那时候，天下便有很多人会黄门左手剑了。”

“怎会有很多人会黄门左手剑？”归远山有些不解地问道。

“当然了。我自然会对破六韩拔陵说‘黄门左手剑’的剑谱由你先看过，或是你拿去了喽，那破六韩拔陵当然不会怪你，还会支持你学会‘黄门左手剑’，因为你是他的心腹嘛！”蔡风阴险地道。

归远山脸色大变，目中都快喷出火来一般怒道：“你好阴险！”

“我很阴险吗？哪里，我只不过是就事论事而已嘛！”蔡风佯装糊涂地道。

“你难道就不怕我杀你？”归远山狠声问道。

“你当然可以杀我，那便让‘黄门左手剑’绝迹江湖好了，那么你的闪电剑肯定便是天下第二了。当然你没法跟尔朱荣相比喽，不过排第二也不错，是吗？”蔡风毫不在意地道。

“你……以为我真的不敢杀你？”归远山怒道。

蔡风冷冷地望了归远山一眼，悠然道：“是吗？若你是这样的人，我只好认命了。”

归远山像是一只饥饿的野兽，紧紧地盯着蔡风，似乎要将蔡风整个人都吞下去似的。

蔡风毫不畏惧地回望着归远山，因为他早已知道结局，一切全都在他的计算之中。

夜静得像是一潭死水，秋虫沙哑低沉的嘶鸣，将月亮的色泽都沾上了悲哀的基调。

风轻轻地吹，蔡风的身上有些凉凉的感觉。

良久，归远山像是斗败的公鸡一般，阴阴地道：“算你狠，只要你能够给我‘黄门左手剑’的剑谱，我可以放你一条生路。”

蔡风像是胜利的将军一般得意地笑了笑道：“你终于想通了。只不过，你为什么会相信我一定会把剑谱给你呢？我为什么不给破六韩拔陵呢？”

“我也的确想知道。”归远山有些惊奇地道。

蔡风爽朗地笑了笑道：“因为破六韩拔陵被我击伤过，作为一方之主，这并不是一个很有面子的事，他事后肯定会杀我灭口。你虽然也可能杀人灭口，但我却并不怕你。在你的手中我逃生的机会会很大，若我一入破六韩拔陵的军营，那种高手如云的地方我根本便没有可能逃逸，你明白吗？”

归远山一呆，冷冷地问道：“你为什么要告诉我这些，难道你不怕我将你弄成残废，再逼你说出剑谱吗？”

蔡风哂然笑道：“你难道不知道一个武人求死的方法太多了吗？你让我说话，我可以咬舌自尽，你让我回答，我可以挖下自己的眼睛，更可以以身上的死穴撞桌子角，你根本就没办法得到黄门左手剑，你相不相信我有这样的决心？”

归远山不由得愣愣地望着蔡风，心中竟忍不住打了个寒战，像在看一个怪物一般打量着蔡风，却不知道该说什么话好。

沉默了一阵子，归远山不由得阴森森地笑了笑道：“你果然与众不同，比我还要阴险，还要狡猾。”

“过奖了！”蔡风淡然道。

“那我凭什么相信你？”归远山阴狠地道。

“你可以每日点我身上的穴道，几个时辰轮换一次，只要不要长久不解使我全身瘫痪便行，我每个时辰会告诉你一些剑招，不是可以很顺利地解决了吗？”蔡风淡然地道。

“很好，那你便乖乖地给我听话，让我点你的穴道。”归远山淡笑道。

“你要我怎样听话？”蔡风反问道。

“抛开你袖中的强弩，腰中的剑。”归远山冷漠地道。

“好，我相信我不会看错你。”蔡风咬咬牙道，说着真的将袖中的强弩甩了出去，腰间的剑解下，抛开，同时也申明道："你必须答应我，放我生路。"

"可以！"归远山阴阴一笑道，似乎对蔡风的表现极为满意，望着蔡风闭上的眼睛心中禁不住一阵得意地笑了起来，同时伸指迅速点住蔡风身上的三处大穴。

蔡风这才睁开眼问道："你该相信我的诚意了吧？"

"但我还不放心！"归远山说着，竟伸指点中蔡风的断交穴，在蔡风被迫张开嘴一惊的当儿，归远山迅速从怀中掏出一颗药丸纳入蔡风的口中，这才解开蔡风下腭断交穴。

蔡风脸色大变道："你给我吃了什么？"

归远山阴笑道："百日蚀骨丸，每一百日才会发作一次，解药只有我一家才有。不过你放心，只要你好好地合作，到你全部将剑谱给我之后，我会给你解药的。"

"你好毒呀！"蔡风差点有些想哭的感觉道。

归远山不由得仰天一阵得意地大笑，道："你还是看错我了，不过，我会很守信用的，若是你想到逃走的话，我也不介意，只不过不要说我没有警告你，这'百日蚀骨丸'只我一家有解药而已。"

蔡风有些近乎绝望地道："我真的是低估你了。"

"你并没有低估他，也没有看错他。"一个苍迈而充满无限杀意的声音传了过来。

蔡风和归远山的脸色都变了，变得最难看的自然是归远山的脸色。

蔡风这时看到一个幽灵一般飘忽的人，从黑暗之中走了出来，那高大的身形倒的确很像是来自地狱的鬼差。

归远山不由得扭头颤声道："小王爷。"

"小王爷？"蔡风不由得大感惊奇地问道，不过当那人走近时，才发现这人并不比蔡风老多少，只是一个面色极为阴鸷的年轻人。

"不错，你能伤我父王，的确很了不起，所以我父王便让我带一批高手会会你。”那年轻人似乎很傲然地道。

“你是破六韩拔陵的儿子?”蔡风惊问道。

“不错，我叫破六韩灭魏。”那年轻人很爽朗地道，但蔡风却发现他眼神之中一闪而逝的杀机，那当然不是对蔡风而发，而是对归远山而发的。

“小王爷，属下已经将这小子擒下了。”归远山声音之中掩饰不住惶恐地道。

破六韩灭魏扭头冷冷地望了归远山一眼，漠然道:“我都已经听到了，一丝不漏地听到了，你的确没有让我看错。”

“小王爷，属下刚才只不过是用小小心计对付他而已，怎可当真!”归远山惶恐地道。

“是吗?给你一个将功补过的机会，那便是交出百日蚀骨丸的解药。”破六韩灭魏冷冷地道，语意中充满了霸气。

归远山一呆，不由得沉吟了一下，道:“这……属下自然听小王爷的吩咐。”说着从怀中掏出一个黑黑的瓷瓶，倒出一颗白色的、一颗暗红色的药丸，交给破六韩灭魏，恭敬地道，“这白色的直接服用，红色的化水喝下去，便可以解除毒性。”

“好，你果然只是与他说着玩的。”破六韩灭魏笑道。

“谢谢……”

“小心，他要杀你!”蔡风的话还没说完，破六韩灭魏已经出手了。

归远山听蔡风喊第一个字时，便有所觉，这下子破六韩灭魏一出手，他便立刻飞退，他身为闪电剑，无论是身法还是剑速，都快得难以想象，不过破六韩灭魏的武功来自破六韩拔陵，其武功之可怕也不是归远山所能比拟的，至少那“怒沧海”的刀招，归远山便无法相比。

归远山一声惨哼，胸口竟被划出一条两寸长的刀痕，若非蔡风警觉及时，只怕这一招便已经命丧黄泉。他不由得恼羞成怒，恶向胆边生，手中的剑便若幻影一般，无畏地反切入破六韩灭魏的刀网之中。

破六韩灭魏一声冷笑，刀招一变，便像是满天的雪花浮动一般，在黑夜之中竟可以借月光让刀招变得如此凄艳，连蔡风也不禁吃了一惊。

归远山不由得一声惊呼，只觉得手中的剑被一股强大的引力吸扯过去，甚至连身体都在一个巨大的旋涡之中挣扎，身不由己地有一种沉稳得要脱力的感觉。

“左前踏一步，剑成摆尾角!”蔡风大声呼道。

归远山根本就没有想，毫不犹豫地向左踏上一步，剑正依蔡风所言回扫一个摆尾角。

“叮——”归远山一声闷哼，身形暴退，破六韩灭魏身子也一震，向后猛退两大步，那狂野诡异的刀招霎时被破去。

破六韩灭魏大怒，向蔡风吼道：“你想找死吗？本王好心救你，你反而帮他对付我。”

蔡风并不作答，只是对归远山沉声道：“我不想见到任何与破六韩拔陵有关的人，你现在不用我说也该知道怎么做了。”

归远山目中射出凌厉的杀机，想到刚才若不是蔡风的点拨，差一点便死在破六韩灭魏的刀下，而且还死得不明不白，这是何等冤枉。

“那我便先杀了你!”破六韩灭魏一声怒吼，向蔡风挥刀扑到。

“你先过闪电剑再说吧!”蔡风不屑地道，神色之间多的是嘲弄之色。

归远山自然不会让破六韩灭魏杀蔡风，因为，到这一刻他已知道，与破六韩拔陵之间再无转圜的余地，而没有蔡风他大概只会是死路一条。更何况，他怎会愿意失去练“黄门左手剑”的机会呢？他的右手只剩下四个指头，若是能练成“黄门左手剑”如此绝世剑法，虽不能说天下无敌，但列入天下高手前十位应该是没问题的，那时候，连破六韩拔陵都无须畏惧，又怎怕与之翻脸呢？

在破六韩灭魏身子刚动的刹那间，他便感到了由归远山剑上所散发出来的凌厉无匹的杀气，更杂着一阵尖厉的锐啸。

破六韩灭魏大怒，但却只得回刀相迎，竟是“怒沧海”的招式。

地上的枯草便像是被火烧一般，突然全都变得焦黄，有的竟变成了末屑散飞而出。

"剑刺左二尺五处，右脚向左侧成犄角踢出。"蔡风急忙喊道。

归远山本来不想照蔡风的意思去做，但破六韩灭魏的刀势太强，竟忍不住要对蔡风信任起来，他自然地将希望寄于蔡风的身上，便临时一改剑招，破六韩灭魏那奔涌的劲潮竟然不再与日俱增，伸剑刺在左侧二尺五的空处，右脚也跟着踢出。

"当——当——"归远山的剑竟奇迹一般地与破六韩灭魏的刀在虚空中交击，同时归远山的右脚正踹在破六韩灭魏的屁股上，只是裤管被刀气割去一块，并未伤到皮肉。

破六韩灭魏一声惨号，他想不到蔡风一句话便轻易地将他认为是杀招的招式破于无形，还吃了个暗亏，怎么不叫他惊怒无比。

蔡风对"怒沧海"的刀招了若指掌，而破六韩灭魏的刀法并未能完全领悟其中的奥妙，蔡风一看便看出了其中的破绽，再加上其功力与破六韩灭魏根本就不成比例，蔡风自然不会费吹灰之力，便点破了他的缺点。

归远山精神大振，想不到会如此轻易地便破了破六韩灭魏的刀招，还给了他一脚，心神大畅，提剑又一阵抢攻。

破六韩灭魏先机尽失，而归远山斗志大盛，竟被逼得连连后退。

"归远山，你没有时间了，只有赶快杀死他，否则你定会死的，他不会只有一个人来，若别人赶到你岂不只有死路一条?"蔡风高声呼道。

第二十五章　禅功冲穴

归远山心神一振，想到蔡风所说的话并不是空穴来风，破六韩拔陵怎肯让自己的儿子亲自冒险呢？在心神一分的时候，立刻又被破六韩灭魏扳回了先机，只杀得连连倒退。

“剑刺玄机，脚踢气海，然后由离位反刺鸠尾，踏震位，剑侧右挑中府，脚由坎位踢环跳，踏坎位，剑倒刺椎尾……”蔡风口中一轮急念。

归远山毫不犹豫地按蔡风所说的方位运剑，剑势果然大盛，且似乎招招克住破六韩灭魏的刀招，只将破六韩灭魏打得手忙脚乱，身上伤口一道道地添上。

破六韩灭魏差点没气得疯过去，真恨不得将蔡风碎成千万块，再下酒吃下去，不过归远山的攻击的确太可怕了，只让他没有半丝可以脱身之机，只恨得怒吼连连，却无可奈何。

蔡风眼角露出一丝狡黠而狠辣的笑意，口中却依然在不停地指点归远山的招式。

破六韩灭魏像是一只受伤的野兽，不停地狂号，被愤怒充塞的脑子几乎快疯掉了，出刀几乎毫无章法，如此一来，受的伤更重，几乎身上的衣衫全被割裂，皮开肉绽，鲜血几乎染满了一身。

“归远山，快杀了他，有人来了。”蔡风惊呼道。

归远山本想再多听一听蔡风所说的剑招，蔡风所说的出剑角度和整个身体与剑配合的程度是他以前从来都未曾感受到的，他自然不想放弃学习剑法的机会。不过听蔡风这般一说，扭头，果然见几道黑影向这里奔来，不由得一惊，剑式一紧，本已经乱了章法的破六韩灭魏又怎是归远山的对手，只不过两三招便已将他钉在地上，连惨叫都没有发出一声，因为归远山割断了他的咽喉。

归远山长长地吁了一口气，道："那我们赶快离开这里吧。"说着冲到蔡风的身边就要抱起蔡风跑走。

"这是逃不掉的。你以为你可以抱着我逃过他们的追击吗？我全身劲力难聚，根本就跑不动，这样跑，用不了多久，便会被他们追上的。"蔡风冷冷地道。

归远山一呆，疑问道："那怎么办？"

"你不是很懂生存之道吗？自然是杀了追兵，然后安然地走啦，只要过了桑干河，破六韩拔陵又能奈你何！"蔡风狠声道。

"你是想让我死？"归远山狠声道，目中充满了杀机，怔怔地望着蔡风那微显苍白的脸，似乎是极为愤怒。

蔡风毫无所惧地回望了一眼，冷冷地道："你没给我百日蚀骨丸的解药，想死，我都不会让你死的。"

归远山缓了口气，咬了咬牙，沉声问道："你说怎么办？"

蔡风望了望那快赶到的黑影，冷笑道："还是要我教你？还亏你痴长了几十年，不过看在我不想死的分上，又不想与破六韩拔陵合作，便教教你吧。"

归远山老脸一红，但并没有发作，他并不想与蔡风闹翻，若一个不好，蔡风指点别人杀他，依然可以办得到。更何况，他对蔡风的才智极为信任，因为蔡风想要活下去，必须与他合作，但是还不得不申明道："若是你耍我，我在死之前，绝对会把解药毁去，那你只会是死路一条。"

蔡风心中暗骂，却只是冷哼一声，道："你把耳朵伸过来，我对你讲。"

归远山无奈，只好伸过耳朵，听到蔡风说到重要之处，不由得目中充满野兽一般狠辣之色。

那几道黑影愈来愈近，归远山却伏在破六韩灭魏的身边，惊呼道："小王爷，小王爷……"

“小王爷怎么了?”几声惊呼传了过来，数道人影迅速落到归远山身边。

破六韩灭魏的眼睛瞪得很大，咽喉处一柄长剑在风中轻轻地摇晃。

血腥味很浓，浓得便像夜色。

“是谁干的?”一个老者声音之中充满了惶恐和恼恨，更多的却是无限的杀机。

“是我杀的!”蔡风的声音很平静地道。

那三条人影骤然转过身来，这才发现蔡风的存在，三人的目光像饥饿的狼眸一般，漫出幽幽鬼火般的红色。

“是破六韩拔陵派你们来杀我的吗?我对赵天武说过，对付我，我会让他后悔的。”蔡风冷厉地一笑道，身子依然盘坐不动。

归远山一声狂吼，向蔡风扑去，手中的剑像电芒一般飞射而出:“我杀了你。”

蔡风的嘴角兴出一丝冷笑。

“远山，不可!”那老者伸手一抓，竟抓住归远山的脚，拖住了他的身影，武功之强，只叫蔡风心中惊诧不已。

归远山的身子立刻怔住，怒声道:“是他杀死了小王爷，我要为小王爷报仇。”

“这之中的问题还需要查证一下，你何必如此冲动呢?”那老者冷冷地道。

蔡风不由得暗呼这老头子厉害，不由笑道:“老爷子真厉害，你叫什么名字呢?”

那老者脸色一变，怒道:“老夫宇文一道。”

“哦，原来是北六镇的第一豪客宇文老前辈，我真是失礼了。”蔡风毫不在乎地道。

“死到临头还逞口舌之利。”那旁边的两人怒道，似乎一副要杀人的架式。

“你们两个是大大的糊涂蛋，你看宇文老前辈一眼便看出这里面大有文章，你们却毫无所觉，真是不动脑子。”蔡风莫测高深地笑道，眼中闪过一丝狠毒而狡黠的光芒，却没有瞒过宇文一道的目光。

“有什么文章？你说！”宇文一道心中一阵冷笑问道。

“你知道刚才归远山为什么要杀死我吗？”蔡风意味深长地道。

归远山不由一呆，三人的目光不由得全投到归远山的脸上，却只见到归远山一脸茫然，似乎是不明白蔡风要说些什么。

宇文一道却笑了笑道：“为什么？”

“因为他想杀我灭口！”蔡风悠然道。

“我为什么要杀你灭口？”归远山像是愤怒的野狼一般嚎道。

“因为破六韩灭魏，是我们两个人一起杀死的，你当然要杀我灭口了。”蔡风冷笑道。

“你血口喷人！”归远山气得身子都快发颤道。

“远山，你冷静一些。”宇文一道淡然地拍了拍归远山的身体道。

“他胡说，我怎么会杀死小王爷呢？”归远山怒得快要发疯了，分辩道。

宇文一道也淡淡地问道：“是呀，他为什么要与你联手杀小王爷呢？”

“那还不简单。因为破六韩拔陵始终不把他当作是自己人，他毕竟是个汉人，与你们鲜卑人不是一个血统，看拓跋家族当年开立北魏之时，汉人根本不被当人看，凡是汉人都应该记住这个教训。而我也是一个汉人。更何况当初我爹放他一条生路，他自然不想再做鲜卑人的奴仆了，杀死破六韩灭魏于他并不是一件让人很难理解的事情。”蔡风狠狠地瞪了归远山一眼，目光之中似乎有些怜悯和嘲弄之意。

“你胡说八道，我杀了你！”归远山一声怒呼又要攻击，但被身边的两人挡住了。

“听他说完。”宇文一道摇了摇手漠然道，旋又转头向蔡风问道，“那他又为什么要制住你？”

“他本来要与我一起跑，可是你们赶到了，他便立刻制住我的穴道，来不及杀我便扑到破六韩灭魏的尸体边，做个样子给你看。你们来了，他自然想在我没有说出秘密前，杀我灭口喽。”蔡风装作很气恼地道。

“果然是如此？”宇文一道转身向归远山厉声问道。

“他完全是血口喷人，我只比你们早到一步，是我制住他的不错，但我绝对没有杀死小王爷，我可以对天发誓……”

“男子汉做事，敢做敢当，你真让我失望。”蔡风加油添醋地道，脸上却是一副得意非凡的神情。

宇文一道突然转身，正好捕捉到蔡风脸上那得意的笑，眼神变得无比敏锐，让蔡风的脸上笑不由得僵住了。

“你不相信我说的话？”蔡风有些惧意地问道。

宇文一道突然爆出一阵愤怒的大笑，良久才道：“你的心思倒是真的很歹毒，小小年纪却如此心狠手辣，倒是少见，只可惜你还是太嫩了一些。你的话的确很有挑拨的作用，但你的眼神和笑容太露了，你最后一句话更不该问，你怎么知道我会不相信，只是你本就是在血口喷人，才会担心别人不相信你，但这却有了画蛇添足之嫌，你只好认命吧。”

蔡风的脸色变得极为难看，惊惧地道：“你要杀我？”

“你这诡计多端的小子，留你在这个世上的确不是一件好事，但我此刻却不会杀你，要让我们大王好好地折磨你，让你求生不能，求死不得！”宇文一道声音阴狠得便像是萧瑟的北风吹过一般，蔡风禁不住打了个寒战。

“请让我去废了他。”归远山狠声道。

“那倒不用！”宇文一道淡然地道，说着便向蔡风行去，那随来的两人也向蔡风逼到。

“归远山，杀了他们！”蔡风一声暴喝。

宇文一道和那两人不由得同时扭头向归远山望去。

归远山脸上不由得露出一丝苦涩的笑容，气恼地道：“我看要把这小子的嘴巴封起来。”

宇文一道和那两人不由得有些不好意思地笑道：“这小子真是不知死活。”再扭过头来之时，却看到蔡风一丝嘲弄的笑意。

一人不由得大怒，吼道：“老子不杀你，难道不可以让你受罪吗？”说着抡拳便向蔡风击去。

“救我!”蔡风一声大吼，但却没有人理会，谁也不愿相信蔡风的话。

只有一个人相信，那便是归远山，他的剑便在蔡风呼喊的那一刹那间刺了出去。

闪电剑，果然并没有说错，一个人的名字会取错，但是他的外号是绝对不会叫错的。

闪电剑，剑似闪电!

“呀——”一声凄惨的狂嘶，撕裂了夜的宁静，像是一柄无形的刀，让所有的人都有一种毛骨悚然的感觉。

倒下去的是攻击蔡风的那名汉子，他的脑后深深地嵌入了一支要命的矢箭，一下子穿透了他的咽喉，绝对没有半丝活命的机会。

宇文一道一声闷哼，他的身子竟然躲过了归远山要命的一剑，但他的腰际也被深深割开了一道长长的血槽，这并不是能要命的一剑。

而归远山的一脚却已经重重踹在另一名汉子的腰椎。

那人一声狂嘶，竟从蔡风的身边滚了过去。

宇文一道像是一只愤怒的大熊，转身，也不顾腰间的剧痛，伸掌向归远山击去。

归远山一声冷笑，身子轻轻一旋，很轻易地躲开宇文一道这一掌。

“轰——”尘土四处乱飞，地上竟被宇文一道的掌劲击开了一个大坑，声势极为惊人。

“归远山，你好狠!”那汉子爬起身来却呕出一大口鲜血。

“我都说过他杀了破六韩灭魏你们不相信，这下子不能怪我未曾提醒你吧!”蔡风冷笑道。

那人狠狠地瞪了蔡风一眼，吼道:“我杀了你!”

“你杀了我有什么用?我只不过是一个废人，被他喂入百日蚀骨丸，又被制住穴道的人，我们应该是站在同一条战线上的人，你杀了我，只是让他更高兴罢了。”蔡风不屑地道。

那汉子不由得呆了一呆，终还是放下手来，缓步行至宇文一道的身边，狠狠地瞪着蔡风，像是一只饥饿的狼。

“你为什么要这么做?”宇文一道吸了口气冷漠得让人心里发寒。

“只因为不想你带他回去，你们虽然会相信我，但破六韩拔陵是不会相信我的。何况他说的也的确是实话，破六韩灭魏的确是死在我的剑下，他的剑，只不过是我插上去的而已，只是你们竟然会不相信他的话，这叫作悲哀。”归远山眼中满是嘲弄地道。

宇文一道不由得仰天一阵惨笑。

宇文一道的笑声很凄厉，像是鬼在哭，也像是狼在嚎。

良久，方才停歇，他无限怆然地道：“想不到活了几十年，还是上了一个小鬼的当，看来这真是命。”

归远山嘲弄地笑道：“是你太自以为是了，不可否认，他很聪明，否则怎配做蔡伤的儿子。”

“刚才那一场戏是你们俩故意合演的?”宇文一道有些沮丧地问道。

“不错，而且还是他想出来的。这只是一个教训。”归远山淡淡地道。

“我的确太小看他了，但你以为你可以杀得了我们两个?”宇文一道声音转变得极为冷厉。

“那便要问我的剑帮不帮忙了。”归远山很自信地道，手中的剑不由得斜斜地举了起来。

宇文一道神色也变得很凝重，根本顾不了伤口是否在流血，因为归远山剑上的气势已经严严地罩住了他。

“难怪你能够杀死小王爷，原来你的剑法有了这么多的进步，真的是恭喜你了。”宇文一道吸了口气道，那汉子的神色也变得同样凝重。

“是吗？多谢你看得起。”归远山禁不住有一丝得意地道。

“但是你依然看高了你自己。”宇文一道说着，袖中竟奇迹般地弹出一柄很尖利的割肉刀，身形也像一阵幽风般荡起一幕淡淡的幻影。

“梦醒九幽!”归远山一声惊呼，手中的剑却毫不放松地抖起一串放肆的绽开的剑花。

夜空之中，霎时弥漫着无与伦比强劲得让所有生命都感到憋息的杀气。

虚空里的风都变得无比阴寒，秋天竟在刹那间成了寒冬的基调。

“当!”一声轻脆的金铁交鸣之声，归远山身子禁不住轻轻地抖了一抖，他只感到由宇文一道手中传来的力道大得吓人，让他胸口闷得想要吐血。

宇文一道身子也不禁退了两步，他的腰际那道深深的长长的伤口竟有些不识时务地抽痛起来，让他禁不住后退。

归远山并没有机会反攻，因为另两杆短枪像是两条噬人的毒龙狂野地钉向他的咽喉。

是那位腰椎受了伤，内腑也被震伤了的汉子的双枪。

归远山根本就没有机会，也没有时间进行反击，他必须要挡，只是他对蔡风所说的剑法似乎又有了领悟，在挥剑切开双枪之时，身体极为溜滑地踏出一个让宇文一道攻击时有些碍手碍脚的方位，他对宇文一道的武功的确有些惊惧，若非宇文一道受了伤，恐怕在这一刻他并不能好好地活着了。

蔡风所说的剑招那攻击方法的确很精到，不过，宇文一道似乎也很可怕，他的脚竟似是预先算好了归远山的位置一般，等着他撞上来。

归远山心神不由得为之所夺，慌乱之中，竟被踢中膝盖，不由得一声惨号，身形倒翻而出，刚好避过那回撞而至的双枪。

“哼，别以为学了几招剑法便可以发狂了。”宇文一道不屑地道。

“你难道就不可以杂乱地用，或倒用?”蔡风忍不住提醒一声道。

归远山一震，立刻明白，不由得将蔡风所教的剑式错乱地用起来，果然让情形大为改观。

宇文一道那割肉刀竟然比手还灵活，整个身子便像是乱转乱旋的陀螺，但却有意想不到的威力，经常撞入归远山的剑式之中，像一根尖刺一般割开归远山的剑网，直接袭击他的身体，总会逼得归远山手忙脚乱。若非宇文一道的腰际有一道伤口，使他的灵活度大减，蔡风敢肯定归远山此时只怕已经千疮百孔了，而另外两柄愤怒的枪虽然没有割肉刀那般可怕，但仍对归远山构成极大的威胁。

归远山都急得额角冒汗了，却并未见蔡风出言相助，不由得一阵焦躁，这心神一分，便更显得忙乱。

“静心屏气，勿躁勿焦，任他风急雨猛，我根自在，管他熊熊烈火，冰心自冰，不焦不躁，无荣无辱，无物无我，便无胜无敌，无败之局始为胜之道。”蔡风看了不由得大为皱眉，忍不住出声提醒道。

归远山立刻明白蔡风的意思，心神逐渐平静，只专注于手中的剑，对宇文一道那常切入剑式之中的割肉刀竟然不闻不问，一心只催动手中的剑，依心所发。

宇文一道先是一愣，后才明白，蔡风所说却正是武学之中的精妙之所在，而归远山剑式一改，东划一剑，西划一剑，每一刻都快得难以想象，更是攻所必救之处，不由得让宇文一道和那汉子心中大惊。

“很好，我现在教你黄门左手剑之剑式，用心用神，勿为外物所动，我心自我心，我剑自我剑，敌剑乃是自我心，这样你才可能真正地练好黄门左手剑，否则，只会是伤人伤己。”蔡风沉声道。

“说吧！”归远山禁不住有些激动地道。

宇文一道心神也为之大振，蔡风若是教归远山黄门左手剑，那自己岂有生理？不由得大急，那持双枪的汉子也为之骇然。

归远山绝对不会放过对方心乱的机会，手中的剑毫不留情地信手而刺，只是此时他的心神竟然异常平静，这是他近二十年来都未曾有过的平静。平时，每一天都几乎沉浸在仇恨之中，哪能够平心静气呢？但这一刻他却能够清楚地感觉到那种宁静的实质。

“宁神之时，缓凝于剑，神聚于剑，力达十三重楼，逆贯劲气于少商穴，再转功劳入中冲穴，以小腕行剑，列缺凝劲，三冲少商转入剑身，以小拇指控剑身……”

归远山手中的剑竟然亮起一道幽莹的光芒，便若有千万点萤火在剑身上游，剑上那森寒的杀气竟成了实质的形体标射而出，信手一挥，便觉得杀气腾空，霸道无比，而剑锋回转的速度快得连归远山自己也觉得惊骇。

他根本想不到以小拇指控剑身，体内聚于列缺穴的劲气冲击剑身，竟让他自己也无法控制住剑的速度和杀伤力，每一个都像是有着一去不回的惨烈气势。

宇文一道与那名汉子只觉得归远山似乎完全变了一个人似的，便若从地狱之中蹿出来的魔神一般可怕，整个人似乎充满着使不完的能量，每一剑离他们仍有数尺远，便让他感到那欲裂衣而进的割体剑气，一时竟被打得毫无还手之力。

归远山一时打得欢快，竟然剑式信手而出，只是不能够信手而发而已，但他却发现这一生之中唯有今晚的剑最有感觉，最让他振奋莫名，甚至有一种想大大地发泄一场的感觉。

归远山打得痛快，而宇文一道及那汉子却打得极是艰难，宇文一道的“梦醒九幽”割肉刀法本是一种极为可怕的近身打法，可此刻竟完全近不了归远山的身。这对于他来说的确是苦不堪言，只能绕着归远山游斗，但是腰际的伤口鲜血已流得他觉得一阵虚弱。

那汉子的双手枪竟在突然间并成一杆长枪，以长枪疾攻，便像是在归远山面前绽开了一朵朵翻涌的浪花，对归远山的精神上竟有一种极为沉重的压力，但他却让宇文一道与那汉子也脱不开他的攻击，甚至连抽身的机会都没有。

归远山的剑式之中逐渐加强了一种极重的吸扯力量，而且越来越明显，而宇文一道与那汉子的伤势也越来越沉重，形势也越来越险。

蔡风的眼中依然闪过一丝狡黠的眼神，但却没有人能够发现，因为也没有人有这个闲情去理他。

宇文一道终于将手中的割肉刀缓了一缓，便在那一线之间，归远山的剑再一次深深地刺入他的小腹，而那汉子的长枪也在归远山的肩头擦下了一块皮肉。

宇文一道一声惨呼夹着归远山的闷哼，便酿成了蔡风充满嘲弄意味的眼神。

归远山伸手竟然一把抓住那汉子的长枪，手中的剑从宇文一道的小腹中拔出，以自己都无法控制的速度，一下子刺入那汉子的胸膛，但是归远山眼中却充满了惊惧。

“呀——呀——”两声先后而发的惨号只让暗夜之中充满了无比的萧瑟。

归远山与那汉子的身形同时向后倒跌而出。

归远山并没有算到对方长枪之中仍然有一支短枪，而他一出剑才发现根本控制不住自己身形，剑的威力自然是大得惊人，但从列缺穴冲出去的三道劲气的确大得让他难以想象，他的身子竟被剑给控制了，拖着他的身子向那截短枪上撞。甚至连扭转身子的机会都没有，他甚至无法抛开手中的剑，因为他少商穴中本由一道独自的真气通过剑把与掌心劳宫穴达成一道气桥，一时根本无法断去，这虽然可以使手将剑身握得更紧更稳，但也成了他致命的要害。

那汉子胸口被归远山的剑刺个对穿，甚至连手也插入了对方的胸膛，根本就没有一点活命的希望，不过他眼中却似乎充满了满意的笑容。

归远山的脸痛苦得几乎已经扭曲，他知道他绝对没有活命的机会，只是他到这时候还不明白为什么会这样，他的小腹被对方的那杆短枪刺个对穿，鲜血顺着枪杆缓缓地滴落在地上，他两膝不由得深重地跪在地上，眼中充满绝望的神情，苦涩地问道：“这是为什么？”声音却有些扭曲。

蔡风竟然在这个时候笑了，笑得很灿烂，竟然似乎不知道自己的生命已经与归远山挂钩了一般。

归远山不由得觉得一阵心寒，因为自己的伤，也因为蔡风的笑，那诡异得不带半丝感情的笑，便像是大雪山顶的北风那般凄寒，更让他心寒的居然是蔡风站了起来。

蔡风很优雅地站了起来，像是刚才睡了一觉似的那般恬静优雅地站了起来。

“这不可能，不可能！”归远山似乎不敢相信自己的眼睛，呆呆望着蔡风，近乎绝望地呼道。

“这个世间本来并没有什么不可能，只是你想不到而已。”蔡风声音很冷，同时也很优雅地从破六韩拔陵的咽喉拔出自己的剑，剑尖的血渍却在宇文一道的衣服上擦了擦。

“我点的是你大包、京门和期门三大要穴，控制了你足少阴肾经、足少阴胆经、足厥阴肝经，你怎么可能可以活动呢?”归远山惊骇无比地问道。

“事实是如此，我何用证明，只是你也太小看我蔡风了，凭你还不够让我装傻，你的点穴之术对付别人或许有用，但对于我来说，那便像是小孩子搔痒一般。”蔡风讥嘲地笑了笑道，又很优雅地捡回破六韩拔陵的刀，和那张掉在地上的强弩。

“你根本就不怕点穴?”归远山深深地吸了口气，脸上露出无限痛苦地问道。

“练了无相神功之人，体内的经脉可以随时错位，你的点穴手法只是一种自以为是的功夫而已。”蔡风傲然应道。

“你教我的‘黄门左手剑’也是假的?”归远山语意之中充满悲愤地问道。

蔡风笑了笑道：“我所说的黄门左手剑剑法，只不过是其中一个很初级的功法而已，也是速成之法，并没有错，只是我忘了告诉你一句口诀而已。”

“你，你真是阴险。”归远山差点想哭，他根本想不到到头来仍然被蔡风算计了，却不知道该说些什么好，什么话都似乎无法表达他心中的悲哀。

“看你帮我杀死四个大敌的分上，我不妨告诉你最后一句速成口诀吧。”蔡风淡然地向归远山望了一眼。

归远山像是做了一场噩梦一般，呆呆在那里发愣，也不知道在想些什么。

“最后一句口诀便是，凝浊气于肩膀里侧云门穴，冲破不控之时，以浊气调之，则收发由心，方为小成。”蔡风淡然一笑。

归远山却突然放声大笑起来，但却从口中咳出几口鲜血，那双本充满绝望神色的眼睛竟在刹那间再注满了无比怨毒的神色。

蔡风看到归远山手中拿着那瓶解药，不由得也放声大笑起来，笑得极为放肆，极为得意，只让归远山眼中又蒙上了一层迷茫之色。

“你笑什么？我死了，你也只有百日好活，解药你休想。”归远山咬牙切齿地道。

“我笑你还把那东西当个宝，我要是怕你毁掉解药，就根本不必与你说任何废话，把你的脑袋以最快的速度切下来，让你连动一个指头的机会都没有。”蔡风哂然一笑道。

“你，你难道不怕毒？”归远山目光有些惊疑不定地道。

“我怕，我怕得要命，但如果我根本就没有中毒，我又何必怕呢？”蔡风耸耸肩摊了摊手笑道。

“这不可能！我明明将毒丸放入你口中，看着你吞进去。”

归远山不由得呆住了，他根本就不知道该说什么，因为他看到了蔡风手中的一样东西。

那是一颗黑色的药丸，正是归远山的百日蚀骨丸，可是这一刻却出现在蔡风的手中。

“这不可能，这怎么可能……”归远山喃喃自语道，霎时整个人变得无比虚弱。

“我早说过，这个世界上没有什么不可能的事，只有人们想不到的事。我早知道你会以药物来对付我，是以我让你点穴，告诉你我想跑，你便一定会用药物来对付我。而你的确自以为很高明地来控制我，却不知道天竺有奇功叫‘蛇喉功’，可将吞下去的任何物体保护三日不化，再吐出来的功效。”

“蛇喉功，天竺国蛇喉功……”归远山像是痴呆了一般，喃喃自语道。

蔡风眼中禁不住掠过一抹悲哀，淡然地道：“其实我早就知道破六韩灭魏在那里潜伏，只是你懵然未觉，这不能怪谁，要怪只能怪你自己，你实在太自以为是了，相信你……”

“啊——”归远山一声狂叫，整个身子竟突然一蹦而起，又重重地跌在地上，那杆短枪一下子从背后穿了出来，鲜血狂喷而出。

蔡风不由得深深地叹了一口气，摇了摇头，缓缓地拾起地上的剑鞘，想了想，又将归远山手中的药瓶和怀中的一些药全都拿了出来，顺便也将破六韩灭魏几人身上的金银钱币也都摸了出来，这大概叫不要白不要了。

崔延伯的样子的确很勇猛，高壮硕大的身体只会让人想到一只大山里的人熊，那紫膛色的脸庞闪耀着机警而果断的神采，目中更是精芒内蕴。

李崇很仔细地打量了他一眼，吸了口气淡淡地问道：“速攻营之中可以提抽出多少高手？”

崔延伯目光之中闪耀出一丝狂热的厉芒，反问道：“不知元帅所需要的是哪一方面的高手，速攻营之中分护卫高手、攻击高手、潜伏高手、情报高手、偷营高手。”

“我要偷入敌营杀人！”李崇目光之中射出狠厉无比的杀机，冷然道。

“大王要刺杀破六韩拔陵？”崔延伯惊问道。

“我要杀宇文定山！”李崇断然道。

崔延伯不由得松了一口气，淡然地道：“明日我一定会让大王见到宇文定山的脑袋。”

李崇不由得再一次望了望崔延伯那自信的眼神，很满意地点了点头道：“很好，我相信你会办得很好。”

蔡风的步子变得很轻松，夜风竟让他有一种脱离尘世的感觉，那种无与伦比的宁静，的确给人一种脱离尘世的享受。

杀了人之后的感觉并不是很好，但这却是一种非常无奈的事，是谁也无法改变的事实，要怪只能怪这个世界太残酷。

白天，蔡风已经差点把黄胆都吐了出来，连那吃的美味可口的鱼，那是因为他似乎总摆脱不了血腥的纠缠。

战争的确是一件极为可怕的事情，蔡风这才明白为什么他父亲如此厌恶战争，那并不是某一个人的力量可以决定的事情，便是你功力通天，到了那种残酷的场合之中，根本就不再是一个人的局面，千军万马之中谁也不敢说谁真的能够活得下来。

蔡风此刻最想做的事情便是回到阳邑去享受那种自由自在的猎人生活，那是一种无法比拟的清闲。

天上的月辉仍然很淡，稀稀朗朗的几颗星星点缀着空寂的天空，月亮背后的那淡蓝色天空竟有着一种让人向往的神秘。

蔡风想到的却是元叶媚的那个问题，天外会是怎样一个世界？天外有什么？而自己到底属于哪一种人呢？这的确是一个谁也无法回答的问题。

蔡风回答不出，但蔡风却在想元叶媚，不知道她现在怎么样了。想到她那种无奈的眼神，蔡风不由得长长地叹了一口气。他不知道为什么总忘不了那份割不断的牵恋，他甚至不知道那是否便叫作爱。

想到爱，蔡风禁不住苦涩地笑了笑。爱是什么东西？爱有什么好？他真的有些弄不懂，或许破六韩拔陵说得对，他还是一个并未长大的孩子而已。

“蔡兄弟不会有事的，以他的功夫天下已经没有几个人可以留得住他。”高欢不由得安慰众人道。

“但是在千军万马之中决不像是江湖决斗。”尉景不无焦虑地道。

“我们不该把蔡兄弟引入军中，若是蔡兄弟有个三长两短，我们真不知道该如何向蔡伤老爷子交代了。”彭乐也不由得急得直搔头道。

“大哥急也没用，蔡公子如此武功，若是有个不测，蔡老爷子也定会明理的。而高大哥说的也是，吉人自有天相，蔡公子的武功，天下之间恐怕没有几人可以留得住他。”张亮不由得出言道。

“我也知道，但我听说破六韩拔陵的刀法似乎极为可怕，只能用深不可测来评定，有人甚至传说破六韩拔陵的刀法并不比蔡老爷子差，若是蔡兄弟遇上破六韩拔陵那就很难说了。”彭乐不无忧虑地道。

“若是遇上破六韩拔陵，那更好说了，相信破六韩拔陵不敢不买蔡老爷子一个面子，那样蔡公子岂不就更无惊险了。”达奚武应声道。

“嘘!”高欢机警地一竖手指作了个噤声之状，众人立刻明白，立刻改换了一个话题。

一阵急促的脚步声传了过来，却是解律全走了过来。

“大家立刻准备好自己的家伙，今晚可能有特别行动。”解律全提醒道。

“什么特殊行动?”高欢等人似并不把解律全当外人看待，很亲切也很随便地问道。

解律全似乎对高欢也特别有好感，神秘地一笑道：“今晚可能要去偷入敌营割下内奸的脑袋。”

“内奸?”众人不由得齐声惊问道。

“不错，崔大将军的惨败是因为内奸的里应外合，才会败得如此惨。”解律全不无感叹地道。

“谁是内奸?”张亮不由得奇问道。

“我也不知道，不过崔大将军一回营，便被元帅看住了。”解律全低声道。

又一阵脚步声惊断了众人的议论。

“崔延伯将军传第七队全体兄弟速去将军营，有紧急行动要办。”一个壮汉沉声道。

众人不由得相视望了一眼，没想到任务这么快便来了。

“好，我们马上便到。”解律全沉声道。

蔡风心神突然跳了一跳，他耳内竟捕捉到一阵急促的马蹄声向他这个方向疾奔而至。

如此深夜居然还会有劲骑行动，蔡风的心神不由得揪了起来，身形也迅速潜入一丛草堆。

“汪汪……”竟是一群猎犬的狂吠。

蔡风心中暗叫糟糕，要想在黑夜里躲过义军的追捕，那还不是难事，但是要想躲过猎狗的鼻子却是极为困难的事，而此刻身边又无避狗的药物，恐怕只有硬拼一途了。

狗吠之声越来越近，蔡风的心也越揪越紧，敌方似乎有十几骑。

蔡风抬眼一望，从不远处的一株不是很粗壮的树旁望了出去，一阵风却吹下一片落叶。

蔡风不由得心头一动，计上心来……

十数骑很快就赶到，那猎狗一阵狂吠由树下响起，却是对着那草堆。

蔡风在树枝之上，却见得那十几个人都极为紧张，脸色都极为阴沉，却只距树数丈远便停了下来。

狗依然在狂吠，那一群人手中的弓弦已经绷得很紧，似乎随时都有可能放箭。

“蔡风，你逃不掉的，我知道你躲在树上，再不出来我可就要放箭了。”一人沉声喊道。

但这时候那草丛之中却传来一声闷哼，一个重物竟将草枝撞动了。

那些人的目光刹那间全都转移到那草丛之中，手中的箭很自然地一起离弦，飞也似的向那草丛之中飙射而去，但他们却呆住了。

箭是全都撞到了重物之上，不过却发出一阵清脆的破物敲击声，还激起了一溜火花，他们射中的竟是一块大石头，还有一根绳子牵着，当他们发现这根绳子的时候，似乎一切都有些迟。

是因为蔡风射出的箭，蔡风手中的箭是以他自己都感到有些骄傲的四箭连珠的手法射出，只在一刹那间便射出四箭。

当那四声惨叫传入蔡风的耳朵时，有人发现蔡风是在只距他们不到一丈远的虚空之中，而且还有一张旋转成一道强劲旋风的大弓拖起一阵十分凄厉的锐啸。

当他再回味时，已经来不及了，那张大弓已经将他的脸撞开，只差没变成两半。

“呀！呀！”竟又是两声惊心动魄的惨叫，让所有马儿都有些受惊的慌乱。

这一声自然是那脸被撞开之人的声音，他的惨叫也像他那破碎的脸一般不成格调，而另一声惨叫却是出自另一名正准备攻击的汉子，他的心脏外表皮之上，深深地嵌入了一支八寸长的矢箭，只不知是否已经钉穿了他的心脏，不过他已经倒下了马背。

这一切只是在电光火石之间便发生了，谁也估不到蔡风竟然会有如此快的速度，如此狠辣的杀招，只可惜当他们发现后已经损失了六位战士。

这些人并没有归远山、宇文一道那种武功，但这些人的手底下也不错，无一不是身经百战精锐的战士。还有六人，对蔡风来说，不能不算是一个威胁，因为蔡风本身伤势并没有好，否则，他也无须躲在树上。

最先迎上蔡风的是一位身子很高的汉子，高得便像是挂衣服的倒钩，他的长斩马刀很快便像是流星赶月一般。

但他斩空了，蔡风就像条滑溜的鱼一般，左脚尖刚一沾一匹马的马背，竟奇迹般地由马背上迅速翻落马下。

动作是怪极，不仅惊动了马群，也打乱了所有人的视线，越出所有人的计算。

“啪!”“呀!”一声惨叫竟又传了过来。

蔡风又突然从另一匹马的马腹之下蹿了出来，便像他以最快的速度由马背滑落而下一样怪异，根本没有人想得到蔡风竟会有如此的利落的动作，只在由马背上滑落下去的那一瞬间，竟抓住了另一匹马的马镫，而摔下去的身体几乎是横蹿于那匹马的马腹。只是所有人的目光，只是紧对着蔡风滑下去的那匹马，并没有注意到蔡风竟从两匹马之间，别人视线的死角换位，使得他这突如其来的一招偷袭竟然成功。

“希聿聿!”战马不由得一阵骚动，狂嘶起来，猎狗狂吠如雷，却并没有一只敢加入战圈，蔡风身形并没有在任何马背上停留的意思，整个人便像是秋风中的猎鹰，贴着马背向一名敌方战士疾攻而至。

刀法快狠无比，看起来并没有受过伤的痕迹，杀气浓得连战马的皮肉都悚了一下。

“当!”一声暴响，那人被蔡风的刀劲一逼，没来由地在马背上一阵摇晃，蔡风的身子也由马背上再次滑落，刚好避过由身后射来的两支劲箭。

当人们再次看到蔡风的时候，却先看到了一支若电芒一般的矢箭，像是黑暗中的幽灵一般，钻入一名正待开弓之人的咽喉，再看到的便是一张强弩弩身，带着锐啸，将一根弓弦切断，并在对方的脸上划开一道血槽。

虚空之中，存在的便只是那两声长长惨惨的厉呼，然后蔡风的身子便出现在马背之上。

“叮……叮……”蔡风的刀很轻巧地截开两支横射而至的劲箭，马身也在此时冲了出去。

第二十六章　鲜于家族

蔡风身子一颤，也随马身子波动了一下，左手却信手甩出几支矢箭。

黑暗之中，蔡风认位极准，又是在数匹战马都极混乱之时，当那几人发现矢箭之时已经是距离极近了，慌忙全向马腹下一钻，却仍然不免擦破了一块皮肉，痛得一声低呼。

蔡风一声得意的低啸，再反手甩出钩索，准确无比地抓住那尸体身上的一张大弓，反拖而回，才策马冲入黑暗之中。

那些猎狗狂吠，却没有得到主人的命令，不敢追，当那仅剩的三名战士翻身上马背之时，蔡风身子已经融入黑暗之中，唯有马蹄之声渐传渐远，不禁让他们有些发呆。只这么一刹那间，战局便如此快地结束了，而且己方伤亡是如此惨重，几乎让人有些难以想象，事前谁也估不到蔡风会如此狂野，如此凶悍。

“呜——呜——……”一声凄厉的号角之声响彻了原野，夜空似乎也全都为之震动。

蔡风心中一惊，他自然也听到了这号角之声，不由得一夹马腹，加快马速向南疾驶，此刻，他只觉得整个身心似乎极为轻松，因为他知道，再用不了多长时间他便能够抵达桑干河畔，那时候大概会让破六韩拔陵的骑兵无用武之地了。他很有信心，一口气潜过桑干河，而在桑干河的另一岸已再不是破六韩拔陵势力所及之地。

这一段路也真够惊心动魄的了，他真有些不明白，为什么破六韩拔陵如此重视一个初出道的小人物，还要派出如此多的高手和手下来擒他，甚至连自己的儿子都派了出来，隐约之中总觉得破六韩拔陵与他儿子之间有一种很难明断的关系。不过这大概也用不了多久便可以澄清。

蔡风心头有一种想笑的感觉，那是因为破六韩拔陵为了他却损失了如此多的好手，甚至连儿子的命也给赔上了，的确是一种悲哀，至少对破六韩拔陵来说是一种悲哀。不过，这也是无可奈何的事情，这本是一个谁够狠，谁便可以活下去的世道，绝对没有半丝仁慈可以讲，蔡风是个猎人，猎人自然知道生存的原则是什么，也比任何人更懂生存之道，那是向大自然向野兽学的本领。

蔡风本来心情比较好，可是突然之间，他的心又开始发寒了，原因是因为他见到了很不想见到的东西，也是任何逃命的人都不想见到的事物。

任何逃命之人最不想见到的自然是狙击者，但很不幸，蔡风居然见到的正是狙击者，不是一个，而是一排，一排列得很整齐的劲骑，从蔡风这个角度看上去，至少这些人都称得上是劲骑，单看那立于秋风之中，夜幕之下挺直的身影，便没有人敢怀疑这些人是一支劲骑。

只让人感受那种逼人的杀气，便不会有人怀疑这些人那可怕的杀伤力，是以蔡风的马停住了前行的蹄子，一声低嘶，似是说出了蔡风心中的苦涩和无奈。

夜，肃静得像是森罗殿！

风，也没有秋风应有的缓和，塞北的秋风或许是要早一些让人感到寒意。

地上的草，在夜里看不到色调，只能让人感觉到似乎露水很重，树叶翻飞的声音自然少不了，秋虫也有很疯狂的嘶鸣的。

秋夜，战云密布之地的秋夜，战意极浓，至少宿在山陵之顶的战营，战意便极浓。

这是破六韩拔陵的战营，只不过破六韩拔陵并不在此，主营的却是在破六韩拔陵手下，身份仅次于卫可孤的赵天武。

这种战局其实是极为可怕的，卫可孤与赵天武几乎成楔角之势进击阳高和大同。

谁也不知道他们会突然选择哪一个地方进攻，破六韩拔陵的骑兵对于官兵来说，简直像是可怕的魔鬼，便是此刻也是如此。

都知道这山陵之上有赵天武的骑兵营，他们可以在一刹那间若洪水一般涌下山头，让人感觉到可怕的并不是如此，那是谁也不知道赵天武将战斗的主力藏在了哪里。那么多的探子居然无法探出哪里藏了这一批可怕的骑兵，似乎这潜匿的骑兵可以在任何一刻之中出现在任何一个人都意想不到的位置，给人以致命的一击一般，这也正是李崇不敢轻举妄动的原因。不知道敌人虚实，贸然而出，只会徒遭败绩。不过，李崇并没有放弃对敌人的打击，至少这一刻他没有放弃。

在那山陵的不远处，竟出现了一批很神秘也很利落的人。

没有骑马，但谁也不能否认，这一帮人行动的迅速。

借着黑夜的掩护，借着地形的便利，居然很巧妙地躲开了那些安排在哨口的眼线，便像是一只只深山之中的灵猫，不仅仅是独个行动利落得可怕，整体的配合，竟也有着一种难以表述的默契。

他们正是解律全这一队速攻营的战士，由高欢诸人所组成，加上太行七虎，另外十几人无一不是高手，速攻营第七分队正是速攻营之中的最精华之旅，至少到目前是这样。

他们的目的便是割下一个人的脑袋，那人便是宇文定山，一个官兵中的奸细，所以李崇决定要杀一儆百，要告诉所有做破六韩拔陵内应的人，绝对没有好的下场。

李崇的侦骑虽然未曾探出赵天武将那主攻力量的骑兵藏在哪里，但要查出宇文定山的位置在哪里，却并不是一件很难的事，至少这一次并不很难。

赵天武所设的岗哨都极密，当高欢诸人抵达山陵之下时，便已经发现了十几处暗哨，这山陵极为起伏，连想用火攻都不可能达成，那样子根本就像是在浪费精力。

高欢诸人并不想浪费任何精力，谁都知道，在这种游戏之中，唯有生与死的角逐。

高欢诸人没有放火，但却有人放，就在高欢从这边的小山道潜上山之时，后山居然起火了，烧的自然是敌方的营帐，这一切似乎早已经在高欢诸人的意料之中。

蔡风静坐于马背，目光之中射出一丝淡漠的苦涩。

双方都没有动，但谁都知道无论谁一动，都是极为惨烈的。

隐约之中，蔡风已经敏感地觉察到，对方所有的弓弦之上都已搭好了箭，这一刻他也就明白了那号角声的意思，他真有些后悔没能将那剩下的三个人干掉。不过，这或许便是命。

火光霎时亮起，燃亮了蔡风与那一排劲骑之间的距离，也烧死了蔡风心底的那丝侥幸。

这段距离并不是很远，每一支箭在这种范围之中至少可以洞穿马的脖子，对于人来说，自然也不是一个很难洞穿的事物。

蔡风不敢动，在他的感觉之中，只要他动一个指头，便会至少有两支劲箭穿入他的身体，绝对不是夸张。

蔡风心头很苦涩，他甚至有些后悔不该如此早便离开那座小山，若是再静养两天，伤势自然可以好上一大半，那便不会像这样毫无感觉地进入对方的包围仍无所察觉。

蔡风打量了那一排静立的劲旅一眼，只发现每个人的眸子像狼一般凶狠、阴冷，看蔡风便像是在注视着一件死物。

“你们辛苦了，这么大半夜的，劳你们在这里苦候了如此之久，真是不好意思。”蔡风身子并不敢稍动，却开口很苦涩地笑了笑道。

那些人的神情依然冷极，但却掩饰不住目光中那一丝淡淡的惊诧，似乎是想不到一个快要死的仍能够如此轻松地说笑。

“你好像并不知道你快要死了。”一个相貌极为勇悍的汉子冷冷地应了一声道。

蔡风无可奈何地耸了耸肩，苦笑道：“就是因为我知道我快要死了，才想多说一些话，否则，死了便没有此等享受了。”

“哦！”那汉子似乎对蔡风的回答极为讶然，不由露出一丝残酷的冷笑道：“你倒很会服侍自己哟，只可惜你不该闯过了前面所有的关口，否则的话，你仍然会有生机。”

“我可以动一动吗？”蔡风毫不在意地道。

这句话竟连那数十名箭手都感到讶异，他们的确没有想到，世间会有人如此面对生死。

“没有谁绑住了你的手和脚。”那人冷冷地道。

“但是我怕只动一个指头，便被射成了刺猬。我可不想这么快便死，至少得让我看一看这美丽的天空，是吗？”蔡风苦笑道。

“你杀死了前面所有的人？”那汉子沉声问道。

“这话奇怪了，若是我杀死了前面所有的人，又会有谁吹号角，告诉你，我已经过了关呢！”说着，不由得一叹，又道，“我到真希望能把前面几组人马全都放倒，那样逃命的机会岂不就更大了！”

“你果然没叫我失望！”那汉子似乎有些欣赏地淡然笑道。

“北魏第一刀的儿子绝对不会让任何人失望的，否则，我只怕要在豆腐上撞死。”蔡风无可奈何，却依然充满自信地道。

“你的确很狂，难怪大王会如此看重你这个人物，却不想如此年轻便如此厉害。只可惜，你锋芒太露了，这种人是不会有好下场的。”那汉子冷然道。

“我也知道这一点，只是，我总忍不住要露出一点锋芒，这也是命，无可奈何。”蔡风耸耸肩，摊了摊手，作出一个很无奈的样子道。

“你为什么不看看夜空？你不是觉得应该看看美丽的夜空吗？”那汉子

语意中也有一丝残忍的意味。

“你这么快就要杀我了?”蔡风脸色禁不住有些黯然地道。

“留着你，对谁都不会有很大好处的，所以你只能尽快离开这个世界。你看看天空，看看哪颗星应该是你的归宿，到时候不要跑错了位置便行了。”那汉子毫无感情地道。

蔡风心中暗叹，知道这次的确是无处可走了，甚至连向回跑都是不可能的事情，只要对方手中的箭稍稍一松，便是不死，也绝对逃不过第二轮箭的攻击，不由得有些绝望得想哭的情绪在心头升起，禁不住长长地一声叹息，抬头仰望那深邃莫测的天空。

风吹得很缓，却掩饰不住秋天的肃杀，那浓烈得如酒的杀意荡漾在风中，却构成了一种异样的惨烈。

月亮依然没有圆，是快圆了，剩下那半边的光辉洒向漫天的凄迷，几颗稀稀朗朗的星，乱糟糟缀在看起来似乎呈淡灰色的天幕之上，几片灰白色的轻云微拢着那迷茫的月亮，显得那般深邃，那般沉重。

死亡，似乎像月亮那般遥远，又似乎像秋风那般真实，说不明白，已说不清楚。

蔡风立成一尊沉重的塑像，像一颗孤星一般独守着一片天空，脑子之中却涌起了无数思绪，每一段往事，都是那般精彩，都是那么动人，每一件事情又显得那般美好。

一个明知道要死的人，偏偏身上注满了活力，是一种悲哀，是一种痛苦，也是一种无奈。因此，蔡风再一次叹了一口气，说不出是惆怅，说不出是迷茫还是一种遗憾。

是啊，世界上的一切都是那般美好，那般完美，包括秋风，那凉得让蔡风忍不住抖了一下的秋风，那在地上打着旋的枯叶，那死寂的天幕，都是那般动人，那般让人留恋。只是有多少人读懂了这之中的温柔，这之中的意境呢?有多少人体悟过这之中的情趣呢?

蔡风不由得想起了那囚于石室之下的了愿，想起了了愿的话。是啊，红尘净土在何方？净土不在西天，净土不在世间的任何一个地方，而是在每一个人的心中。每一个人的心中都有一片净土，只是没有人去发掘而已，没有人去感悟，或许有，却没有多少人真正的意识到这片净土存在于何处。

想到了了愿，自然便想到了慧远的那块圣舍利。慧远能悟通天道，能感悟般若，那便是因为他发掘出了心中那块净土存在的意义，存在的价值。人心之中都有净土，净土乃是绝对不受任何世俗污染的，那便是自然，也即是天意，蔡风隐隐约约地感受到那块圣舍利的意义，却怎么也说不清楚，或许，这只是一种很神秘的体悟，一种不可以言传的体悟，但，蔡风的心神却变得极为平静，像是一位修道的高僧，没有半丝表情的波动。

既然一切都是无可避免的，何不坦然接受？

缓缓地收回目光，蔡风极为平静地盯着那一排随时都可以将他射成一只大刺猬的劲箭，淡然一笑，便像是一池被风吹皱的湖水，那般优雅和生动。

所有的人都禁不住有些发呆了，若说这像是一个明知道便要死去之人的表现，的确很难叫人相信，但事实却是如此。

蔡风笑了，笑得那般自然，那般轻松，像是解脱了所有尘世间的琐事，抛开了一切，那种毫无牵挂的坦然。不仅如此，还让所有活着的人都有一种累的感觉，很清晰，很清晰，似乎蔡风那淡然地一笑，有一种很深的讥嘲之意，所有的人都不由得有些惊愕，也有一些不解。

“你笑什么？”那汉子似乎对蔡风这恬静得很异常的笑极为不解，忍不住先问道。

“我笑人世如梦，我笑世人都痴，我笑天地无情，我笑世态炎凉，我笑所有一切该笑的东西，我笑一切不该笑的东西，其实，我也没笑什么！”蔡风很淡然，很优雅，很平静，很坦然地道，那双本来还注满悲哀的眸子，在这一刻，竟然变得清澈如水，深邃若遥遥的星空，竟有一种让人生出敬意的神调。

那些骑士再一次呆了一呆，蔡风的答话似隐含着一层很深的禅意，而蔡风语调平静，几乎让人会想到，这是一个怎样也无法取他生命的人，这是一种极为奇怪的感觉，却又着实存在的。

“的确与众不同，只可惜你已经没有别的路可以选择。”那汉子声音极为冷酷地道。

蔡风淡然一笑，缓缓闭上眼睛，轻柔得像是做梦一般道：“来吧！”

那匹战马似乎是因为蔡风的平静也变得很安静，那本身的躁动，也全以温驯所代，轻轻地低嘶了一声。

夜静得可怕，听得到心跳，甚至连败叶翻飞的声音也是那般清晰生动。

蔡风的心依然很平静，平静得像是一湖秋水，没有半丝波纹。

没有人想死，蔡风也不想，但这一切假装都是已成定局，只是很多人都不想坐以待毙，蔡风更没有这种习惯，只是，他更明白惊慌会使生存的机会更少，所以他镇定、平静，也只有在最镇定的状态之中，所作的反应才是最快的，所作的动作才是最有效的。

“放箭！”这要命的一句话终于划破了夜空，便像是一柄薄刀划过蔡风的心弦。

“嗖……”一串疾弦的嘶鸣刚刚响起，蔡风的身子便一下子翻落马下，却是由马股之后滑下，两只脚却是点在马鞍之上，身形便若穿波的春燕，贴地倒射而出。

“呀——”一声惨叫划破长空。蔡风的眼睛突然睁了开来，便因为这一声惨叫。

战马并没有发出嘶鸣和惨叫，也并没有一支箭落在蔡风刚才立身的地方。

蔡风没有死，而是缓缓地站了起来。他手中的大弓也正要拉开，但手中的箭却并没有射出去，因为一切的变化实在大出他的意料。

那一队劲旅的所有箭，全都毫无保留地射了出去，但目标并不是蔡风，而是那下令放箭的汉子。

本来蔡风在想自己被射成刺猬会是什么样子，而这一刻他却清清楚楚地看到了一只巨大的刺猬从那马背上滑落，使他不禁变得有些茫然，不知道这究竟是怎么一回事。

“蔡公子受惊了!”一阵爽朗的大笑之后，站出一位黑甲的骑士很客气地道。

蔡风望了望自己的战马，又望了望那粗犷豪放又充盈着一种精明之感的中年人一眼，冷冷地问道：“你是什么人？为什么要这样？”

那人淡然一笑道：“我叫杜洛周，和你师叔葛荣乃是好朋友。”

蔡风心头一松，恍然道：“原来是杜前辈，我多次听我师叔提过，只是一直无缘相见，却想不到会是在这种场合下见面，真是巧极!”说着缓缓松下大弓，只向那一旁神色极为阴冷的骑士望了一眼。

“是吗？我也曾听葛兄提过有你这么一个神勇无匹、聪明精灵的师侄，今日一见果然名不虚传，让我对葛兄又多了三分惊羡啦!”杜洛周很有风度地笑了笑道。

蔡风心中暗欢，自然是因为可以捡回一条命，因为他的确听说过杜洛周这个人，听他师叔谈这个人时，说他极讲义气，若真是如此，当然这条小命便捡了回去喽，不禁大为感激而又担扰道：“今日杜前辈如此做，怎么向你们大王交代呢？这样岂不是因我而害了你和这些兄弟吗？”

杜洛周从马上轻轻地跃下，毫不在乎地笑道：“这一点小事若都摆不平，怎么配做葛兄的朋友呢？不过却要蔡公子将我们大王手中的刀还给我带给大王，这件事情便根本不成问题，你放心好了。”

蔡风一愕，想不到对方居然说得如此轻松自然，不过心中也稍为安心，只是犹有些惊疑地望了望那些神情冷漠的骑士。

杜洛周似乎知道蔡风所想，不由安然笑道：“这些人都是我的亲信，也是我的朋友，绝对不会有什么不妥，你放心好了。”说着向那一排散开微呈扇形包围的骑士一挥手，那些人立刻便向两旁散开，整齐地列成两队，动作之利落和撤退的整齐真叫蔡风大为惊叹。

“有如此劲旅的确可怕，难怪官兵只有吃败的分了，这些并不是偶然。”蔡风赞道。

杜洛周微微有些得意地道：“我们生下来便会在马背上度日，又岂是那些官兵可以相比的？不过若遇上了蔡公子这般人物，这些似乎都变得毫无用处了。”

蔡风不禁哑然失笑道：“我差点没被你这支劲旅给吓死。”

杜洛周禁不住大笑道：“刚才那种局势下你仍能使心中静如止水，反应之机敏快捷的确是极为罕见。更难得的却是你如此年轻，便有如此成就，便不能不叫人惊叹了，这真是虎父无犬子。”

“杜前辈过奖了！这柄刀由杜前辈带给你们大王吧。不过，他肯定会将我恨之入骨，只是这也是没办法的事，战场上，谁也无法控制自己不去杀人，杜前辈的恩情蔡风会铭记在心的，只希望将来不要在敌我双方的战场上见便好了。”蔡风很平静地道。

“那是以后的事，谁也不必想得那么远，到时候再说吧！”杜洛周毫不在意地道。

“也对，现在说出来的确让人费脑筋，更何况我现在已经不大想去上战场上。杜前辈今日之恩，我只有他日再寻机来报了。”蔡风爽朗地抱拳道。

“蔡公子请便，前途之路已无埋伏，再有数里地便可以赶到桑干河畔，蔡公子放心去吧。”杜洛周很缓和地道。

蔡风心中这才真的一宽，抱了一拳，不再言语，迅速翻身跃上马背，一声低啸，策马从两队劲骑列开的信道之间穿行而过。

山陵之上的夜似乎突然被火烧沸了，那些人也似乎全都从梦中惊醒了过来，甚至连山下那些暗哨也都惊动了。

高欢诸人极为利落地上得山顶营帐，他们是追随在一队赶去救火的义军之后。

速攻营无论做任何事情都会事先将一切准备工作做好，因此，只要速攻营出马便很少有什么事情做不好的。

这次速攻营出击之前，早已经为他们提供了义军的服饰，而在黑夜之中，在慌乱之中，谁也未曾仔细注意对方的身份，更何况这偌大的营地，谁又能够将所有人都记清。

“你们迅速去探查一下是谁放的火！”一名看上去极为勇猛的汉子，有些气急地狠声道。

高欢望了那人一眼，以极纯的北镇鲜卑话应了一声，领着解律全诸人立刻离去，那人便不会疑有其他，因为这次起义之人多是六镇之人，而高欢的口音又是地道的怀朔口音，这些人自然不会怀疑。

“咱们分头找，以半炷香时间为限，若未完成任务，也必须立刻撤离！”解律全沉声吩咐道。

“好！我们便分两路！”高欢果决地应道，同时领着尉景与太行七虎诸人向并未起火的一头奔去。

“干什么，慌里慌张的？”一人截住高欢沉声问道。

高欢微微打量了对方一眼，装作惊慌地道：“不好了，大营起火了，火势正顺山道蔓延！”

“你向这里来干什么？为什么还不去救……呜……”那人一声低低的惨哼，竟被张亮捂住嘴，张亮的膝盖刚好一下子顶在他的小腹之上。

彭乐向达奚武打了个眼色，达奚武立刻由怀中掏出一条极小的金蛇，在那汉子眼前晃了一晃，似是要放入对方的鼻孔之中一般，那人差点没有骇得晕过去。

高欢诸人迅速移身暗处，沉声问道：“宇文定山住在哪个帐中，快说，否则这条小蛇便会由你的鼻孔钻进去。”

那人眼中充满无限的惊惧，似想挣扎，却怎样也不能动弹半分。

张亮将手稍松，低叱道：“老实说，有半句假话，你将会求生不能求死不得。”

“有……呜……”那人刚想喊，却被高欢一脚踢在下巴之上，发出一声低而惨的闷呼，一下子仰倒在张亮的怀中。

达奚武狠辣的一笑，对着小金蛇吹了口气，将蛇头放入那人的鼻孔，蛇身子拼命地扭曲，向那汉子的体内钻去。

“说不说?”高欢冷厉地低声道。

那冰冷的蛇身子只让那汉子心胆俱裂，却是想死不能，却不得不痛苦地连连点头，那种剜心的感觉早让他精神全都崩溃，哪里还敢反抗。

达奚武收回小金蛇，张亮这次再松开他的嘴巴，冷冷地盯着那汉子的眼睛，便像是完全可以洞穿对方的心事一般，看入对方的心底。

蔡风已经可以清楚地听到流水的声音，在秋风之中，那种感觉特别清晰，也特别欢快，想这一天两夜之间那些险死还生的苦难经历，蔡风竟像有一种回家的感觉，那般温馨自然，亲切和欢快，整个心神都快飞了起来，那种感觉便像是再生一般。

蔡风禁不住一声低低地欢呼，夹马飞驰。

“唏——”战马一声悲嘶，整个马身竟向地面之下陷去。

蔡风一惊，身子便像是灵燕一般，向后飞掠，落地之时，战马已完全沉入地面，发出一声长长的悲鸣。

蔡风身形疾掠，向河边奔去，他不知道是谁在此挖的陷马坑，但很有可能是对付他的，而他此时不宜与人交手，更不想节外生枝，虽然心中极为悲怒，杜洛周也曾说过这里并没有埋伏，可惜事实却是相反。

蔡风想到河边，但是他有些失望了，因为他见到了三道似幽灵般的身影由河畔的草丛之中挺了出来，那般突兀。

蔡风并没有迅疾开弓，他很想开弓，但他却清楚地感觉到，那似乎是在浪费箭矢，这是一种很清晰的感觉，因此，蔡风并没有出箭，甚至连脚步都停了下来。

“蔡公子你好!”那人竟用比较生硬的汉语很平静地唤了一声。

蔡风目光冷得像冰芒，并不应声，淡然地盯着那三道身影，便像是在看三匹随时都有可能发起攻击的猛兽。

火光微闪，其中一人已燃起了一支火把。

蔡风心中却暗暗吃了一惊，因为他认出一个人的眼神，那道锋利的眼神在蔡风见过的人当中，并没有很多，眼前的那满面红光的老者，正是其中的一个，蔡风不由得暗自打量了对方的脚，口中淡淡地应道：“若有人把你杀上两刀或当你是一只野狗进行围截，你说是不是很好呢?”

那说话的满面粗犷之色的汉子望了望蔡风满脸气恼的神色，不禁哑然失笑地摇了摇头，道：“那的确不是一件好事。”

“那你又为何要说我好?”蔡风似乎极为恼怒地问道，目光之中充满了敌意。

“这是你们汉人所说的礼仪，我的名字叫修礼，不得不修汉人礼仪，因此才有此问。”那汉子用生硬的汉语解释道。

蔡风不禁一愣，又好气又好笑地道：“若是有叫学苟，他是不是要学着狗去吃大便呢?”

那三人脸色微微一变，却也不由得不知该如何回答。

蔡风又道：“那么你们三个人之中谁叫挖坑，谁叫害马呢?”

三人的脸色再变，那叫修礼的汉子冷冷地道：“没有人叫挖坑，也没有人叫害马，我叫鲜于修礼，没有一个陷马坑，只是迫不得已的手段而已，若有不是，我愿在事后向蔡公子道歉。”

“你叫威鱼修理?怎么取如此怪的名字，叫个死鱼葬礼不是更有趣吗?”蔡风怒意不减地嘲讽道，他本来那股还得自由的欢喜，在这一刹那竟被完全破坏，怎么不叫他恼恨。

鲜于修礼脸上怒意数闪，而他身后的红面老者却有些把持不住地吼道：“你的嘴巴放干净一些。”鲜于修礼却一把制住他，依然平静地道：“我留下蔡公子只是想向你借一点东西而已。”

蔡风一愣，反唇相讥道：“有你这种借东西的方法吗？若每一个借东西的人都像你一般，这个世上还有谁敢借东西给别人？便是想借给你也变得毫无兴趣了。你快些让开，我没有兴趣给你借。”蔡风的神情极为坚决。

“蔡公子不要让我为难，鲜于修礼并不想与你为敌，也不想多一个你这般的敌人。只是这东西非借不可，咱们不若打个商量如何？”鲜于修礼一改语气缓和地吸了口气道。

蔡风心知对方是想借什么，也知道若是没有答复的话，对方绝对不肯善罢甘休，于是装作没好气地问道：“你们想借什么东西？有屁快放，看看我有没有。”

鲜于修礼并不为所动，淡然一笑，缓缓地踱了几步道：“若是蔡公子没有，我自然不会来借。”

“要借什么东西，何必如此婆婆妈妈，像个女人似的这么难说，我可没有什么时间陪你闲聊，我还从来都未见过有你这般借东西的，真是弄不懂。”蔡风不耐烦地道。

“我想借圣舍利！”鲜于修礼突然紧盯着蔡风的眼睛破口而出道。

蔡风早就知道鲜于修礼会如此说，哪里还受其气势所逼，甚至根本就不在意对方的逼视，装作不明白地反问道：“圣舍利？什么圣舍利？那是个什么东西？”

“你不必装糊涂，我们是查清楚了才会来找你，你骗得了别人却骗不过我！”那红面老者愤然道。

蔡风斜瞄了那老者一眼，冷笑道：“什么装糊涂？我为什么要骗你？便算是骗你又如何？”

“你……”那老者脾气似乎极为暴烈，便想动手，却被鲜于修礼拦住，吸了口气道：“蔡公子给我圣舍利，并不是白给，我可以用东西与你交换。”

蔡风不由得冷冷一笑道：“只可惜我的确是没有什么劳什子圣舍利，否则我也不必否认。”

“你是不换喽?”那红面老者怒问道。

“不换又怎样？我早把它给吃掉化成大便拉掉了，什么劳什子圣舍利。”蔡风毫不领情地道。

“蔡公子，咱们是有话好说，何必动气呢?”鲜于修礼强压住怒火淡然道。

“你为什么一口咬定我有圣舍利呢？想起来，这个世界真有意思，真是人不走运，母鸡变老鸭，奶奶个儿子!”蔡风忍不住骂道。

“蔡公子大概认识叔孙长虹、高欢等人吧?”鲜于修礼淡然问道。

“叔孙长虹倒是认识，至于那个什么高欢似乎也有印象，我好像饶了他两次性命，这有什么特别的吗?”蔡风毫不在意地道。

“那你认不认识我?”那红面老者从怀中掏出一块黑巾往脸上一蒙，沉声问道。

“刚才认识，只是不知道你叫什么名字，这倒有些可惜。”蔡风微微摇了摇头道。

鲜于修礼与那老者俱都一呆，分不清蔡风所言真假，那老者强压着怒火改口道：“我是说在邯郸元府。”

“你在邯郸元府出现过?”蔡风装作一惊问道，同时目光中射出逼人的神光罩定那红面老者，像是在审视一个犯人似的。

那老者竟被蔡风目光看得有些不自在，冷冷一哼道：“自然是去过，还是以这种身份出现。”

“哦，原来在元府偷窃的主谋竟是你咸鱼修理呀，怎么，是不是要对曾在元府待过的人都进行报复呢?”蔡风装作愤慨无比地道。

“看来你的确很会演戏，难怪连破六韩拔陵都得在你的手中吃亏了。”那举着火把一直未曾说话的汉子冷笑一声阴阴地道。

“是吗？那便多谢你的夸奖了。不知你两位高姓大名?”蔡风微讶地打量了那举着火把的汉子一眼，只见他紫膛色的脸，精芒暴射的眼睛，心下不由得暗暗惊了一下。

“我叫鲜于修文，这位便是铁脚鲜于战胜，你记好了，若是去了阎罗殿可以告我们一状。”那持火把的汉子冰冷地道。

蔡风淡淡地一笑道：“原来是咸鱼一家，真是幸会幸会。”

“你是没有商量了?”鲜于修礼似想作出最后一个结论。

“我真不明白你们要怎样，我都说过没有，还要怎么说?是你们不相信我而已，我有什么办法?”蔡风装作极为无奈地道。

“大哥，这小子看来是不用刑是不会认的，还犹豫什么呢?”鲜于修文不解地恼怒道。

鲜于修礼不由得叹了口气，漠然道：“这不能怪我了，是你逼我如此做的。”

蔡风立刻感觉到一丝异样的寒意由椎尾升起，霎时向四肢百脉散去，身体里的血似乎逐渐要凝固一般。

“你下了毒?”蔡风骇然变色地惊问道。

鲜于修礼淡然一笑道：“不错，这是我鲜于家族之中‘千秋冰寒瘴’，无色无味，天下间只有圣舍利才可以解开这种奇寒之毒，否则中毒者不用一盏茶时间，百脉成冰而死。我也并不想与你为敌，只是你太令人失望了。”

蔡风只觉得那股奇寒由椎尾一步步上升，身子禁不住打了个颤，面色变得越来越苍白，而此时在小腹之处，升起一团火热，像是一个小火球四处乱窜，虽然痛苦难挡，却刚好将那冰寒之气全部压住，蔡风却装作身子抖成一团，嘴里低嘶道：“好冷，好冷……”

鲜于修礼三人目中露出一丝冷酷，同时向蔡风逼至，冷然问道：“你交不交出圣舍利?只有在圣舍利放至印堂穴之时，方可吸出体内的寒毒。”

蔡风心里一呆，不禁暗自冷笑，暗忖：奶奶个儿子，老子将这圣舍利吞到肚子里去了，比你放在印堂不是更有效?真是屁话，但脸上仍装出一片痛苦之色地呻吟道：“我的确没有圣舍利，你便是杀了我仍然是没有。”

“看来你的骨头比较硬，我不动大刑你是不会说的了。”鲜于修文咬牙道，说着伸手向蔡风的脑门抓到。

鲜于修礼似乎并不想如此，但鲜于战胜脸上却有一丝幸灾乐祸之意。

蔡风的眼角露出一丝诡秘而狡黠的笑意，只是鲜于修礼诸人并没有来得及发现，他们最先发现的却是一柄剑，一柄犹有些微的血丝的剑，在火光下显得异样的妖异。

这柄剑不仅妖异，而且快，更多的却是狠绝，像突然由冥界跃出的鬼火。

那火把的光闪了一下，天地之间便在刹那之间全部陷于黑暗，星星、月亮、火把、剑光全都是像刚刚做了一个正在醒来的噩梦一般，全都不见，但有一个东西至少还存在。

那便是剑气，可以割开任何人咽喉，甚至可以将任何人劈成两半的剑气在暗夜虚空中成了一种真实，成一种可以用肉体也可以用心去感应的实体。

那是蔡风本来插在鞘中的剑，几乎没有人见到蔡风是怎样出剑的，没有，剑，便像是蔡风的笑容那般突兀，那般神秘，那般有动感。

鲜于修礼没有想到，鲜于战胜没有想到，鲜于修文更没有想到，但这世事并不是每一个人都可以预料、都可以想象的。

鲜于修文一声惊呼，他的手并没有抓住蔡风的脑袋，而是抓住了一件很可怕的东西。

是一把刀子，一把很小巧的袖珍刀子，来自蔡风的袖中。

鲜于修文并不是铁手，不是，但刀子却是精钢所制，而且两面都有锋利的刃，这是速攻队中每个人都必备的武器，蔡风一直没有用到这柄刀子，不过此刻却用得恰到好处。

鲜于修文惨叫着跃了出去，而鲜于修礼只感到一道凌厉得可将人椎骨都截断七次的剑气向他的胸口抹到，在突然由光明转为黑暗之间，他根本就看不清蔡风是从哪个方位攻来的，似乎每一寸空间之中都有一柄要命的剑在守候，因此，他只有退。

铁脚鲜于战胜的确快得可怕，也凶狠得可怕，在那火把的光芒一闪之时，他的脚便很凌厉、很狠绝地踢了出去，但是他的脚却踢在空处，而脸上一热，几滴滚烫的火油自火把上溅出，喷在他的脸上。

这几滴火油的确很烫，也很出人意料，在黑暗之中，鲜于战胜情不自禁地抖了一抖，似是被蛇虫咬了一口一般，而在这时，他只觉得膝关节之处被一重物重重地扫了一下，身子一软，一声闷哼，竟险些跌倒，铁脚并不是每时每刻都像钢铁一般坚硬，至少在这一刻并不是。

鲜于修礼心中大骇，只感到一阵阵风由身边拂过，像是一种极为厉害的武器攻到，在黑暗中，仓促之间，根本无暇分清是什么，只得一声轻啸，身子像是一只轻鹤一般冲天而起。

第二十七章　静湖逢娇

当鲜于修文、鲜于修礼等人可以视物之时，蔡风的身子已经长长地拔起，像是一只钻天的云雀，轻啸一声向河畔飞扑而去。

谁也想不到蔡风竟会如此刁滑，更让鲜于修礼不解的却是蔡风并没有拿出圣舍利解毒，那他为什么不怕“千秋冰寒瘴”呢？不过事实并不容他们怀疑，蔡风不仅跑了，而且还让他们三人吃了大亏，只凭这一点，便让他们想不通。他们并不知道，若是蔡风没受伤的话，只怕此刻，他们之中的三个人，至少有两个会受伤，而且还不会轻，那是因为他们实在是太大意了，高手的剑下绝不容人有丝毫大意和马虎。

蔡风心中也在暗叫可惜，刚才那一剑若非是牵动了伤势，就根本不用改招去击鲜于战胜的膝关节，而且是在未能认清曲泉和阴谷二穴的情况之下，还得冒险由鲜于修礼脚下滚过去，幸亏鲜于修礼并未以脚踢，否则的话就变成极为不好玩的一件事了。

鲜于修礼这时也明白，刚才那不知面目的暗器竟是蔡风自己的身子，不由得后悔刚才抽身而起，不过他并没有丧气，一声暴吼，若一声惊雷一般，震得蔡风真气一浊，险些由空中坠下，不过，一口气也只不过才冲出两丈远而已。

蔡风心中暗骇，鲜于修礼的功力之高，更让蔡风惊的却是背后一道凌厉的劲风，也不知道是什么武器，并未及体，便已经有刺体的气劲游入蔡风的体内。

“当！”蔡风反手一刀，那小刀刚好斩在背后攻来的武器之上，蔡风只觉得一股强大的气劲由刀传入手中，由手上传入心中，竟忍不住张口喷出一口鲜血，身子却一缩，像一只球一般向河边滚去。

鲜于修文也一声狂吼，手中的长枪，便像是一支劲箭一般向蔡风的背后击到，想来是恨极蔡风以暗刀刺穿他的手掌，是以这一枪又猛又狠，这一枪的速度更是厉害得可怕，像是一条狂龙在虚空之中狂啸，逐着蔡风的身体划破夜空。

蔡风被鲜于修礼那怪兵器隔空一击，已经伤上加伤，哪里还敢再硬接这一枪，只得再次一长身跃空而起，却刚好跃到河面的上空。

那根长枪呼啸着从脚底穿过，但蔡风的脸色却微变，因为他看到一条小船。

一条小船，对于蔡风来说已经极为要命了，无论怎样的水性，都不可能会有小船的水性好，若是让鲜于修礼坐小船在河中追寻他，大概是并没有多大的活命机会。

“呀！”蔡风一声低嘶，手中的钩索电火般抓住小船之舷，便在身子快要落水的一刹那，身子一阵横移，跃上小船。

鲜于修礼诸人似乎没想到蔡风竟会玩这样一手，不由得全都怒吼着向蔡风扑到，而在此时，蔡风便看清了鲜于修礼的兵器。

那是一只精铜打制而成的手，而这只手竟可以突然从数丈的空间向蔡风击来。

蔡风的嘴角露出苦涩而又冷静的笑意，眼睛在刹那之间竟像是暗夜里的星星一般明亮，那种冰寒而果决的萧瑟意境竟使鲜于修礼心底涌起一阵寒意，很没来由的寒意。

“当——”蔡风挡住这只铜手的依然是那柄短刀，不同的是，蔡风这一次连晃都不曾晃动一下。

鲜于修礼立刻感觉到一丝并不好的兆头，但在他还未曾有反应的时候，蔡风竟在“轰——”的一声暴响之下，猛地再喷出一口鲜血。

蔡风脸色一片苍白，身形微微晃了一晃，一声惨笑，向河中倒仰而下。

鲜于修礼和鲜于修文等三人都禁不住一声惊呼，当他赶到河边之时，只听到“扑通”一声闷响，蔡风已完全沉入水中。

“船被那小子震穿了。”鲜于战胜一声惊吼，跃上正在灌水的船恼恨地道。

鲜于修礼从舱中拾起一支火把点燃，只看得到河水之上，那片血红犹未流走，一串波纹由大变小，渐渐内收，淡成细小的浪花随波而去。

“这小子由水底潜走了，怎么办?”鲜于修文捂着流血的手惊疑地问道。

“圣舍利一定在他的身上。”鲜于修礼肯定地道。

“但是现在船破了，怎么去找他?”鲜于战胜忍不住问道。

鲜于修礼不禁叹了口气道：“他比我想象中的更可怕，幸亏他身上的重伤并没有好，否则，恐怕今日受伤的不是他，而是我们了。”

“这小子的确是我见过的人中最可怕的，而且又这么年轻，我们不能让他活着返回武安，否则的话，若是惹来了蔡伤，我们可难以对付了。”鲜于战胜脸色极为不自然地道。

“可怕的并不是蔡伤，他已经十数年都未曾出过刀，早已经修心养性了，可怕的是这小子的师父，很有可能是当年‘哑剑’黄海，而他师叔葛荣更是朋友满天下，武功高绝，是一个极难对付的人。”鲜于修礼神色也极为不自然地道，望着悠悠的流水不禁叹了口气。

“‘哑剑’黄海!”鲜于修文忍不住惊呼道。

“不错，否则我们怎会对这小子如此费口舌，若是一个普通的人，我早就对他动武了，唯有这个小子是咱们惹不起的。”鲜于修礼吸了口气道。

“那我们便不能让他活着离开了。”鲜于战胜脸色变得极为难看地道。

“但这条小船已经不能用了，便是修好，只怕也要到天亮之时，那还只能勉强渡啊，无法追人。”鲜于修礼望了望渐渐沉入水中的小船叹道，同时纵身跃上河岸。

鲜于修文和鲜于战胜没办法，也只好同时跳上岸来，望着缓缓流动的船和渐渐沉下去的水竟发起呆来。

也的确，江湖之中，无论是蔡伤、黄海、葛荣这三个人中的任何一个人都足以引起一阵腥风血雨。黄海当年只剑走天下，几乎战遍南北所有高手，却没有败绩，能在他手中活命的人都少得可怜，可后来突然销声匿迹，有人怀疑他是败给北魏第一刀蔡伤了。蔡伤能有北魏第一刀的称号并非偶然，二十多年来，都没有人敢想比他的刀法更可怕，一柄沥血刀即可天下无敌，连南朝梁国的所有高手都心甘臣服，当年有韦虎之称的梁朝一代猛将，韦睿那种高绝超凡的武功都不得不承认，蔡伤的刀法不是他所能比的，而从蔡风的剑法中，可以看出正是当年“哑剑”黄海的路子，便证明黄海的确可能是被蔡伤收服。如此可见，蔡伤的武功之可怕，普天之下可能只有尔朱荣可以与之相匹，只是这两个人似乎是代表着天下两个武功的极端、巅峰，从来都未曾交手过，也无法分出谁胜谁负，不过想要尔朱荣相助，那几乎不可能。而另一个葛荣虽然没有什么大的惊天之举，唯有当年曾败过大梁第一勇士郑伯禽之外，几乎无什么创举，但鲜于战胜却很清楚郑伯禽的弟子冉长江的武功，冉长江已可与他战成平手，而听说冉长江的师兄彭连虎武功比冉长江又高出几许，可以想象郑伯禽武功有多么厉害，而葛荣有多么可怕。葛荣的可怕之处不在于他的武功，而在于他的朋友，他的朋友几乎天下无处不在，几乎包括了各行各业，与葛荣为敌，便等于是与天下各路豪杰为敌，因此，三个人的心情都极为沉重，没有人会想不到那些可怕后果。

高欢诸人很大方地向一个淡茶色的帐幕走过去。

“站住，你是哪个营的？有什么事？”那两名立在帐口的守卫沉声问道。

高欢很自然地踏上两步，淡然道：“奉赵将军之令来请宇文将军去商量军机，敌人似又有异动，将军临时改变战略。”

“可有将军手谕？”那两人紧盯着高欢漠然问道。

高欢伸手入怀，掏了一下，才缓缓拿出一块紫佩，招了一下道：“这是将军的令牌，看看可有错！”

昏暗的篝火下，那两个人不疑有他，不由得靠近高欢，抬眼细看，而在这时，他们却嗅到了一缕淡淡的甜香，不由得一惊。可是还没等他们反应过来，高欢的手与彭乐的手已经闪电地捂住了他们的口，两人只是软软地倒入高欢和彭乐的怀中。

高欢迅速打了个眼神，达奚武与彭城尚很大方地掀帘而入，装作极为恭敬地对那纱帐中道："将军，赵将军请您去商讨军机，敌人以火烧山，赵将军想……"

张亮身形却若一只灵燕一般向一道紫色帘幕后冲去，手中的长剑在刹那间竟洒成千万点雨点，达寿春也在同一刻冲了出去。

"叮叮……"一串暴响，那紫色的帘幕刹那间竟被绞成粉碎。

还未来得及穿全衣服的宇文定山一声闷哼，显然是吃了点小亏，不过却能同时抵住两人的攻击的确不简单。

达奚武诸人立刻知道刚才的话中出了毛病，再也不犹豫，像是两只发疯的猛豹，飞扑而上。

"你们是谁?"宇文定山怒吼道。

"催命阎王!"达奚武手中竟不停地攻击。

宇文定山眼中闪出一丝骇异，因为眼前的几个人，每一个武功都似乎是那般可怕。

"当——"宇文定山的身体像足球一般向帐外撞去。

"噗"的一声闷响，竟让他撞开帐幕。

张亮心中暗呼不妙，可是他还没想完，宇文定山竟一声惨呼，"啪嗒……"一声飞了回来，高欢、于景和彭乐很优雅地从破洞中走了进来，而彭城尚、达寿春毫不犹豫地挥刀在宇文定山还未从刚才痛苦中回过神来时，人头便已应手而落，甚至连半声惨叫都没有，只是那狂喷的鲜血很自然地染红了地面。

"走!"高欢沉着地道。

"有刺……""呀！呀!"外面两名侍卫还未曾喊完整，便已经被劲弩射穿。

"快走——"高欢掀起一块布将地上的人头一裹，飞跃而出，一看见四面都有人涌到，不由得立刻甩出一支火箭，将一边火盆中的油一洒而出。

火苗“呼”地一下蹿了上来，将几个营帐全都烧了起来。

高欢转身向营帐密集的地方跑去。

“抓刺客——”一声高呼划破夜空的宁静，不过这三个字却是从高欢的口中喊出来的，彭乐诸人也同时附和，那些士兵正从睡梦中惊醒，抓了兵刃就冲了出来，昏头昏脑之中竟根本分不出谁是刺客。谁不是刺客，何况高欢正在喊抓刺客，又穿着自己人的衣服，而另一头被大火扰得并不怎么安宁。

“刺客在哪里?”有人问道。

“在宇文将军的帐幕那边。”高欢一指火头涌起的地方。

张亮一声高呼，道：“走哇兄弟们，咱们去抓刺客!”说着竟带着向回跑去，那些刚从帐幕中钻出来的人都正稀里糊涂的，见有人如此一呼，自然都跟在张亮身后跑，也不管是对是错，反正那几个营起了火没错。

张亮装作脚一拐，一声闷哼，弯下身子，那些人都从他身边冲了过去。

而从另一头追来的人见这么多的兵士涌来，不由得呼道：“看见刺客没有?”

张亮躲在人群中呼道：“向北跑了!”他身边的人还没注意，便已有几人稀里糊涂地跟着张亮之后问道：“你们看见了刺客没有?”一时把所有的人全都弄糊涂了，张亮的身影却已融入了黑夜之中。

“刚才是谁喊刺客向北跑了?”一个洪浑而微带愤怒的声音问道。

那些人不由得扭头四处寻找，却哪里还找得到张亮的身影，不由得茫然呼道：“不知道。”

“一群饭桶，还不给我快追!”那人一声怒喝道。

那些刚由睡梦中惊醒的士兵，这时才省悟是上了当受了骗，不由得向高欢消失的方向追去，一下子把敌营里的秩序全都弄乱。

“哗”的一声水响。

蔡风忍不住探出头来，深深吸了口气，四肢几乎都有些麻木，只好仰浮在水面之上，只露出鼻子、眼睛和半张嘴，手臂很轻缓地划动着水，使身体不至于沉入水中，这才顺水缓缓向对岸靠去。

整个身心的确是疲惫不堪，像是做了一场噩梦一般，刚才鲜于修礼那两下子重击的确让他伤得很重。两重伤加起来，几乎是快虚脱了，若非凭野兽般坚强的意志，恐怕刚才已沉入河底了，眼下几乎已无力再行潜游了，只好仰浮着慢慢地靠近对岸了。天知道会落到对岸上的什么地方，不过，蔡风并不想去动脑筋，能活下去总比死要好，活着总还有希望，而死了却什么也没有，因此，在蔡风的心底仍有一分庆幸，一丝欣慰。

“哗!”蔡风听到一股异样的水响，不由得微微一惊，微微一扭头，却见一只大船由河心行过，灯火将河心之水映得鳞光闪闪，配上那大船之上的安详而恬静的气氛，不禁让蔡风心中多添了几分孤独和凄凉，但蔡风的心中又升起了一丝希望。

因为那船头挂的旗面上写着个大字“刘”，应该是广灵孤独家船只，绝对不会与破六韩拔陵一道，至少这一点可以有个保证，不由得聚力向大船潜去。公元496年，孝文帝改孤独氏为刘氏。

再一次破出水面的时候，已经到了大船之侧，这才长长地吁了一口气，抽出短刀，轻轻地插入船身。

船体极厚，短刺入四寸犹未曾刺穿，只这么深，已经足够蔡风将身子附在船身了，如此一来，蔡风根本就不需要出力，便可很轻快地随大船而行了。蔡风总得离开，否则若被船上之人发现便不好说了，不过，蔡风却想借这一段时间恢复一些体力，到时候，便有力量游过河对岸，只是河水那种冰凉的感觉极为难熬。

高欢诸人一路由敌营疾行，那些忙忙碌碌的人哪里去仔细分辨这一队突如其来的“战友”。

高欢诸人专避开那些小别将，一路并没有受到任何阻碍，谁也不曾注意他手中的那带血的包裹，在黑暗之中，几人迅速向山下潜去，张亮也迅速追了上来。

高欢忍不住重重地拍了一下他的肩膀，赞赏地笑了笑道：“真有你的！”

张亮也不禁微微笑了笑，道：“这点算不了什么，只是刚才高兄的那一脚才真是过瘾呢。”

高欢也不由得笑了笑，露出一丝战友才有的真诚微笑。

“灭魏无敌！”一声低喝由暗处传了过来，让高欢诸人不由得微微一怔。高欢却极为自然出声道：“拔陵盖世！”

达奚武才微微吁了一口气，因为那黑暗之中再也没出声，几个人很迅速地向山陵之下逸去。

山顶依然热闹非常，不过似乎已经有人发现高欢诸人的逃逸，一片呼喊着追向山陵之下。

高欢回头淡淡地笑了笑，眼中却是极为轻蔑的神情，因为他的面前已冲来了一队人马，却是早已潜在附近的另一队速攻营兄弟，早已为他准备好了马匹接应他们，每匹马蹄之上全都以厚厚的棉布包好，以致啼声极微。

“上马！”一名魁梧的大汉面色之中微带喜色地呼道。

“解律兄可曾下山？”高欢沉声问道。

“你们先回城，他们由我接应，放心好了。”那汉子自信地道。

彭乐扭头望了高欢一眼，决然道：“走吧！”

高欢只好点了点头纵身上了马背。

一阵极为优雅的琴声将蔡风从静思之中惊醒了过来。

琴声正是来自船上，那种轻缓缠绵幽怨的旋律便若风中飘落的秋叶，让人有一种来自心底的深深慨叹，不像是一片浮于冰上的小叶，在微浪之中轻摇，翻转，给人以无限的遐思。

蔡风不由得心中讶然，却没有想到如此深夜船上之人犹未曾休息，仍有如此雅兴奏上一曲，虽然他并不会弹琴，对音律却并非不懂，至少欣赏能力仍不错。

琴音奏至低徊之处，突然一转，却是《广陵散》之调，那种黯然低徊的乐调，一下却若插上了翅膀飞上了云霄，在高山白云之间悠然翔舞，蔡风不禁听得痴了，整个心神竟全都融入这美好的音律之中，完全忘了自己身在哪里，甚至忘了自己的存在，忘了危险的存在。天地之间只有这祥和而悠扬的乐调，便像是陶醉在一群仙子在云端轻柔的舞姿里一般。

突然，琴声调再改，《广陵散》上半阕并未弹完调子又落入一种暗愁浓如水的音谷。

蔡风也不由得心中暗叹，从那曲子中抽回思绪，知道调琴之人正是被情所乱，以至无法将这《广陵散》上半阕那轻快的调子奏完。只因为调琴者心中那份郁抑情绪太浓，不能将思想完全投入曲子之中，本想借那轻快的曲调解除那郁抑的心情，却不想竟使心情更坏。

想到此，蔡风竟也涌起了深切无比的感受，不禁冲口吟道："世情盼得扰清梦，寒窗微掩暗销魂，秋叶红透终须坠，夜半弦惊落魄人，问世间，情为何物……"

"什么人?"一声闷喝由船上传来。

蔡风一惊，这才记起自己是在别人的船下，根本就见不得光，不过这一刻却似乎根本就没有机会躲，不由得硬着头皮应道："船上可是广灵刘家世子吗？落难之人黄春风深夜打扰，还请见谅了。"

船舷之上立刻点起了数支火把，数人探头下望，刚好见到蔡风那苦苦的一笑。

"把他拉上来!"一个极为冷峻的声音响起。

蔡风心中暗叹，知道今日可能有戏看了，但也无可奈何。只好硬着头皮抓住那根垂下的绳子，吃力地抓住，由船上之人拉了上去，一副落汤鸡的惨样子，加上身上所挂的剑及胸间腰际的数道仍在渗着血水的伤口，更衬得无比凄惨，大弓和背上的箭壶已在水中丢去，那样对身体的阻力便小了很多，在灯光下，忍不住打了个哆嗦，这才发现，夜竟然如此寒冷，脸色也苍白得吓人。

船上所有的人都不由得有些呆住了，却不想拉起来的是如此一位少年，心中顿时生出了一丝讶异和怜惜。

“你叫黄春风？”一个极为威武的青年排开众人，若山岳般地立在蔡风的身前淡然问道。

蔡风忍不住打了个喷嚏，有些痛苦之色地点了点头。

“你在我的船下待了多久？”那青年冷冷地问道，目光如刀地盯着蔡风的身上。

“我是闻琴而至，还请公子勿怪！”蔡风忙解释道，心中却在暗自盘算如何去对付这冷冷的家伙。

“哦，你到底是什么人？深夜独游河中，又有何意图？”那年轻人毫无怜惜地问道。

“我是崔暹将军速攻营的亲卫，只因昨夜自道之战与将军走散，这一路被破六韩拔陵追杀，是以身不由己地被迫由河道潜匿，这才恰好惊扰了公子。”蔡风忙从腰间摘下那块紫佩递了过去，很诚恳地道，但两腿却禁不住打起哆嗦来了。

那年轻人的眼神之中这才露出一丝缓和之色，不过仍然极冷地接过紫佩，借着灯光淡淡地看了一眼，才缓缓地点了点头，道：“嗯，果然是速攻营专用紫佩。”旋又道，“你受的伤很重？”

“公子洞察秋毫！”蔡风毫不否认地道。

那年轻人将紫佩还给蔡风，转对身旁的那汉子沉声道：“带他去换些干衣服。”

蔡风想不到竟会是如此结果，不由得真诚地感激道：“谢谢公子关心。”

“跟我来吧！”那人怜惜道。

蔡风并不推却地跟在那汉子身后走进了舱中。

“大家没事了，各自就位。”那年轻人冷漠地道。

蔡风跟在那汉子身后走过一段舱，迎面却走来一俏丽的小丫头，挡住那汉子，脆声道：“阿福，小姐叫你带这位公子更衣后带到客厅中去！”

那汉子一呆，扭过头来望了望蔡风，又望了那俏丽的丫头一眼，嗫嚅地有些难色地道：“这，恐怕公子会不高兴吧！”

“那你是不想听小姐的吩咐喽？”那丫头绷紧着脸，咄咄逼人地道。

“秋月姑奶奶！你便不要这样难为我了好吗？算我六福服了你！”那汉子一脸苦相地应道。

那俏丫头这才破颜一笑，似是一阵春风流过蔡风的心头，不由得多打量了这俏丫头一眼。那俏丫头秋月也不经意地扫了蔡风那一副狼狈的样子，也不禁微微一皱眉，却只顾对那自称六福的汉子笑道：“算你识相，不过你不用担心，小姐自会为你说话，瞧把你吓的。”

六福“嘿嘿”一笑道：“谁不知我金六福老实，怎经得姑奶奶你一阵吓唬！”

“哧——”秋月不由得笑骂道，“快去带他更衣吧，谁有闲情听你在这自吹自擂，还敢贬我，真是胆子越来越大了。”

金六福“嘿嘿”一笑，再也不说话，转身便带着蔡风向更衣室走去。

蔡风用热水稍稍地擦洗了一下身子，寒意消去了不少，不过却穿了一身仆人的衣服，脸色并未因为热气的熏蒸而发红，依然苍白得可怕，不过腰间、小腹和胸口的伤口却是稍稍包了一下，因为怕血水染红了衣衫。

将蔡风带到一个极为雅致的客厅之中时，蔡风几乎有一种虚脱的感觉，疲倦欲死，最想做的一件事便是倒头大睡三天三夜，但此刻他却不能睡，他要见一个人，他必须见，因为他此刻是寄人篱下。

最先入蔡风眼睛的却是一张焦尾瑶琴，横架在一张极为典雅的几上，蔡风的心中不由得微微一动。

“公子请坐！”秋月斜斜地打量了蔡风一眼，眼神之中显出一丝异样地道。

蔡风望了秋月一眼，并没有推却，因为他此刻真的是想痛痛快快地休息一番。

“这是我家小姐叫我给公子准备的姜汤，以给公子解解寒活活血。”秋月顺手揭开一旁早已经准备好的一碗热汤，很轻柔地道。

蔡风心中不由得一阵感动，没想到这从未谋面的小姐竟会如此体贴，想得如此周到。同时也明白了刚才为何秋月望向他的眼神竟如此奇怪，不禁由衷地道："多谢贵小姐的关心，此恩，我黄春风来日定当相报。"说着并不作态地将碗中姜汤一口饮尽。

秋月不由得微微皱眉，哪想蔡风竟如此喝法，不过却也对这个粗豪的动作感到有几分兴致，不由得笑道："看公子意犹未尽，要不要我再去来一碗?"

蔡风很自然地放下手中的碗，并没被眼前这俏丫头的嘲笑感到难堪，反而淡然一笑，嘴角牵出几丝微微痛苦之色地道："山野粗人，吃相不好，倒让秋月姑娘见笑了。不过说实在的，这碗姜汤真是救了我的命，若秋月姑娘肯再为我打一碗来，我自然是更加感激姑娘的一片好意喽!"

秋月一愣，不想眼前这像是害了重病的少年竟会不在意她的讥讽，还反摆她一道，不禁立刻对蔡风多打量了两眼，娇笑道："你倒很会说话哦……"

"秋月，别胡闹，没有一点姑娘家的样子，岂不叫人家见笑了。"一声若黄莺出谷般甜美的脆喝由一道帘幕之中传来，打断了秋月的话。

蔡风忙立身而起，两腿却差点没打战，只感觉到身上便若抽空了真气一般，还要扶着小几才能站稳，目光却落在那由帘幕之中走出的人身上。

首先映入蔡风的眼睛的却是一身鹅黄色的轻裙，飘洒如云，紧紧地罩在地面上轻移的莲步，然后是一道修长而充满动感的身子和一张让蔡风打心底颤了一下的脸，最惊心动魄的反而是那充满了似水柔情的眼睛，那若水般在虚空之中流动的秋波之中似有一颗潜伏了千百年忧郁的种子，那种慵懒的风情更给人一种来自心底的震撼。

给蔡风的感觉绝不比元叶媚差，但却与元叶媚那种自然爽朗又是另一种类型，这是一种让任何人见了都想呵护的美。

"世情粉薄扰清梦，夜半弦惊落魄人，问世间情为何物?公子，后面还有吗?"那娇小得恰到好处的朱唇轻轻启开，吐出一串仙乐般美妙的声音，将蔡风从幽思之中拉了回来。

蔡风不由得有些不好意思地笑了笑，道："刚才只不过是一时不知天高地厚的胡诌，倒叫小姐见笑了，这下面并没有句子，最后一句不过是一时感叹之语而已。"

“公子请坐，秋月为公子倒杯茶!”那美女优雅而温柔地道。

蔡风却有着一种极愿听从吩咐的感受，很自然地坐了下来，口中却道：“谢谢小姐的关心了。”

“公子似乎很拘束?”那美人缓缓地坐下，淡然地望了蔡风一眼，悠悠地问道。

蔡风苦涩地笑了笑，道：“的确有一些。我在想，天下可能没有人能够在我这种境况下而不拘束。”

“哦，那是为了什么呢?”那美人眼中闪过一丝讶然地问道。

“自然是因为小姐，没有任何凡人与天仙在一起面对面地坐着能够不拘束，因为这让我老觉得任何语言、任何表情、任何动作都像是出了错一般。”蔡风耸耸肩苦笑道。

“是吗?”那美人不由得有些想笑地问道。

“小姐看我像是说假话的人吗?”蔡风反问道。

“或是你说的假话比较高明，我不知怎样揭穿罢了!”那美人露出了难得的一笑，便若是千万束鲜花在同一时间绽放一般，将蔡风看得呆住了。

“公子请用茶!”秋月似有深意地轻声道，却将蔡风的魂给拉了回来。

蔡风不由得干笑一声，望了望秋月眼中那不屑的眼神，心中冷了半截，却依然道：“这个世界上其实也没有什么不是谎言，命运也同样是撒谎，但只要是无法揭穿的谎言往往便只能算是实话抑或真理，小姐既然如此说，我自然不算是说谎之人喽!”

“我听六福说你伤得很重，可是我听公子的话却让人无论如何难与一重伤之人联系起来，看来公子真的是一个很乐观的人哦。”那美人优雅地道。

“我将人看作两部分，精神和肉体。受重伤的是我的身体，而我的精神却依然不受束缚，这也是减少痛苦的良药。我不能展翅高飞，我的思想，我的精神却可以翱翔天际，可跨越亘古，或许这只对现实的一种自我安慰而已。”蔡风正色道。

那美人和秋月全都讶然，显然对蔡风的话很惊奇。

“公子的话真叫瑞平耳目一新，只是瑞平不能明白，人的精神怎可能和肉体分割开呢？身体上的痛苦，怎会让精神松弛而远翔呢？”那美人道。

蔡风心中暗忖：原来你叫刘瑞平，果然人如其名。不过却淡然一笑，吸了口气，道：“人的思想是不受任何限制的，唯一能限制自己思想的只有自己的思想，我们可以完全放松自己，让自己的思想任意想象。而精神却是受思想的支配，这样甚至可以让思想完完全全地超逸身体之外，达至极遥远之处，正若人在梦中不会感受到肉身的痛苦一般。在梦中，自己可以是花是草，可以是鸟，那是一种真实而虚幻的境界，当初庄周不是有梦蝶之说吗？也许我们今生的肉身也只是另一种形势的梦，苦恼、烦闷皆缘自心起，我只要不将注意力聚中到自己的身上，自然便不会感到身体的痛苦了。”

刘瑞平竟忍不住轻轻地叹了口气，目光似乎幽远到远远的天际，空洞之中贮满了忧郁和无奈，似乎对蔡风的话有很多的感触。

“小姐似乎心事重重！”蔡风试探地问道。

刘瑞平扭头淡淡地扫了他一眼，有些淡漠地问道：“你说精神和肉体上的痛苦可以分开，但若是精神上的痛苦，又该如何将它抛开呢？”

蔡风不由得呆了一呆，却不知道该如何回道。

“我知道你也无法回答，相信这个世上是不会有人能回答的……”刘瑞平似乎是自嘲道。

蔡风苦苦一笑道：“世上的几乎所有的痛都是别人可以医好的，但唯有心痛别人无法插手。心痛只有心药医，这也许又是人生的一种残酷。有些事情总想忘记，却始终深深地烙在心上，有些事情是自己最讨厌做的，却总要身不由己的去做，或许这便是所谓的命。每个人总会有自己的心病，只是有些人把它隐藏得很好而已，也许有人会用尽办法自己去解决，还有人却以另一件开心的事来遮掩这些伤处，不过我的确不知道应该怎么办。”

刘瑞平也婉然一笑道：“你有没有心痛呢？”

蔡风一愣，干笑道：“暂时好像还没发现，可能一直在潜伏着，只待某一天他会突然让我惊觉，这也是极有可能的事情。”

“有时候我真的有些羡慕你们男儿汉，可以驰骋沙场，可以扬名立万，可以快意恩仇，还可以光耀门楣，但想来那都只是一些可笑的念头而已。”刘瑞平悠然地吁了口气道。

蔡风望望那令人心颤的眼睛，不禁哑然道：“我可并不想驰骋沙场，小姐并没有去见见那种遍地飞血、残肢断体的场面，人世之间最残酷的便数沙场，最能让人感受生与死的也是沙场，那并不是一个很好的享受，男人有男人的苦，女人有女人的愁，我看今生我只做好我自己便行了，但求人生无悔便足够了!”

“男人有男人的苦，女人有女人的愁，人生无悔，哼，谈何容易!”

“瑞平，你怎么还不休息，夜都已经这么深了，明日若是爹爹见你没休息好，肯定又要怪我了。”那冷漠的年轻人大步走入客厅，冷冷地望了蔡风一眼，转向刘瑞平道。

“哥哥也还没有休息呀?”刘瑞平淡然而温柔地道。

“多谢公子救命之恩!”蔡风也忙站起来道。

“你不用谢我，应该感谢天，是你运气好！不过你天一亮便得下船上岸，我并不想有外人留在我的船上。”

蔡风脸色微微一变，但却哂然笑道：“打扰了公子与小姐的清静已属不该，能得公子救我一命，黄某已经感激不尽了，公子船一靠岸，黄某自然不敢再打扰。公子今日之情，黄某永记于心，若一时有机会，黄某定当相报。”

“那倒不急，你先去休息，天一亮船便会靠岸。”那年轻人冷冷地道。

“哥哥，黄公子受重伤，怎么能够行得了远路呢?不若让他留在我们船上养伤吧!”刘瑞平望了蔡风一眼，不无怜惜地道。

那年轻人淡淡一笑道：“他受了重伤犹可以在河水中游那么远，足见他体力惊人，妹妹何用担心。”

蔡风对刘瑞平在心中不由得又多了一分感激，却由于傲气使然，不禁也自信地道：“是啊，小姐不用担心，有这半夜的休息，相信我还不会怕那些贼兵的了，更何况过了桑干河，便是我朝的地界，不会有事的。小姐这份感情，黄某没齿难忘。”

“六福，你带他去休息吧！”那年轻人转头对金六福淡然道。

蔡风不由得扭头向刘瑞平哂然一笑，却看到刘瑞平眼中的那片火热的关切之色。

蔡风忙扭回头跟在金六福身后走了出去，心中却仍然抹不去那两只眼睛的魅力，更多的却是一丝难名的感激。

高欢早早地便回到大同城，虽然整夜未曾合眼，但神采却依旧焕发，整个人便像是一头豹虎般雄健地步入崔伯延的营中。

崔伯延并不是一个很贪睡的人，或者说起得最早的可能会是他，熟悉崔伯延的人都知道他有一个早起练功的习惯，所以高欢进入他的营中他并不惊讶，而只是很自然地扭过头来望了高欢一眼，似乎有些满意地问道：“成功了？”

崔伯延是一个要求很严格的人，对任何人都是如此，包括对自己，在很多人的眼中他似乎是一个怪人，别的将军都会在自己的营中安置护卫，但他却不要，他不要的理由是基于对自己的信任，也是对自己的要求。因为他认为，若一个人常常被一群人保护着，那么他自己肯定会退化掉，会失去那份对危险的警觉性，那并不是一种很有意思的生活，几乎没有一点激情，因此，他并不要任何守卫，他自己便是自己的守卫，对己如此，对属下自然更是如此。因此，对每一个属下的要求都极为严格，对每一件他吩咐的事情都要达到最好的效果。

高欢很明白这一点，因此，他见到崔伯延的这种表情和口气，便是比赞扬你更真诚，所以他毫不犹豫地回答道：“完成了任务，属下先行回城送礼，而解律队长仍在回来的路上。”说着将那带血的包裹向一张不大的木几上轻轻地一放，便在几上印下了一摊血印。

崔伯延的鼻子抽动了一下，似对血腥的味道极为敏感，但高欢绝对清楚崔伯延不是因为在几上留下了一个血印而恼怒，而是他以这种方式表达欣赏之意。

崔伯延是个怪人，不仅是表现在对自己的严格要求上，还表现在对敌人的血迹的嗜好上。他很喜欢用敌人的血染脏自己的东西，然后再留下印迹，或烧毁或保存，有人怀疑这是变态，但是他自己却不是这么认为。所以他并不怪高欢如此将人头上的鲜血印在几上，反而赞道："做得很好，我会给今次行动的每人记上一功，你们的确没有让我失望，也没有让元帅失望。"

"谢谢将军夸奖，如此叛徒人人都可得而诛之，今次能顺利完成任务，只是将军平日教导得好而已。"高欢极为谦恭地道。

崔伯延又露出一丝欣赏的笑意，淡然笑道："你召集所有今次行动的兄弟，为了奖赏这次行动的成功和圆满，允许你们痛痛快快地吃喝一顿，酒和菜我会叫人送到你们大队营中去的，希望你们不要骄傲。好了，你先下去吧。"

高欢应了声"谢谢将军"，转身便退了出去。

第二十八章　逢缘再生

蔡风静静地坐在一个小山头上，放眼远眺，桑干河便像是一条玉带向远方延伸而去，脚下的原野与那起伏的山脊及官道，交织成一种让人心神完全扩开的图画。

望着天空那渐渐升至中天的太阳，却禁不住想起刘瑞平那种火热而关切的眼神，心中却只有一阵苦涩的笑意，懒洋洋地躺在有些枯黄但却比较柔和的草坪上，深深地吁了口气，忍不住骂道："奶奶个儿子，怎么天下这么多美人没一个是我的，真他妈的没趣。"旋又不由得叹了口气，苦涩地笑了笑，自己连走路的劲力都不够，哪有心情泡妞，也不知道鲜于修礼什么时候追到这里来，那可就真的呜呼哀哉了。他的确是难以行动，昨晚利用半夜的时间休息根本就不够用，体内所受的伤本就极重，再加鲜于修礼那两下子重击，自己强行提聚真气又在河水中潜游了这么久，冰凉的河水一浸，伤势比他想象的要重得多了。可是他又不想逆那冷傲的年轻人，更不想让那美丽的刘瑞平看见他那衰样，只好强自提气离船而行，但这一刻实在是有些挪不动双腿了，而这一片全都是荒岭，根本找不到人家，又怕鲜于修礼的追杀，唯有宿在山岭之中喽。不过幸亏刘瑞平送了他一张弓和一壶羽箭，只要力气恢复一些便可以打打野兽充充饥，山岭之中，在秋天也有一些成熟的野果勉强充饥，并不会真的饿死。

此刻蔡风却成了别人的猎物，想来也好笑，平日意气风发、豪气飞扬地猎豺狼虎豹，连大熊都能猎，此刻却有些害怕上来一群野狗，那可就不怎么好玩了。

直到日头偏西的时候，蔡风才悠然醒转，刚才竟悠悠地睡去，想来也真有些好笑，不过这也是无可奈何之事。

身上仍然极为不舒服，胸腔之中似乎有一团闷气无法泄出，连无相神功都似乎失去了应有的功效，浑身根本就提不起内劲，连普通人的标准都未曾达到。不过蔡风却知道自己绝对不能在这个地方过夜，至少要找一个安全一些的山洞才行，否则以他此时的状态，只怕一只狼便可叫他吃不消。

蔡风心中感到一阵无比的落寞，他以前从未曾想到过会有今日这种境况，或许连做梦都没有想到，也真不知道自己以前是在梦中生活还是现在在梦中生活，但眼下却是真实地存在，连精神与肉体的分离法都不太管用。

蔡风费力地爬过三道山梁，终于发现了一个不是很大的石缝，上头的岩石微微伸出，便像是顶棚，可以挡住雨水，而两边的岩壁紧夹着一道近半丈宽的缝隙，里面倒是极为暖和，却并不能防止野兽的攻袭，但却实在难以找到比这更好的地方。谁也不知道前面还有多远才可以找到一个安身的地方，只好找些柴火，再设一些简易的机关之类的，顺便很幸运地射来一只不大的鸟，让他丧气的是居然射了五支羽箭才侥幸射中一只，想到以前可以用连珠的手法百发百中，甚至一箭双鸟，可是这一刻却连个普通人都不如，心中只有苦笑。

这一晚，蔡风根本没有睡着，火堆外的几只野狼都守了整整一晚，到天亮才离开。因为火堆中的火焰比较烈，才让蔡风免去狼吻，但蔡风的手心都冒出汗来了。他从来都没有想到过狼居然会有如此可怕的，他从八岁便开始杀狼，都快十年了，而今，对着几只野狼居然会手心冒汗，这使蔡风深深地知道自己的伤势有多么重，但这只有一种悲哀。

天一亮，蔡风便背起行囊，向南开始艰苦的旅程，直至日落西山才又找到一个山洞。这个山洞比起那个山崖却要安全多了。洞口的位置比较高，离地面却有近四尺高，虽然洞口较大，只要烧一堆篝火便可以防止野狼的攻袭了，而蔡风找到山洞之时却已经疲惫得几乎不想动弹分毫，甚至连猎物都不想去找，只是在路上费了九牛二虎之力才猎到两只野鸟，不过为了生存，又不得不去找干柴火。

这一夜，蔡风做了一个噩梦，竟然梦到自己被绑赴刑场，一帮人在冷笑，一帮人却面目阴冷，却无法记清他的面目，便已经惊醒了过来，可是外面的夜空却是静得极可怕，微微的风将夜幕渲染得更像是魔鬼的脸。

蔡风再也无法沉睡，一个人寂静地躺在一个没有人知的荒山野岭的山洞，感受着那种虚弱的侵袭，竟然有一种想哭的感觉，竟忍不住想到那曾经亲切的一张笑脸，每一双关切的眼睛，那第一段荒唐而甜美的记忆在脑中静静地上演。在这一刻，那种想哭的感受竟无比的亲切，若是有一位亲人在身边的话，肯定会大哭一场。蔡风这才明白破六韩拔陵说的并没有错，自己的确是一位小孩子，甚至连自己也不得不承认，他从来都没有想过哭，但这一刻却有。

静静地感受着夜的死寂，似乎在品尝生命的味道，似乎在体悟人生的一切苦难，蔡风心中明白，当自己眼角那两颗泪珠滑下的时候，便是自己真正长大的时候。

未经磨难的人，的确永远不知道生命有多么可贵；未经孤独和挫折的人，永远也不可能真正地长大。

蔡风的心便像洞外的天空，那般深沉，那般幽远，像是在梦中涂绘一种没有生命的蓝图。

这便是生命意义的所在吗？这便是人生的苦难吗？蔡风有些不解，也有些迷茫，但却知道这个世界并不是玩游戏之人所能主宰的，这个世界不是光凭梦便可以一相情愿地获得美满的，强者才是真正的主宰。

蔡风真的已经长大了，这是他对自己的自信，磨难、挫折、痛苦加起来，无论是谁都能成长，只不过蔡风成长的代价却高了一些。

第二天早晨，蔡风病倒了，他居然病倒了，在一个无人知道的山洞之中，在一个不知道离人烟多远的野岭之中，蔡风居然病倒了。

蔡风觉得是这样，因为他体内时冷时热，交换之余他感到了一种似乎要死的痛苦。

虚汗外冒，一会儿冷得像是浸入冰窖，一会又热得若火炭一般，那种在冷热之间的痛苦，再加上他体内五脏六腑的震伤，他竟似乎感觉到了死亡。

这一阵亡命的奔波，那一阵疯狂的逃命，最要命的应该是那河水的浸泡，使他本来因伤势而虚弱的身体竟染上了风寒，他记得他们村里的刘叔也染过风寒，时冷时热，不过那时有个好的大夫，最后躺了十来天的床才好转，可是现在，连半个人影都无法找到，更不要说大夫。

蔡风唯有咬紧牙关，他知道一切都只能算是命的安排，一切只有默默地承受，他从来都没有像这一刻如此深切地体味到死亡的寂静。

他不知道自己什么时候会死去，也不知道是哪只野狼来偷吃他的尸体，但却知道这样下去，只有一条路，便是死亡。

身具数种绝世武学，甚至身负人人梦寐以求的宝物圣舍利，却救不了自己性命。这是一种多么可悲的事情。

蔡风想到了父亲蔡伤，那种宽厚而体贴的关怀，那种严肃而又开明的教导，那种真诚的理解。还有哑叔黄海的那种似乎还胜过父亲的慈爱呵护，又比师父更严格的要求。还有那一群一起狩猎的兄弟，那一个个熟悉的人。迷迷糊糊之中，他竟似看见了母亲，那从来都未曾见过面，没有半点印象的母亲，是那般的慈祥，那般的美丽，那般的圣洁，似乎飘在一朵白云之上，竟像是元叶媚，可是一会儿又像是刘瑞平，再来却什么也不像，只是一个模糊得根本就看不到脸面的幻影。这个便是他的母亲，他知道。

蔡风从来都没有想过母亲，那似乎是一个很遥远的话题，他也不愿意去想母亲，那似乎是一种没有必要的痛苦，也是一种无形的负担，因为他看到他父亲，他提到母亲的时候，那种黯然伤神的神情。他敏感地觉察到，那并不是一个很美的记忆，可是此刻他却那样想明白他母亲是谁，是怎么死的，那似是一个做儿子起码的责任，只可惜生命似乎总爱和人开玩笑。

蔡风再一次从痛苦中醒来之时，已经快日上中天，在蔡风的耳中竟奇迹般地捕捉到一阵犬吠，隐隐约约之下，竟又夹着一阵野狗的狂吠。

蔡风的精神不禁一震，有犬吠定是在不远处有人家，在他的耳中，那野狗的叫声与犬的叫声并不相同，他可以清楚地分别出来，立刻艰难地移向洞口，却发现一群野狗正在围攻一只黑色大犬，大犬已经伤痕累累了。

蔡风立刻聚气一阵低啸，那群野狗和大黑犬全都停了下来，黑犬像遇到了救星一般向蔡风那洞中跑来，而野狗一呆之后又迅速在黑犬身后追去。

蔡风抓紧手中的短刀，再一声低啸，但这次野狗似乎并不怕这啸声，也没竖起耳朵四处凝听，依然向大黑犬追去，似乎是不至死不罢休。

蔡风勉强拉开弓射出一箭，那群野狗极为灵活，不过因距离太近，仍被射在身上，痛得在地上翻了一翻发出呜呜的悲鸣。蔡风再欲射，那些野狗却骇然止步，望着洞口的蔡风发出呜呜的低嘶，那大黑犬一跃便蹿入了洞中，似乎与蔡风极为熟络一般，舔了舔蔡风的脸。

蔡风心中不禁感到一阵苦涩，在最艰难的时候却只有一只陌生的狗以示亲热，看来这一生注定是与狗结下不解之缘，不由得有些怜惜地伸手摸了一下狗背上被咬得凌乱的黑毛，大有一种同病相怜的感觉。

那些野狗只在洞外不远处低低地咆哮，却不敢近前，蔡风不由得一阵好笑，不过却庆幸自己是在山洞之中，只有一个入口，否则，这群野狗由四面夹击，他又是重病及体，哪里能对付得了，只怕最后只有进它们那饥饿的肚子了。可是这一刻他自己的肚子也饿了，只有那仍舍不得吃的一只鸟，却并没有火烤，也不知道自己在什么时候会死去，终还免不了被野狗啃光骨头。什么狗屁圣舍利，说不定也便进了野狗的肚子了。

一阵疲软袭上心头，体内的寒意又不断地上升，蔡风明白那要命的病又来了，可外面的野狗同样要命，不由得提聚余力，发出一阵震天的虎啸。

声音一下子传出好远，那群野狗霎时像是遇到灾星一般拔腿便逃，蔡风身边的大黑狗也不由得吓得一阵颤抖。

蔡风这才长长地松了口气，无力地顺着洞壁滑下，忍不住身体一阵哆嗦，牙齿直打战，面色铁青。那大黑犬奇怪地望着蔡风，不明白为什么会成这个样子。

再一次从昏迷之中醒来的时候，天色已经快黑了。睁开眼见到的第一件东西便是一双眼睛，竟是那大黑犬的眼睛，大黑犬一直盯着他，像是一个守候在病人身边的亲人，那眼神之中也有焦虑。

蔡风不由得一阵感动，轻轻地抬起无力的手抚了抚黑狗的背脊，那种欣慰之中却又多了无比的苦涩。

突然，大黑犬的两只耳朵“刷”的一下竖了起来，似乎什么异常的声音吸引住了它。

蔡风心中一惊，莫不是又来了一群狼，或是那群野狗过来了，就惨了，自己现在连走路的力气也没有，哪能与它们相斗。

大黑犬突然一声狂吠，由山洞之中跃了出去，迅速消失在蔡风的眼下。

蔡风不由得一阵发呆，心头那种无比空虚的感觉却让人有一种想哭的感受，连狗也不再理他了。山野间，只剩下一个无助而又无奈的病人，想到这个世间竟然如此残酷，蔡风心中只有一阵难以填平的苍凉。

死亡并不可怕，可怕的是死亡之前寂寞孤独，那种等待的感受便像是一条凶狠的毒蛇噬咬着心尖，一寸一寸地，一口一口地，将心咬得支离破碎，像是在渲染一种悲伤的旋律，整个山岭，整个天地便若是一片死寂得让人喘不过气来的鬼域。

蔡风便像是向十万丈深渊沉落，越来越深，越来越沉，越来越冷，却始终是浮游在虚空没有丝毫着落。

“汪，汪……”在朦胧之中，蔡风竟又听到了一阵狂吠之声，且由远而近传来。

蔡风心中再一震，是因为狗儿并没有远去，而是又回来了，这使他心里似乎有了一些微微的着落。

“小心一些，二叔，我中午的时候听到这附近传来虎啸，可能会有大虫在这附近。”一声娇脆而甜美的声音隐隐地传入蔡风的耳中。

居然会有人来，居然会有人，蔡风心头不由得一阵狂喜。这时候哪怕是听到一阵小孩子的哭泣，都是极为动人的享受。而这次来的似乎并不止一个人，蔡风歇斯底里地一阵狂喜，禁不住由口中吐出一串沙哑的嘶叫，声音却小得可怜，那似乎干渴得要喷火的咽喉，根本挤不出声音，不由得一急，竟然晕了过去，在这要命的时刻居然晕了过去。看来，生命真是喜欢与人开玩笑。

李崇近来心情大有好转，因为崔伯延承诺果然没有令他失望，只用了一个晚上，便已经将叛徒的首级献了上来，这种速度效率高得叫任何人都觉得心寒的速攻营的确是一支无敌之师。虽然，这次行动损失了十几名兄弟，而这给破六韩拔陵的义军无疑是一记极沉重的打击，使原本飘摇的军心在这一刻竟出奇地稳定。可见这十几人的牺牲并没有白白浪费，对于每一位参与行动的速攻营的战士都大加赏赐，每人俱得黄金十两，七队的每位战士更另加十两，而首功的高欢、张亮、解律全诸人都提升为偏将，只待再立军功便可以出任。

高欢诸人自然是意气风发，但在心中却仍挂念着蔡风，蔡风似乎像是一阵风般在世界上消失了。在这个世界之中的确有很多极易让人消失的理由，特别是在战场之上。

彭乐诸人虽然很幸运，却一直挂念着蔡风，连高欢都有些无法理会彭乐诸人为何会如此挂怀蔡风，毕竟蔡风并不是他们的亲人，也不关他们的事，也的确没有人能明白太行七虎对蔡伤的尊敬和仰慕，高欢却是因为蔡风两次饶他性命，又仗义解围，这种大恩才会如此记挂。

彭乐的挂怀还是因为解律全那里得来的消息，那便是蔡风居然与破六韩拔陵决战。解律全是由敌营内部得来的消息，这对李崇来说的确是一个极大的鼓舞，因此李崇的心情极好。

破六韩拔陵一向是无敌的战将，临怀王那种高绝的武功，也是败在破六韩拔陵的刀下，而这次居然有人能让破六韩拔陵受伤，而且正是他属下速攻营的一个战士，这个可喜的发现真让他大吃一惊，也大感后悔，因为这种人才已下落不明。

崔暹已被放了出来，便是因为那个化名黄春风的蔡风杀伤了破六韩拔陵这一功劳便可勉强让崔暹过关。更何况李崇并不是真的想让这么好的一个将才浪费。

崔暹有些后悔没重用蔡风，派解律全和高欢各带数十名速攻营兄弟去打探蔡风的下落，不过最让人伤感的结果却是蔡风宁死不降跳入悬崖。这是从赵天武亲信口中所探得的消息，之中还谈到蔡风如何凶悍可怕，浑身浴血之类的，什么还将破六韩拔陵的刀给夺了过去。解律全开始并不知道蔡风是谁，但高欢却知道，解律全绝对不会对一个死去的兄弟有任何不利，也便是说了也不会有任何人追究。

崔暹也知道了蔡风便是黄春风，李崇甚至也知道了蔡风便是黄春风，他们并没有怪蔡风埋名隐姓，在他们的心中甚至对这个化名黄春风的蔡风起了莫大的敬意。他们当然不知道蔡风化名只为了好溜走，他们却以为蔡风是一位不好名利的好战士，当他这些高高在上的元帅、大将军们听到敌人口中说自己的士卒宁死不屈，血战到底，凶悍无匹的那种话时，心中涌起的是骄傲是自豪，为自己的士卒而自豪，为自己有这样的士卒而骄傲。当他们听到汇报说蔡风宁舍身跃入万丈深崖也不愿与敌人妥协，这是一种何等的气概，这是一种怎样的精神，不为名，不为利。因此，所有听到这种诉说的人都无不感动、振奋，无不生出敬意。

高欢是如此，尉景是如此，彭乐诸人更是如此。

李崇是一个很懂人心的人，蔡风的事迹他适时地在速攻营中讲述了一遍，在每一个战士的眼中，他捕捉到了那无比刚强的斗志，似乎以蔡风是他们速攻营的战友而骄傲，一个死得壮烈的例子在人的心中所起的作用始终是极大的。一个活着的人很难成为英雄，但一个死了的人若是有人轻轻一捧，往往会成为一个圣人，那是因为没有谁有必要去嫉妒一个死人，死人是不招嫉的，所以很多人愿意称死人为英雄，而不愿称活着的人为英雄。

李崇似乎也知道这一点，所以他便把蔡风当作一个典型，他更知道每一个人的斗志都已经激发到了最强盛的时候。在战场之上无处不是血腥，无处不死人，但战后细细一想那死去的有些人的确是那样可敬，更何况以一个士卒的身份击伤对方的主帅，放过逃生的机会独闯数百人的包围，只为了救几个同伴的命，浴血奋战后，居然不受对方的利诱，宁死不屈，这的确足够激起所有人的斗志。在那各路的人马之中，立刻全都传遍了蔡风这个名字，这个名字竟在数天之中与李崇这个元帅名字在军营中一般响亮。

李崇很高兴，很高兴蔡风能够杀伤破六韩拔陵，很高兴高欢诸人能提回宇文定山的脑袋，更高兴的却是一个死去的蔡风居然会有如此难以想象的激动人心的力量，似乎把所有士兵潜在的战意全都激发了起来。那些从未见过蔡风的人在这一刻居然都将蔡风完全定格在自己的心中这并不是因为蔡风的勇烈，更因为李崇、崔暹与崔伯延这三人所选的策略好，敌人可以攻心，我也可以攻心。这就是为什么蔡风的名字在短短几天中传遍了数十万将士耳朵的奇迹的原因。

彭乐和高欢也想不到会有这样的结果，作为蔡风的忠实朋友，他们自然应该引以为骄傲，但彭乐却在心底感到一丝苦涩，他根本不知道该如何向蔡伤说这件事，但他必须说。因为他现在最尊敬的人之中不仅有蔡伤，更有蔡风，因此，他必须向蔡伤报告这件事，甚至将高欢讲述的有关蔡风的事也告诉蔡伤。那似乎是有关蔡风所有恩怨的问题，之中有蔡风途中遇杀手，有冉长江袭杀，有叔孙长虹暗算，所有的这一切全都一丝不漏地写在一份长长的书信之中，关于蔡风的事情，崔暹极赞同彭乐的做法，因为他认为蔡风的确是哑剑黄海的传人，没有人敢小看“黄门左手剑”，李崇也不敢。这么多年来，他一直没有勇气去挑战当世最可怕的三种武功，那便是“哑剑”黄海的“黄门左手剑”，蔡伤的“怒沧海”，尔朱荣的“天地苍穹生死剑”，这三种武功似乎代表着天下武功的极致，他想都未曾想过去挑战这三个人，因此他并不反对多这三个人中任何一人做战友，因此，他允许彭乐的那封书信由张亮亲自送去。

这是一个极为可怕的决定，连彭乐都不敢想象会有怎样的一种结果，他实在不敢想象当世两大绝世高手会有怎样一个反应。

蔡风悠悠地醒来，从那场可怕的噩梦中醒来，只感觉到一阵暖洋洋的舒服，但全身却没有半丝力气，他只感觉到自己的手似乎抓住了一些东西，温软细腻得让人心醉，一惊，睁开了眼睛。

最先映入眼帘的是一双眼睛，一双大大的眼睛，绝对不会是那大黑犬的眼睛，而是一双充满了天地山川灵气的人眼，在那双清澈而又深邃乌黑的眸子中似藏着无数夜空里的星星，是那般绝美，那般纯真，使每个人由心底升出一丝温馨。

蔡风的灵魂似全都钻入了那双大眼睛。

“你醒了！”一声甜美娇脆而又微带惊喜的声音将蔡风从那双眼睛的震撼之中惊醒过来，这才注意到一张灵秀得让人会以为是山间妖灵的脸，那斜挑的娥眉，那水灵的凤目，高耸又若玉塑琼雕的瑶鼻，配上一张恰到好处的檀口，再加上那一脸欢喜却又略带野性顽皮的笑脸，的确是一种难以想象的震撼。

“我、我是不是死了？”蔡风有些傻痴痴地问道，眼睛却呆呆地盯着那张精灵般的脸。

“死人会说话吗？”檀口轻启，却蹦出一股音符般美妙的声音。

“我、我不知道！”蔡风依然有些痴痴地道。

“这里倒像是阎罗殿吗？”那声音依然那般甜美那般纯真，却多了几分顽皮。

“这里倒像是天堂，只有天堂里才有仙女的存在。”蔡风有些语无伦次地道，脑子根本便不知道想。

“扑哧——”那少女却禁不住笑出声来，似乎并无一般少女的矜持和羞涩，在笑得上气不接下气之时才停下，依然笑道：“我看你不仅是得了风寒受了重伤而已，还有脑子伤得也很重，刚才还抓着我的手直叫我娘，这一刻又叫我仙女，真亏了你喽！”

蔡风一惊，这才记得手中握着的竟是对方的手，忙不迭放开，苍白的脸上奇迹般地泛起了一阵红润，忙道：“对不起，对不起，刚才冒犯了姑娘，还请姑娘不要生气。”

那少女似对蔡风的手足无措大感兴趣，不由得笑着反问道：“你看我像是在生气吗?”

蔡风一呆，想不到对方竟会如此反问，不由得傻傻地道：“我……我不知道。”

“看来你真的是被那一阵高烧烧坏了脑子，这也不知道，那也不知道，那你叫什么名字你知不知道?”那少女似乎大感没趣地问道。

“我叫蔡风。不知道这里是什么地方，姑娘能告诉我吗?”蔡风忙应了一声，又反问道。

“咦，脑子也不是全坏哦，看来还可以吃。告诉你吧，这是冥界。”那少女眼角露出一丝顽皮和狡黠之色，绷紧着面皮道。

蔡风一惊，听说对方要吃人脑，不由大骇问道：“什么冥界?”

那少女得意地转了一下乌溜溜的大眼珠，笑道：“你听说过三界没有?”

“是不是释、道、儒三界?”蔡风急忙应道。

“你脑子转动得还挺快，看来定好吃。不过我说的三界不是指释、道、儒，而是指红尘、仙界、鬼界!”那少女故意舔了舔舌头道。

蔡风心里越来越发寒，不由得声音有些发冷地问道：“那么冥界又是哪一界?”

那少女神秘地一笑道：“冥界不属于任何一界，跳出所有界之外，独成一系，属各路山精狐妖之类独有的一界。你知道我有多大岁数了吗?”

蔡风心里越来越凉，自己果然没有猜错，居然真的是山妖狐仙了，否则哪会有如此绝色美女，不由得有些茫然地道：“我不知道。”

“你这人怎么就像个呆瓜，一点情趣都没有，难道你看不出我像多大岁数吗?”那少女有些失望地道。

蔡风心一横，反正自己总是死，又何必在意是什么死法呢？苦涩地一笑道：“我看姑娘像是不过十五六岁而已。”

那少女得意地一笑道：“其实我已经一千五百六十四岁了。”

蔡风忍不住惊骇问道："一千五百六十四岁？"

"不错，早在六十四年前，我终于修得人形……"

"哈哈……"一串粗豪而洪亮的声音由外传了进来，打断了少女的声音。

蔡风不由得扭头向门外望去，却见一精神矍铄的老者背着药篓走了进来。

"公子你醒了！别听这丫头胡说。"那老者宽和地一笑，解下背上的药篓，旋转头向那少女道："还不去煎药，人小小的，鬼主意多多的，不怕将来找不到婆家。"

"爹——"少女一声娇嗲地撒娇道，"人家只不过逗这呆子而已，哪有爹说的那么严重，好像女儿一定要嫁出去一般。"

蔡风这才记起在山洞中迷糊之间听到的正是这娇脆的声音，不由得恍然，竟傻傻地笑了起来。

那老者不由得慈爱地抚了抚那少女的一头秀发笑道："人家公子都笑你了，还这么没长大，不害羞吗？"

那少女转头向蔡风望了一眼，"扑哧"一声笑道："他却只不过是傻笑而已，哪是在笑我。"

蔡风不禁一愣，哑然失笑，那老者也不由得哑然失笑，拍拍少女的肩膀道："还不去煎药。"

"谢谢大伯救命之恩。"蔡风挣扎着要起来行礼，却只觉得浑身发软，根本没有一丝力气。

"公子先躺下休息，不要动。你伤得极重，又加上风寒入侵，恐怕没有几个月的休养是难以康复的。"那老者大步行至炕边按住蔡风温和道。

"几个月的休养？"蔡风一惊问道。

"不错，这还是因为你体质特异，平常人若是经你如此重的伤，又如此烈的风寒之症，只怕早已没命在了。"那老者严肃地道。

"咕、咕！"蔡风的肚子竟不争气地咆哮起来，蔡风不禁脸色微红。

那老者不由得莞尔，那少女也不由得抿嘴笑了起来。

“公子三天多没吃东西，想来是饿极了。丽儿，去把那碗凉粥端上来。”那老者微笑着向那少女呼道。

“我在这里睡了三天?”蔡风一惊问道。

“公子病势极重，驱除风寒过程很难，这三天只能将风寒震住，你才不会常寒热交加了。”那老者淡然道。

蔡风不由得有些呆愣愣的，却想不到自己居然病得如此沉重。

“粥来了。”那少女脆声呼道。

“我去煎药，你把粥侍候公子吃了。”那老者温和地道。

“不用，我自己来吧!”蔡风忍不住想吞一口口水道。

那少女一阵好笑地道：“看你一副馋样，你能自己吃吗？不把你噎死才怪。”

蔡风脸微微一红，干笑道：“怎敢有劳姑娘动手呢?”

“别啰里啰唆，男人有男子汉气概一些嘛，不行便是不行，也不要装什么英雄。”那少女眉头一皱，不耐烦地道。

蔡风估不到对方脸色说变就变，只好闷声不响地让那少女一口口地喂下去。

半晌，那少女喂蔡风吃完粥，望着蔡风那有些冷硬的脸，不由得笑道：“怎么，你怪我是吗?”

蔡风不由得微微一呆，道：“我怎会怪姑娘呢？姑娘并没有说错。”

“算你识相!”那少女不由得意地一笑道。

蔡风不禁觉得极为好笑，他的确没想到居然会有如此精灵古怪的美色少女，若不是那老者，他还真会认为是冥界的精灵呢。

“公子勿怪，我这女儿从小娇宠坏了，刁蛮任性，还望不要见笑。”那老者一边扇着炉中的火，一边扭头笑道。

蔡风不由得哂然一笑道：“我怎敢笑呢？这才叫至诚至信，一个真纯的人。”

“算你会说话，我便多喂你几次饭好了。”那少女眼睛一斜，露出一个狡黠的笑脸，得意地道。

蔡风不禁为她那娇憨的神态给迷住了，不知道该说什么话好。

那少女似乎也发现蔡风眼中那异样的眼神，不由得俏脸微红，微嗔道："看什么看，我脸上有花吗？"

蔡风忙移开眼神，苍白的脸上微微泛起一丝红润，不好意思地干笑道："我眼睛不太好使，经常转不过神来，不知道是什么病。"

那少女不由得"扑哧——"一声笑了起来道："你说起谎话来倒挺可爱的嘛。不过说谎水平太差。"

蔡风只好耸耸肩，陪着一起干笑起来。

"不知道大伯尊姓大名？"蔡风转换了一个话题问道。

"老朽姓凌，名字早就忘了，村里的人都叫我凌伯，你也便叫我凌伯好了。"那老者淡然道，旋又道，"这是小女能丽。"

蔡风不由得扭头望了望那美丽的俏脸，暗念道："凌能丽……"

"怎么，这个名字不好听吗？"少女瞪大眼问道。

蔡风不由得苦笑道："我还没说呢！"

"那就是说，你想说不好听喽？"凌能丽似乎故意找碴儿道。

"我怎会有这种意思呢？姑娘会错意思了。"蔡风急忙解释道。

"那你是说我的理解能力差喽？"凌能丽得势不饶人地追问道。

"不不不，怎么会呢？"蔡风涨红了脸分辩道。

"看你紧张得……"凌能丽似是得胜将军一般得意地笑了起来。

"丫头，别影响人家休息，若让病情恶化，岂不是害了人家吗？"那老者严肃地叱道。

凌能丽吐了吐小舌头，扮了个鬼脸，像是一只小云雀一般跳了开去。

蔡风这才注意到她竟穿着一身男装。

"公子是哪里人氏呢？"凌伯不经意地问道，同时一边摇着手中的小蒲扇扇着炉火。

"晚辈乃武安阳邑人氏。"蔡风并不隐瞒地回道。

"阳邑人氏，你姓什么？"那老者一震道。

"晚辈姓蔡，单字风。"蔡风很诚恳地道。

“蔡风，在阳邑以前有个叫蔡伤的，你可认识?”凌伯疑问道。

蔡风心头一动，反问道：“凌伯与他之间有什么恩怨?”

凌伯微微打量了蔡风一眼，淡然笑道：“我与他从未谋面，只是听说他极为英雄了得，在太行山一带几乎没有人不知道他的名字，我问得也真是有些多余。”

蔡风释然，道：“晚辈的确认识他老人家，在阳邑没有人不知道他。”

“公子受了如此重的伤，只不知是伤在谁的手中呢？只看公子小腹那一道箭伤，那支箭若再深入三分，可就是另一回事了，只是想不通为什么那支箭竟似乎在半途突然刹住了一般。还有后腰那一道剑伤，胸口的刀伤，背上手上零零碎碎竟有十道伤痕，那还并不怎样，只是胸口和腰际那两处伤严重一些，胸口那一刀虽入皮肉不甚深，但那伤口之下的肌脉几乎全被破坏，而腰间那一剑几乎刺中命门穴，而公子五脏几乎有移位的迹象，筋脉也有数道被震断，似乎在水中浸泡了一段时间，更因疲力劳累，无休息时间，才导致伤上加病。一般来说，便是体质再好的人也不可能活下来，只是在公子体内似有一股潜在的生机锁住公子的心脉，这才使风寒无法侵入心脉，否则便是老朽医术再好，只怕也无回天之力了。”凌伯感叹道。

蔡风不由得一呆，他从来都没有仔细分析过自己的伤势，想不到由对方的口中说出来却是如此严重可怕，不禁也真的为自己庆幸起来，但也不由得由衷地道：“凌伯眼力真是高明之极，便若亲历一般，晚辈的确是在河水中浸泡过近两个时辰，那是桑干河水，晚辈被破六韩拔陵的人一路追杀，只到桑干河才摆脱他们的追踪。却不想又被鲜于修礼诸人暗袭，才险死还生。本想先赶回阳邑，以摆脱鲜于修礼的穷追，却不想在这里竟病倒了。”

“破六韩拔陵？鲜于修礼?”凌伯惊讶地问道。

蔡风毫不隐瞒地道：“我本是崔暹将军护卫，因内奸的出卖，被破六韩拔陵里应外合之下竟让他攻破营地，我便与将军走散。”

“原来如此!”凌伯这才恍然。

“鲜于修礼又是什么人呢？他为什么要杀你？”凌能丽似乎极为好奇地问道。

“这之中是因为有一些误会，也便成了这种局面，其实，我在见到他之时，才是第一次听说这个人的名字！”蔡风有些无奈地道。

“鬼才相信你的话，你不认识他，他怎会要害你？”凌能丽一翘嘴唇不信道。

“事实的确是如此，这之中说来话长。”蔡风解释道。

“丫头别乱插嘴，你明白什么，人心险恶，这个世上的坏人多着呢。”凌伯叱道。

蔡风这才松了一口气，只是全身似乎根本没有一点力气，虽然暖洋洋的，却似乎知觉并不是很敏锐，连痛的感觉似乎也无法感知。

“凌伯，这里是哪里呢？”蔡风有些虚弱地道。

“这里只不过是一个没名字的小村庄，向西是蔚县，向东是小五台山，你便在这里安心养伤吧，你的仇人找不到这里来。”凌伯温和地道。

蔡风心里踏实了不少，却不知外面的世界已经由于他的消失而引起一场不算小的杀戮……